春琴抄

林少华译文自选集

林少华 译著

中国出版集团
中译出版社

丛书编辑说明

“我和我的翻译”系列丛书由罗选民教授担任主编，第一辑遴选了12位当代中国有影响力的翻译家，以自选集的方式，收录其代表译著篇目或选段，涵盖小说、散文、诗歌等多种体裁，涉及英、德、法、日、西、俄等多个语种，集中展示了当代翻译家群体的译著成果。

丛书篇目及选段大多是翻译家已出版的经典作品，长期受到读者的喜爱和追捧。每本书的译者不仅是知名翻译家，还是高校教授翻译、文学课程的名师，对译文的把握、注释、点评精辟到位。因此，这套丛书不仅具有一定的文学价值，同样具有较高的收藏价值和研究价值，是翻译研究的宝贵历史语料，也可作为外语学习者研习翻译的资料使用，更值得文学爱好者品读、体会。

书稿根据译者亲自校订的最后版本排印，经过了精心的编辑，主要包括以下几方面的处理：

一、译者及篇目信息

1. 丛书的每个分册各集中展示一位翻译家的译著面貌，文前增添翻译家自序，由译者本人对自己的翻译理念、自选作品的背景和脉络等进行总体介绍。

2. 每篇文章都注明了出处，读者可依据兴趣溯源阅读。

3. 根据各位翻译家对篇目的编排，章前或作品前增添导读，由译者自拟，解析原著内容和写作特色，帮助读者更深入、全面地理解文本。

4. 书后附译著版本目录，方便读者查找对照、进行延伸阅读。

二、译文注释与修改

1. 在译文必要的位置增加脚注，对一些陌生的表述，如人名、地名、书名等做了必要的注释，有助于读者理解术语的文化背景及历史渊源。

2. 遵照各位翻译家的意愿，书中有的拼写仍然保留了古英语的写法和格式，原汁原味。

3. 诗歌部分，考虑其翻译的特殊性，可探讨空间较大，并且具有英文阅读能力的读者较多，特将原文为英文的诗歌，以中英双语形式呈现。

由于编辑水平有限，书稿中肯定还存在一些不足之处，望各位读者批评指正。

丛书总序

百年征程育华章　薪火相传谱新曲

翻译是文化之托命者。翻译盛，其文化盛，如连绵数千年的中华文明；翻译衰，则其文化衰，如早已隔世、销声匿迹的墨西哥玛雅文化、印度佛教文化。文化传承，犹如薪火相传；静止、封闭的文化，犹如一潭死水，以枯竭告终。

翻译是思想的融通、心智的默契、语言的传神。化腐朽为神奇是翻译的文学性体现，化作利器来改造社会与文化乃是翻译的社会性体现。前者主要关注人性陶冶和慰藉人生，个性飞扬，神采怡然；后者主要关注社会变革和教化人伦，语言达旨，表述严谨。在清末的两类译者中，代表性人物是林纾和严复。林纾与他人合作翻译了 180 余部西洋小说，其中不少为世界名著，尤其译著《茶花女》赢得严复如下称赞："孤山处士音琅琅，皂袍演说常登堂。可怜一卷茶花女，断尽支那荡子肠。"[1] 严复则翻译了大量西方的社会学、政治学、经济学、法学、哲学等方面的著作，是中国近代重要的思想启蒙家，其译著《天演论》影响尤为深远。该书前言中提出的"信、达、雅"翻译标准对后世影响

1　严复，《甲辰出都呈同里诸公》。

很大。严复本人也因此被誉为中国近代史上向西方国家寻找真理的“先进的中国人”之一。

此后百余年，我国出现了一大批优秀文学翻译家，如鲁迅、朱生豪、傅雷、梁实秋、罗念生、季羡林、孙大雨、卞之琳、查良铮、杨绛等。他们的翻译作品影响了一个时代，影响了一批中国现当代文学家，有力地推动了中国现当代文学的创新与发展。

余光中先生有一段关于译者的描述：“译者未必有学者的权威，或是作家的声誉，但其影响未必较小，甚或更大。译者日与伟大的心灵为伍，见贤思齐，当其意会笔到，每能超凡入圣，成为神之巫师，天才之代言人。此乃寂寞译者独享之特权。”[1] 我以为，这是对译者最客观、最慷慨的赞许，尽管今天像余先生笔下的那类译者已不多见。

有人描述过今天翻译界的现状：能做翻译的人不做翻译，不做翻译的人在做翻译研究。这个说法不全对，但确实也是一个存在的现象。我们只要翻阅一些已出版的译书就不难发现词不达意、曲解原文的现象。这是翻译界的一个怪圈，是一种不健康的翻译生态现象。

作为学者、译者、出版者，我们无法做到很多，但塑造翻译经典、提倡阅读翻译经典是我们应该可以做到的事情，这是我们编辑这套丛书的初衷。编辑这套丛书也受到了漓江出版社的启发。该社曾开发“当代著名翻译家精品丛书”，出了一辑就停止了，实为遗憾。

本丛书遴选了 12 位当代有影响力的翻译家，以自选集的形式，收录译文、译著片段，集中反映了当代翻译家所取得的成绩。收录译文

---

1 余光中，《余光中谈翻译》，中国对外翻译出版公司，2002。

基本上是外译中，目前，外国语种包括英语、俄语、法语、德语、西班牙语、日语。每本书均有丛书总序、译者自序，每部分前有译者按语或导读。译丛尤其推崇首译佳作。本次入选的译本丛书可以视为当代知名翻译家群体成果的集中展示，是一种难得的文化记忆，可供文学和翻译爱好者欣赏与学习。

如今，适逢中国面临百年未有之大变局之际，中译出版社的领导高度重视，支持出版“我和我的翻译”丛书，可以视为翻译出版的薪火相传，以精选译文为依托，讲述中国翻译的故事，推动优秀文化的世界传播!

罗选民

2021 年 7 月 1 日于广西大学镜湖斋

译者自序

搞翻译的年头不算短了，翻译的数量也不算少了，但出“自选集”还是第一次，也就格外想啰嗦几句——借写序之名，行啰嗦之实。

我的本职工作是教书，从一九八二年教到今年二〇二一年，快教四十年了，还没完全教完，是名副其实的教书匠；除了登台摇唇鼓舌，我还喜欢伏案舞文弄墨，何况大学老师不坐班，时间相对自由，故在教书之余搞一点翻译，没搞四十年也差不多了，于是自封为资深翻译匠；古代佛经翻译家鸠摩罗什说翻译是用舌头积累功德，傅雷说翻译是“舌人”——鹦鹉学舌。而学舌久了，难免想来个自鸣得意甚至一鸣惊人，于是翻译之余尝试自己写点什么，姑且算小半个作家；还有，一如不想当将军的士兵不是好士兵，不想当教授的教员未必是好教员。而要当教授，光搞翻译光写豆腐块散文随笔是不成的，还必须写评论性文章，尤其学术论文。这么着，我又可能是个学者。概而言之，教书、译书、写书、评书，几乎构成了我迄今工作人生的全部内容。与此相应，教书匠、翻译匠、姑妄称之的作家和勉为其难的学者，由此成就了我的四种身份。

不用说，这四种身份里边，让我有幸获得一点浮世虚名的，是翻译匠——人们有可能不知道我先是暨南大学的教授、后是中国海洋大学的教授，但耳闻目睹之间，大体知道我是搞翻译的某某。我本人最看重的是教书匠，而时人莫之许也。也难怪，当今之世，教授衮衮诸公，作家比比皆是，学者济济一堂，而为民众许之者，确乎为数不多。即使从“史”的角度看，能让我在文学史上勉强捎上一笔的，估计也只能靠翻译匠这个身份——尽管未曾捞得任何官方奖品奖杯奖章——因此我必须感谢这个身份，感谢世界上竟然存在翻译这样一种活计。并且感谢夏目漱石、芥川龙之介和村上春树等日本作家提供了这么多优秀的原著文本。还要感谢我们伟大的祖先留下这充满无数神奇可能性的汉字汉语，使我得以附骥远行，人生因此有了另一种诗与远方！

毋庸讳言，混得这四种身份之前的我，只有一种身份：农民，说得好听些，“返乡知青”。一九六五年秋天上初中，一九六六年夏天遭遇政治上的“不可抗力”而中止学业。加之上的是山村小学中学，压根儿没有外语课，外语这个词儿都是生词儿。倒是看过苏联小说《钢铁是怎样炼成的》，但以为那是奥斯特夫洛斯基用汉语写成的；倒是在《地道战》《地雷战》等老抗战片上听过“你的八格牙格”“你的死啦死啦”什么的，但以为鬼子兵就那样讲半生不熟的中国话。至于翻译两个字，哪怕少年的我再浮想联翩，也从未浮现于我的脑海。也就是说，现今四种身份之中，当年离我最遥远的就是翻译、翻译匠。然而我在一九七二年学了外语，后来搞了翻译，再后来成了有些名气的翻译家。个中原委说来话长，且已不具有任何参考价值或现实启示性，恕我来个“一键清空”。这里只说一点，因为这一点在任何时候对任何人都不至于过时，那就是看书。非我事后自吹，即使在“上山下乡”几乎所有人都对书唯恐躲之不及的特殊年月，我也用尽计谋看了不少新旧小说。实在没书可看的时候，就抄字典，就背《汉语成语小词典》，就整理看书时抄写的一本本漂亮句子。

其实我最应该感谢的，是书，是看书这一状态或行为。这是因为，假如没有书、没有看书这个因素，其他所有条件、所有机遇、所有恩宠最后都是空的，都是得而复失的梦。用毛主席的比喻来说，即便再给合适的温度，一块石头也是孵不出小鸡的。况且，在世间所有因素中，看书在多数情况下是唯一能够自我掌控、自我操作的因素，也是成本最低和最干净的因素。“钢铁是怎样炼成的”就不必说了。若说“翻译是怎样炼成的”，那么就是这样炼成的：看书！说到底，只有看书、大量看书——母语经典也好外语原著也好——才能形成精准而敏锐的语感，才能瞬间感受和捕捉文学语言微妙的韵味。说简单些，才能有文学细胞、文学悟性、文学才情。而文学翻译所最先需要的，恰恰就是这些，就是语感。我一向认为，文学翻译绝不仅仅是语义、语汇、语法、语体的对接，而且更是语感的对接、审美感受的对接、文学才情的对接，甚至是人文气质的对接、灵魂切片的对接。正是在这个意义上，我曾说“翻译是灵魂间谍”，进而以“审美忠实”四个字概括自己的所谓翻译观。

进一步说来，我倾向于认为，文学翻译必须是文学——翻译文学。大凡文学都是艺术——语言艺术。大凡艺术都需要创造性，因此文学翻译也需要创造性。但文学翻译毕竟是翻译而非原创，因此准确说来，文学翻译属于再创造的艺术。以严复的“信、达、雅”言之，“信”，侧重于内容（内容忠实或语义忠实）；“达”，侧重于行文（行文忠实或文体忠实）；“雅”，侧重于艺术境界（艺术忠实或审美忠实）。“信、达”

更需要知性判断，“雅”则更需要美学判断。美学判断要求译者具有审美能力以至艺术悟性、文学悟性。但不可否认，这方面并非每个译者都具有相应的能力和悟性。与此相关，翻译或可大体分为三种：工匠型翻译，学者型翻译，才子型翻译。工匠型亦步亦趋，貌似“忠实”；学者型中规中矩，刻意求工；才子型惟妙惟肖，意在传神。学者型如朱光潜、季羡林，才子型如丰子恺、王道乾，二者兼具型如傅雷、梁实秋。就文学翻译中的形式层（语言表象）、风格层（文体）和审美层（品格）这三个层面来说，最重要的就是审美层。即使“叛逆”，也要形式层的叛逆服从风格层，风格层的叛逆服从审美层，而审美层是不可叛逆的文学翻译之重。在这个意义上——恕我重复——我的翻译观可以浓缩为四个字：审美忠实。

令人担忧的是，审美追求、审美视角的缺如恰恰是近年来不少文学翻译实践和文学翻译批评中一个不容忽视的现象。关于文学翻译理论（译学）的研究甚至学科建设的论证也越来越脱离翻译本体，成为趾高气扬独立行走的泛学科研究。不少翻译研究者和翻译课教师，一方面热衷于用各种高深莫测的西方翻译理论术语著书立说攻城略地，一方面对作为服务对象的本应精耕细作的翻译园地不屑一顾，荒废了赖以安身立命的学科家园。批评者也大多计较一词一句的正误得失而忽略语言风格和整体审美效果的传达。借用许渊冲批评西方语言学派翻译理论的说法，他们最大的问题是“不谈美。下焉者只谈‘形似’，上焉者也只谈‘意似’，却不谈‘神似’，不谈‘创造性’”。而若不谈神似，不谈创造性，不谈美的创造，那么文学翻译还能成其为文学翻译吗？

“审美忠实”当然不是我首创。无论傅雷的“神似”说、朱生豪的“神韵”说，还是茅盾的“意境”说、钱锺书的“化境”说，虽然众说纷纭，但说的都是同一回事。另一方面，无论哪一种“说”，抑或不管多么强调审美忠实，也都要通过行文方式、通过文体表现出来。村上春树就特别看重文体，断言文体就是一切。他说：“我大体作为作家写了近四十年小说。可是若说我迄今干了什么，那就是修炼文体，几乎仅此而已。”“我想用节奏好的文体创造抵达人的心灵的作品，这是我的志向。”别怪我不放过再次自我显摆的机会，读拙译村上，我想必任何读者都不难感受村上文体的别具一格：作为日本人，他不同于任何一位本土同行；深受美国文学影响，却又有别于美国作家；就中译本而言，纵使译法再“归化”，一般也不至于被视为中文原创。若说我这个翻译匠迄今干了什么，同样是修炼文体，“几乎仅此而已”。

这本“林译自选集”选的六篇，作为选的理由，主要考虑的就是其文体上的特点：德富芦花《自然与人生》，文体华丽浪漫；国木田独步《少年的悲哀》，文体秀雅婉约；今日出海《天皇的帽子》，庄重而诙谐幽默；夏目漱石《草枕》，工致而收放自如；芥川龙之介《地狱变》，负重若轻一气流注；谷崎润一郎《春琴抄》，幽邃诡异寒气逼人。

就时间来说，前三篇是我的早期译作，译于二十世纪八十年代，人在广州；《地狱变》译于九十年代中，乃中期译作，人在日本；后两篇则是近作，《春琴抄》译于 2017 年，《草枕》刚刚杀青，人在青岛。从中或可窥见我的译笔歪歪扭扭的行踪，或一个翻译匠一路踉踉跄跄的脚步。是的，翻译之初，我还年轻气盛，也曾试手补天，而今独对夕阳，惟问尚能饭否。光阴似箭，倏尔四十年矣。其间风雨寒温，阳晴霜雪，动静炎凉，一言难尽。唯一让我欣慰的，是积攒了这么多文字，并且有那么多喜欢这些文字的读者。“舌人”之幸，书生之乐，莫过于此。

二〇二一年元月二十三日于窥海斋

时青岛天寒屋暖正合读书

目录

第一部

自然与人生

自然与人生

导读

德富芦花（1868—1927），日本现代小说家、散文家。熊本人。少年时代受自由民权运动的影响，后为基督教徒。曾拜访托尔斯泰。受其感化，倾心于托翁反对强权暴力的人道主义。主要作品有小说《不如归》《黑潮》和随笔集《蚯蚓的梦呓》。作品以对社会黑暗的鞭挞和对大自然的热爱在日本文坛独树一帜。

《自然与人生》是其极有名的随笔集，被列为日本国民“情感教育”阅读书目，一再入选中学语文教科书。这里选译的是一组优美的抒情散文。日出日落，云卷云舒，花草树木，春夏秋冬，信手拈来，涉笔成趣。或浓墨重彩，或轻灵曼妙，或三军压境，或一骑绝尘，无不字字珠玑，斐然成章，而又饱含悲天悯人的人文情怀。读之，在获得莫可言喻的审美感受的同时，不断思考自然，思考人生，思考“自然与人生”。

这是我早期的译作。大约译于一九八三年，分别发表于暨大外语系主办的《世界文艺》（季刊）一九八四年第一期和花城出版社主办的

《译海》（季刊）一九八五年第一期。译笔似乎颇受好评。无须说，这给了当时极有发表欲而少有发表门路的我以莫大的“教唆”或鼓励，不妨说是我日后成为翻译家的一个起点。而《译海》的主编苏炳文、副主编王伟轩两位先生已作古多年，《译海》本身也早已不复存在。作为我，唯有继续前行，方可不负前辈当年的提携，不负“译海”夜航的初衷……

富士曙光

我真想请有情人一览这一时节的富士曙光。

清晨六时许，不妨驻步逗子海滨，纵目远眺。但见相模滩上，水汽氤氲，蒸腾回旋。滩尽之处，一抹幽蓝，横嵌天边。北端的富士山，潜身于足柄、箱根、伊豆等群山的一派湛蓝之中，全然不见，诸位或许为之茫然。大海、群山睡意犹酣。唯有一线蔷薇色光亮，横曳在富士山巅高近两丈的上方。若凌寒稍候，便会发现那蔷薇光亮正一秒秒向富士山巅缓缓下移:一丈、五尺、三尺、一尺、一寸……

富士山朦胧欲醒。

顷刻，轻舒睡眼。看，山巅东角，现出蔷薇色。

请再凝眸细览，那偎依富士峰顶的红霞，倏忽之间，便将黎明前的暗影驱逐殆尽。富士微露娇容，一分、两分，胸、肩……看哟，珊瑚般的富士娉婷天际，玉骨冰肌，晶莹温润，却又淡裹红装，红晕隐隐。

终于，富士含羞藏娇，走出梦境。移目向下，朝霞早已垂临最北端的大山之巅，随即飞向足柄，赶往箱根。看哟，曙光那驱逐黑暗的脚步何等迅猛！霎时间，红追蓝奔，光彩灿然，伊豆群山，层层尽染。

当曙光的红色巨足跨过伊豆山脉南端的天城山时，回眸富士峰下，漠漠泛紫的江之岛附近忽现三两渔帆，金光闪闪。

大海也已醒来。

若再伫候片刻，就会看见江之岛对面的腰越岬赫然舒目，俄顷小坪岬大梦乍醒。如果待到身影拖长时分，只见相模滩上，雾气渐收，波光如镜，一碧万顷。举目望远，绵绵群山，红装褪尽，始而卵黄弥空，继而淡蓝一色，白头富士，静倚晴空，皑皑多姿。

啊，我多么想请有情人饱览此时的富士曙光！

相模落日

秋冬之际，在风平浪静、晴空如洗的傍晚，立身相模滩头，极目远望伊豆落日，未尝不感慨万端，竟生和平岁月几何之叹。

夕阳临山至其尽皆潜形，需时三分钟。

金乌西斜伊始，富士及相豆群山，旋即淡如轻烟。日色泛白，银辉熠熠，炫目耀眼，远山如线。

太阳继续西沉，富士及相豆群山渐呈紫色。继而，通体泛紫，金纱缭绕。

此时纵目相模滩头，夕晖入海，直临足下，海上渔舟，点点熔金。逗子海滨，群山横亘。沙滩、房舍、松、人，以及滚倒在地的鱼篓，散落各处的草屑，无不通红欲燃。

在如此风平浪静的黄昏观看落日，大有守护弥留圣人之感。委实庄严之极，而又平和之至。纵然凡夫俗子，亦在其灵光环绕之中而觉肉体消融，唯独灵魂端立永世长存的彼岸。

此时此刻，天地万物，径入肺腑，浑融无间，物我一体，不以物喜，不以己悲。

夕阳继续西坠，及至伊豆山顶，相豆山随即暗影沉沉，唯独富士山峰姹紫如故，闪闪耀金。

伊豆山已衔落日。日落一分，海上浮动的日影便后退一里。一寸复一寸，一分又一分，夕阳依依回首，告离人世，步履蹒跚，渐渐落下。

当落日仅剩一分之时，陡然下坠，变成一道细眉，眉断为线，线缩为点，少顷了无踪影。

举目四顾，天地间再无太阳。群山大海，顿失其光，黯然神伤。

太阳终于遁去，然其余光忽如万箭向上齐发，西方由红而紫，确与伟人谢世无异。

未几，富士山亦上下苍然，西半天由黄而紫，继之色如熏黑的桦林，最后落下湛蓝色的帷幕。相模滩上空，太阳遗族般的银星次第舒眉展目，似乎预告翌晨的日出。

上州雨霁

自伊香保起程之时，春雨正急，击伞有声，行至涩川方止。渡过浑浊的利根川，往前桥方向行三四里，阴云联翩北去，午后的阳光，骤雨一般倾泻下来。

雨过天晴。阳光之下，万象焕然一新。桑林如海，绿浪千层，浩渺无垠。繁茂的新叶，经雨一洗，片片沾露，含光吐辉，流金泻翠，灼灼炫目。其间小麦扬花，大麦抽穗，随风起伏，洒金泼银。远近村落，树树嫩枝新发，房舍掩映其中，浑然凝碧。五月纸扎的红鲤鱼和洁白的小旗迎风袅袅，羊齿草点缀处处，宛如片片碧云铺地。远望群山，但见越路山头，白雪皑皑。此处农家，房顶多植菖蒲，但时值五月，鲜绿叶片之中，紫花簇簇，浓淡相间，使得茅舍恍若插花玉立的美人。清风徐来，桑树新叶惬意地左右摇摆，毫不吝惜地将那金刚石般的露珠颗颗抖落下去，房顶上的菖蒲花则摇头晃脑，轻拂碧空。适才蜷缩天空一隅的阴云，不知何时由浓而淡，乘风流逸。惟余两三缕轻盈的白云，宛似微风拂动的羊毛迤逦天际，且继续飘散，渺渺逝去，令人神思悠然。侧耳细听，时闻拂露采桑的少女歌喉婉转，越野而来。

今后，对这片上州平原风光，当刮目以视。

八汐樱花

离开马返，春雨淅淅沥沥，不久即停。春云宛如棉絮，远远近近，轻舒漫卷，露出碧紫色的天空，给人以无可言喻的温煦之感。

路入深泽谷，大谷川流水那难以名状的美丽姿容闪入眼帘。大谷川——与其说是川，莫如说是连续不断的飞瀑。破冰融雪的一溪清流，流至此处，仍恋其原貌，载冰挟雪，穿峡过涧，越石飞岩，一泻而下。当其跃身而起雪花四溅之时，点点飞沫，闪闪映日，姹紫嫣红；值其转体落下蓄力待起之际，一抹翡翠绿色，冷艳清丽，美不胜收。此等姿色，只可眼观，未可运思，更难言状，唯有立身石岩，徒叹造化之工。

然而，切不可忘情于脚下流水之美而忽略八汐樱花胜景。

此处樱花，与比之樱花则稍浓、较之蔷薇则略淡的杜红花为邻，在其新叶嫩绿的掩映下，托影于灰色枯木的背景，或呈山峰形，簇簇矗立，偎依春空，或一树横斜，驻足悬崖。含苞欲放者呈深红，嫣然绽放者为浅红，山中处处，娇艳媚人。八汐美景，同样令人欲言辞穷。每当男体峰飘下的片云展开垂天之翼翻山越岭而来，一时阴阳交错，光影奔逐。远方的樱花在阴影中扑朔迷离，如烟似雾，而近处的樱花却一身艳阳，珠光宝气，微启娇唇。

于是，随着阴云的行踪，山、水、花、木，或浴光，或笼影，或笑靥迎人，或眉宇含愁，极尽变化之妙。

郊林秀木

自东京西郊至多摩川，途中丘陵起伏，浅谷纵横，几条小径爬山下谷，蜿蜒蛇行。谷底为水田，间有溪流潺潺，溪畔偶见水车。山坡多为旱田，散布着片片整齐的杂木林。

我爱这杂木林。

树有枹、栎、榛、栗、野漆等，不一而足。大树稀少，多为根生树丛，其下略无杂草，娟秀洒脱，生机盎然，间或翠盖凌空，胜于挺拔的红松黑松。

每到银霜铺地、萝卜收获季节，一林金叶，如花似锦，直令枫林兴叹。

纵使落叶萧萧，万千秃枝，径刺寒空，亦不无其情韵。而当日落烟笼，林梢之上，淡紫横陈，皎皎明月，大如盆涌，最是饶有兴味。

春光来临，新芽竟萌，一时各色交汇，淡褐、鲜绿、粉红、浅紫、嫩黄……，温馨柔和，五光十色，何必舍此而独宠樱花！

盛夏之时，满目苍翠。徜徉林中，只见叶叶映日，绿玉碧玉相连，翠盖浑然天成，翼然头顶。于是脸亦泛绿，倘若打盹，恐梦也是绿色的。

及至采蘑菇时节，树林四周，胡枝子、狗尾草竞相抽穗，女萝花和巴茅则在林中恣意扬花，大自然在这里建起一座七草园。

入夜，有月自好，无月亦妙。风露之夜，路经林旁，松虫、铃虫、纺织娘、蟋蟀……万虫齐鸣，声如雨下，仿佛一大天然虫笼，别有一番情趣。

山间百合

晨起，厅前传来卖花翁之声。出得门去，见夏兰吾妻菊等黄紫各色花中，有两三枝百合。当即买下，插入瓷瓶，置于案首，顿觉清香满室。时而从蟹行鸟迹之上，移倦目于此君，不禁神飞山外。

夏花之中，我最爱牵牛与百合，而百合之中，又最喜白百合与山百合。

每对此花，便想起房州游踪。时值初夏，为解无伴之闷，常独在海滨登山。镜浦果真平滑如镜，一二小舟，飘浮其上，凝然如坐。矶山簇翠，海水凝碧，相映交辉。四周阒无人声，唯有日光充溢天地。在矶山缓缓入海之处，有略为光滑的岩石露出。独坐其上，刚觉恍惚入梦，旋即一阵香风悄然袭来，蓦然回首，一枝百合玉立身后。

每对此花，便想起相州游山之行。在每一抔土都包蕴历史的胜地，在依山而建的茅舍旁边，在陡峭如削的危崖之上，在幽幽古窟，在古代英雄长眠之所，在细谷川流经之处，杉木荫下，细竹丛中，无处不见百合莹洁的倩影。偶遇负薪村童，其草篓上亦插有两三枝此花。行至蛙声四起的田间小路，步履之间，抬头忽见一座饭团般的青山矗立眼前。漫山巴茅，如山姬秀发，其间无数百合，白影点点，玉簪天成。风息之际，宛如缀满白色提花的绿色天鹅绒地毯。阵风掠过，一坡青茅，翠波鼓荡，万千百合，恰似随波逐流的开花浮萍。

每对此花，便想起清晨登夏山之时。山间嫩寒浸衣生凉。路渐变细，松枝繁茂于上，细竹葳蕤于下。分路前行，山露沾衣。忽有微风送来一阵幽香，举目四顾，只见细竹丛中挟株百合，一枝独放。尽管露湿至膝，仍拨竹趋前，撷取手中。那白玉盅般的花朵里挹满清露，纷然落下，香透衣襟，而折花时探出的袖口，尤为清香馥郁。

每对此花，便想起天女那高洁的面影。发清香以为德，保洁白以为节，生于杂木纵横、山竹乱舞之世而不俯仰从俗。悲天悯人，常噙泪带愁，而每仰天日，便倏然泪消，双眸含笑。栖身荒山，无人观赏，自度枯荣，而怡然自得。在山则花满于山，移园则香溢于园。花开不骄，花落无怨，清白一世，寄心永恒的春天。天女面影，舍此而何？百合风骨，岂非是哉！

原野良宵

阴历七月十五之夜，月白风清，正是良宵。

置笔于案，轻推柴扉，移步院内，方十五六步，便行至苍郁挺拔的栗树跟前。阴影之下，有一眼井。冷气如水，暗中浮动。虫鸣唧唧，不绝于耳。水珠似银，不时落下，不知何人汲水方去。

继续前行，驻足田间。远处，大片竹林之上，明月一跃而出，清辉溶溶，浸润天地，令人如同置身水中。星光淡淡，若无还现；冰川森林，轻挽烟纱，似有若无。凝神而立，身旁桑叶玉米叶沐浴月华，碧光闪烁；棕榈窸窸窣窣，对月低吟。一踏上虫鸣声声的青草，脚前月影零乱，露珠连连滚落。树丛一带，鸟语频频，在这月色妩媚的夜晚，想必鸟类也难以成眠。

空旷处月华如清水漫涌，树下则似碧雨滴落。回步再过树荫，林木间灯火明灭，有人乘凉夜语。

虚掩柴扉，端坐檐廊，不觉十时已过。夜深人静，月移梢头，一庭月影，美胜梦境。

月照满庭绿树，树印暗影，黑白相间，斑驳闪现。廊中有一巨枫般的树影，为八角金盘所投。月光泻于平滑的叶片，恍若碧玉团扇，却又黑斑点点，闪闪烁烁。李树也枝影婆娑。

每当月宫送来的清风掠过树梢，满庭的月光与树影便相拥起舞，白光摇曳生姿，黑影窃窃私语。徘徊其中，宛如无热池藻间的一条游鱼。

香山流云

清晨，春雨潇潇。时近中午，雨势悄然减弱，满目云雾，渐趋淡薄。虽然除伊香保一山以外，四周仍溟濛一片，但看来已离晴不远。山谷云雾，翻卷而上，势若飞烟，掠房舍，拂松杉，汹涌而去。俯视庭泉，雨滴入水，频生涟漪；仰首云天，白雨如丝，随帘而下。然天空愈发明朗，小鸟声喧，飞燕翩舞，牛鸣远处。楼上楼下，无不启动拉窗，同喜天欲转晴。

果然，午后二时，盈谷雾阵，偃旗息鼓，小野子山、子持山，自腰而下，豁然闪出。雾散雨霁，翠浓绿鲜，森森欲融。俄顷，头顶青天，斑驳忽现。阴云愈发四处流散，或去山腾空，或重新聚合，或向东疾驰。

忽然间，赤城山左侧，一抹断虹，恍若梦境，七彩凌空，娇艳欲滴。片片白云，渐次飘离子持山腰，行止缓缓，移往赤城。每当其从彩虹上飘过，七色弧练，若续若断。须臾，子持山右侧也现出一缕虹影，疏淡轻灵，薄而未连，俨然脱节的光链。

登楼望远，但见满天流云，瞬息万变，莫可名状：贴山而过者一色深绿，飘乎其上者通体洁白；依稀莫辨者有之，面带愁容凝然不动者有之，凌驾他云轻盈悠逸者有之；或如巨人怒吼，或似美人含笑，或奇形怪状，或横亘无垠，或堆积如棉，或白似银，或亮如铜，或紫，或碧，或灰，纷然杂陈，仪态万方，弥漫空中，浑然天就，令人目不暇接，若见之于画，委实难以置信。且云内有云，云外有云，重重叠叠，不知深有几许。见得茫茫云间稍纵即逝的碧空，觉得竟同立身悬岩俯视深渊无异。

眼见子持山巅浮云点点，转瞬间便如风卷白旗，翻往山腰，而为一抹横云；眼见小野子山顶云积若岩，倏忽间即了无踪影。一秒之间，流云便如此变幻莫测。此刻的夕阳，金光万道，西天积云，内紫外金。云隙之间，夕晖如雨，闪闪泻下。绵绵远山，金烟缭绕。小野子山头，三朵立云，俨然三炷紫色烽火，高标天际。而正面迎晖之云，则似闪闪白金。子持山间，顿生金碧百褶。拦前岭上，一林残照，雨后如腾绿焰。夕阳之下，西半天连绵的云朵逐渐遁形，原被云层遮掩偶露眉眼的天空，此刻尽展笑颜，蓝而耀金。迤逦流云，腾蛟起凤，蝶飞蛾舞，尽皆金腹紫背，在长空中泛起金色波纹。而赤城方向的云层依然浓墨重彩，或铜黄，或深蓝，赤城山如肩负千钧，大有力不胜支之感。

顷刻，夕阳西坠，夜幕低垂。起伏群山，黯然失色，但空中仍微光闪烁。春夜空中金星最亮，群星则如万点银花，缀满苍穹。赤城山、小野子山、子持山，依然黑云压顶。伊香保一团漆黑，而汤泽水声哗然。

第二部

少年的悲哀

少年的悲哀

导读

国木田独步（1871—1908），日本现代小说家、诗人。千叶县人，曾就读于作为早稻田大学前身的东京专门学校。历任教员、新闻记者、杂志编辑等职，一九〇八年病逝。主要作品有《武藏野》《牛肉和马铃薯》《源老头儿》《镰仓夫人》《春鸟》等。

国木田独步深受华兹华斯的影响，作品充满对大自然的热爱之情。同时作为基督教徒，笔端倾注了对社会底层人们不幸命运深切的同情。这点从《少年的悲哀》这部发表于一九〇二年的短篇也可看出。通常说来，风景描写应是心境的外观或衬托，“感时花溅泪，恨别鸟惊心”。就这部作品而言，既然主题是“悲哀”，那么作为主人公置身其间的风景，理应充满凄风苦雨才是。而这里却似乎相反。“虽然刚刚入夜，但明月早已高悬天幕，漫山遍野，一派清辉。原野尽头，雾霭横陈，宛如梦境；片片树林，烟云低垂，若浮若沉。柳树低矮，叶端夜露晶莹，如珠似玉。”还有，“从海湾深处放眼远望，只见船灯高挂，如银星在天；灯影低映，似金蛇起舞。空明的月华之中，浮现出寂寥的山影，一如白昼。”寂寥固然并非没有，但总的说来，莫如说是欢快迷人的风景。

然而就在这样的风景描写中，悲哀的故事开始了。一个正当妙龄的女子（妓女）两天后就要被人领去“日朝合并”前的朝鲜。而她动身前的最大愿望，就是看一眼分别四年而现在连“死活都不知道”的弟弟。在这一可怜的愿望也无法实现的情况下，她请求德二郎把听说长得和弟弟相像的“我”领来看上一眼——“‘我弟弟照那张相时也是十二，今年十六……是的，是十六。可十二岁分别以来再没见过。所以，我觉得他现在也是少爷这个模样。’说着，她一动不动地盯着我的脸，两眼突然湿润了。月光之下，那张脸看起来更加苍白。”

“蝉噪林逾静，鸟鸣山更幽。”南朝王籍首创“动中间静意”这一审美意象，遂有“文外独绝”之誉。这里，在欢快迷人的风景中推出了如此不幸的女子——这样的反差或对比，未尝不可以说愈发加重了少年的悲哀。至于这样的表现手法在日本近现代文学中是不是首创，作为我自是不敢断定，但国木田独步开日本自然主义文学先河这点，应该是毋庸置疑的。恕我重复，对大自然的热爱、对普通人不幸的同情，可谓国木田独步文学的两个支点，也是他的精神支点。可惜在结核病菌的袭击下他没能支撑下来，年仅三十六岁便与世长辞。

最后说两句翻译。《少年的悲哀》是我翻译的第一部纯文学作品，发表在暨南大学外语系主办的《世界文艺》（季刊）一九八三年第四期。一九八三年，我从吉林大学研究生院毕业南下的第二年。也真是幸运，一到暨大就有这样一份全国公开发行的外国文艺专门期刊等着我，我的文学翻译生涯由此起步。主编是英诗翻译家、诗人翁显良先生，顾问是戴镏龄（中大教授）、曾昭科（暨大外语系教授兼主任、广东省人大常委会副主任）、黄秩球（暨大中文系教授）、黄伟经（广东省作协外国文学委员会主任、花城出版社编辑）。就我日后接触的范围来说，八九十年代的暨大外语系文学翻译阵容是最为齐整的：刘新粦、黄锡祥、钟锡华、禹昌夏、陈垣光……刊物早已消失了，但他们的名字不会消失也不应该消失。

少年的悲哀

[日]国木田独步

如果说，少年的欢乐是一首诗，那么少年的悲哀也是一首诗；如果说，应当歌唱童心里蕴藏的欢欣，那么也应当歌唱童心中泛起的悲哀。

反正，我要诉说我少年时期的一段悲哀。

八岁到十五岁，我是在伯父家度过的。那时，父母都在东京。

伯父家是当地的富户，拥有很多山林土地。家里经常雇佣七八个男女仆人。

我应当感谢我的父母，是他们让我在乡间送走了少年时代。假如八岁那年跟父母去了东京,我的今天恐怕就不会是这个样子。至少，我的心灵不会从华兹华斯一卷中感受到那般豪迈而清新的诗情，尽管我的智力可能比现在更为发达。

我每天在山野中跑来窜去，度过了快活的七年。伯父家住在山麓下，附近树林相连，有河，有泉，有池，稍远一点，有濑户内海的港湾。不管是山川田野，还是树林海湾，一任我尽兴游玩。

对了，记得我十二岁的时候，一个叫德二郎的男仆劝我晚上跟他出去，说要带我去一处有趣的地方。

“哪里呀？”我问。

“哪里你先别问，哪儿还不都一样！我德二郎领去的地方没有没意思的。”德二郎面带微笑地说道。

这位叫德二郎的汉子，这年二十五岁，生性倔强。孤儿出身，已经在伯父家干了十一二年。人长得不错，皮肤微黑，五官端正。而且十分豪爽，喝酒便唱，不喝也唱，边唱边干。他不仅脸上总是显得喜气洋洋，心地也非常善良正直。伯父和村里人都很喜欢他，说他这样的人在孤儿里是少有的。

“不过,可要瞒着伯父伯母哟！”说着,德二郎嘴里一边哼着什么，一边爬上后山。

盛夏的夜晚，月华如水。我跟在德二郎后面，走进田地，快步穿过稻谷飘香的田间小路，上了河堤。河堤陡然高出地面，站在上边，可以望到无边无际的原野。虽然刚刚入夜，但明月早已高悬天幕，漫山遍野，一派清辉。原野尽头，雾霭横陈，宛如梦境；片片树林，烟云低垂，若浮若沉；柳树低矮，叶端夜露晶莹，如珠似玉。前方不远，小河流入海湾，晚潮汹涌奔来，水面高涨。因此，看上去，用船板搭的小桥突然变矮，河柳半浸水中。

堤上清风徐来，而河面水波不兴，平滑如镜，映出一片湛蓝的夜空。德二郎走下河堤，解开桥下的小船。然后轻轻纵身一跳，本来凝寂的水面随即荡起波纹。

“少爷，快、快上来！”德二郎边催边竖起桨来。

我刚一跳入，小船便向海湾方向顺流滑去。

随着临近海湾，河床逐渐宽阔起来。皎洁的月光浸润着河面，左右堤岸缓缓远离。回头望去，上流已经笼罩在雾霭里。不知不觉之间，小船已驶入海湾。

海湾如湖水一般坦荡，凌波横渡的，只有我们这一叶小舟。今晚的德二郎，的确不似往常那样快活爽朗，他一边低声哼着，一边悄悄摇桨。这条海湾，退潮时几乎就是泥沼，而现在由于正值满潮和月光辉映，样子完全大变，使得我没有感到这就是我平时见惯了的、臭气扑鼻的海湾。南面山影沉沉，倒映水中；东面和北面一马平川，月光溶溶，水陆相连，浑然一体。小船向西面驶去。

西面是海湾的入口，水窄而深，岸陡且高。在这里抛锚的船虽然为数不多，但体积庞大。大多是洋式帆船，所装货物都是海湾出产的食盐。此外，有几艘从事对朝贸易的本地人私有船，也有在内海航行的日式船。两岸房屋高高低低，依山临水，居住着几百户人家。

从海湾深处放眼远望，只见船灯高挂，如银星在天；灯影低映，似金蛇起舞。空明的月华之中，浮现出寂寥的山影，一如白昼。

船愈往前行，这座小港的声音愈听得真切。我现在已经无法详细描述当时的情形了，不过可以说一下那天夜晚映入眼帘、至今仍历历在目的景象：夏夜之月，皎洁光朗。船上的人走到甲板，房子里的人移身户外。临海窗口尽皆敞开，灯火随风明灭。而水面如油，有吹笛者，有歌唱者，阵阵欢声笑语随同三弦声一起从岸边妓院传出，好一派歌舞升平的气象。然而，同时我也无法忘怀包围着这幅迷人图景那寂寥空蒙的月色、水光、山影。

德二郎把船摇出帆船的阴影，靠在幽暗的石级下边。

“上来吧！”德二郎催道。自从在堤下招呼我上船后，船中他还一句话也没跟我讲过。我全然不明白他为什么要把我领到这里来，但我还是顺从地下了船。

系好缆绳后，德二郎也赶紧踏上石级，在我前面甩开大步。我默默跟在后面。石级不到一米宽，两边悬崖高耸。上得石级尽头，到了像是一户住宅内院的地方。四周围着板墙，墙角放有水桶。一株橘子树样茂密的树冠暗影从一侧板墙外面探出。月光皎皎在地，四下寂然，杳无人影。德二郎伫立片刻，仿佛在侧耳倾听，然后快步走近右边的板墙，往前一推，里边一扇黑门静静打了开来。一看，迎门立着一架楼梯。与此同时，楼梯传来轻轻的脚步声，一个年轻女子出现了。

“德君来了？”

“在等我们吧？”德二郎向女子说着，回头看我一眼，加上一句：“把少爷领来了。”

“少爷请上，你也快上去吧。在这儿时间久了不好。”女子催促德二郎。德二郎迅速跨上楼梯，只对我说了声“少爷，这里黑！”便和女子几步爬了上去。我只好跟在后边，迈上这又暗、又窄、又陡的楼梯。

这是一座我一无所知的妓院。我们被女子领到客厅坐下。客厅临海，凭栏下望，不但港口尽收眼底，而且海湾深处、原野尽头、西面海角也都遥遥入目。但这间客厅只有六张榻榻米大，榻榻米都已陈旧，一看就知这屋子不怎么体面、阔气。

“少爷，请坐这儿。”女子说着，把坐垫放到栏杆下面，劝我吃橘子和另外一些水果。接着打开隔壁房间的门,里面已经备好了酒茶。女子端出来后，同德二郎相对而坐。

德二郎不同往日，脸上闷闷不乐，接过女子斟满的酒杯，一饮而尽。

“什么时候走，也该定了吧？”他定定地注视着女子的脸问道。女子正当妙龄，不是十九就是二十。但脸色发青，一副有气无力的样子，我真怀疑她是个病人。

“明天，后天，大后天，”女子屈指数着，“定在大后天了。可现在我又有些二心不定。”说着，垂下头去，偷偷用衣袖擦了擦眼角。这时间里，德二郎自斟自饮，咕嘟咕嘟喝个不止。

“事到如今，说什么不都没用了吗！”

“那倒是——想起来，一下子死了该有多好！”

“哈哈哈哈，少爷，这位姐姐说想死，这可如何是好，……喂，我把讲定的少爷领来了，仔细瞧瞧吧！”

“刚才一到，我就一直在看，果真像得很，真巧。”女子说着，含笑凝视我的脸。

“像谁？”我吃了一惊。

“像我弟弟呀！说少爷像我弟弟，怕是委屈了你。喏，你看！”女子从腰带间摸出一张照片，递到我眼前。

“少爷，这位姐姐把照片给我看过，我说和我们家少爷一模一样，她就非要我把你带来不可。今晚这不把少爷带来了，你不好好款待可是不行的啊！”二郎一边说着，一边一口接一口地喝酒。

女子往我身旁靠了靠，莞尔一笑，亲切地说：

“我什么都舍得，少爷喜欢吃什么呀？”

“我什么也不要。”说罢，扭过头去。

“那么到船上去吧，跟我一块上船。好吗，嗯？”说着，女子先起身出去。我不声不响地跟在女子后边下了楼梯，德二郎只是笑着看着。

一走下来时的石级，年轻女子先让我上船，随后解开缆绳，翩然跳入，轻快地摇起桨来。我虽是不懂事的少年，也对这女子的举动感到惊异。

船离开岸边。往上一看，见德二郎凭栏俯视，屋内的灯光、外边的月华同时投射在他身上，使得他的身影显得轮廓分明。

“当心，危险！”二郎从上边喊道。

“不要紧！”女子在下面回答，“马上就回来，你等一下！”

小船在大大小小六七艘船的空隙中拐来拐去，不一会，驶进了烟波浩渺的海面。月光愈发皎洁，竟同秋月一般。女子停止摇桨的手，挨我坐下，一边仰望月亮，环顾四周，一边问：

“少爷，几岁了？”

“十二。”

“我弟弟照那张相时也是十二，今年十六……是的，是十六。可十二岁分别以来再没见过。所以，我觉得他现在也还是少爷这个模样。”说着，她一动不动地盯着我的脸，两眼突然湿润了。月光之下，那张脸看起来更加苍白。

“死了？”

“不，要是死了，我也就死了这条心了。分开以后，就再也不知道他怎么样了，去了哪里。父母死得早，只剩下我们姐弟二人相依为命，可如今天各一方，连死活都无法知道。而且过几天我就要被人领到朝鲜去，不知在这个世上还能不能相见！”说罢，泪水顺着两颊直流下来。她没有擦，依然看着我的脸，不住声地抽噎着。

我眼望陆地那边，默默听着她的话。家家户户的灯光映入水中，闪闪烁烁，随波摇颤。一个汉子缓缓划着舢板欸乃驶过，留下一缕清澈的船歌。此时此刻，我的童稚之心，也感到了无可言喻的悲哀。

忽然间，一叶轻舟飞扑而来。是德二郎。

“酒拿来了！”二郎在几米外说道。

“真高兴！我刚才对少爷谈起弟弟，还哭来着。”女子说话之间，德二郎的小船靠上来。

“哈哈哈哈，我料想你会这样，所以把酒拿来了。喝，喝，我这就给你们唱歌！”

德二郎好像已经醉了。女子接过他递来的大酒杯，斟了满满一杯，一口气喝干。

“再来一杯！”这回是德二郎斟的，女子又一饮而尽，对着月亮吐了一口酒气。

“好了，下面我唱给你们听。”

“不，德君，我想痛痛快快哭一场。这里谁也看不见，听不见，你就叫我哭一场吧，叫我痛痛快快哭上一场吧！”

“哈哈哈，那你就哭，我和少爷两个听着。”德二郎看着我笑道。

女子俯下身子，伤心地哭起来。但毕竟不敢放大声音，后背一起一伏，显得很是痛苦。德二郎突然神情严肃地看着眼前的情形，随即转过头去，默默望着远方的山。过了一会，我开口说：

“德君，该回去了！”

听我一说，女子蓦地抬起头：

“对不起！其实，少爷看着我哭，又有什么意思呢……由于少爷赏光，我觉得自己好像见到弟弟了。少爷也要注意身子，快快长大，好当个有出息的人。”女子哽咽地说，又转向二郎：“德君，太晚回家不好，快领少爷回去吧。我现在哭了一阵子，昨天以来的慌乱心情好像变得痛快些了。”

女子送我们船走了三四百米，在德二郎的吆喝下才停住手。于是两只小船渐渐离得远了。船上分别时，女子再三再四地请我不要忘记她。

直到十七年后的今天，我依然清楚地记得那个夜晚的情景，想忘也忘不掉，女子那张可怜巴巴的面影仍旧在我眼前晃动。而且，那天夜里像淡淡的雾霭一样笼罩在我心头的一片哀情悲绪，随着年龄的增长变得更加浓厚起来。现在，只要一想起当时的心情，我就感到一种不堪忍受的、深深的、静静的、无可排遣的悲哀。

在那以后，德二郎由于伯父的帮助，成了一个像样的农民，现在已经是两个孩子的父亲了。

那位风尘女子，在沦落朝鲜之后，是继续浪迹天涯度其薄命的一生，还是已经辞离人世而命赴寂寞的黄泉，我自然不得而知，德二郎似乎也不知道。

第三部

天皇的帽子

天皇的帽子

导读

今日出海（1903—1984），日本现代小说家、评论家。北海道人，毕业于东京大学法文系。历任明治大学教授、文化厅长官、日本国际交流基金董事长。主要作品有长篇小说《山中流浪》《山上女人国》《海盗》等。

《天皇的帽子》发表于1950年，同年获日本最有影响的大众文学奖项“直木奖”。评审委员为久米正雄、大佛次郎、狮子文六、井伏鳟二、木木高太郎、永井龙男等九位。井伏鳟二认为这部短篇“作为大众小说是合适的，话语巧妙，令人在微笑之中感受到主人公的孤独”。木木高太郎特别肯定了其创意和独特性，认为“着意于大众小说所没有的方向”。文学评论家们也大多赞赏有加。例如，平野谦说“以文学创作如此巧妙地批判天皇制，在左翼作家中迄未有之”。濑沼茂树也注目于这部小说的批判性——“猛烈地批判了置人的内在价值于不顾的权威主义”。尾崎秀树也认为“这是对日本社会的讽刺”。就作品的艺术性而言，山本健吉甚至说：“这是绝妙的短篇小说，是芥川龙之介、菊池宽之后断绝了的风格。”

的确堪称绝妙的短篇。先看主人公形象刻画之妙。主人公无非是成田弥门，成田弥门的形象特征无非是头大：“最惹人注目的，是他的头大。”大得买不到合适的帽子，“只好把帽子后沿儿剪开，使之勉强得以扣在头盖骨上。”而他真正的不幸，较之头大得不着边际，更在于“其中装的脑浆简直粗制滥造，一塌糊涂。据说脑浆表层纹路细腻，人的脑袋才聪明。可是，弥门脑壳里装的脑浆，怕是全然没有纹路，而是像气球或足球那般光秃秃、圆溜溜的东西”。以致读了九年才勉强从中学毕业出来。

其次是构思之妙。妙在帽子。起始受困于帽子，而后得益于帽子。起始人改变帽子，“把帽子后沿儿剪开”，可谓剪帽适头；而后帽子改变人，改变他的心境，改变他的举止做派，可谓人役于物。其实帽子之前的制服就已透露了个中信息——邮电省让他身穿天皇侍从武官制服站在紫宸殿右侧拍摄下来作为大正天皇登基纪念邮票。他手持长弓，背负箭囊，昂然挺立。“仅此一举，便给弥门长期怀有的引罪自责心理注入了一股清泉，使整个人顿时生机蓬勃。”此乃前奏。高潮随之而来。一次，宫内省一位侯爵送给他一顶天皇的帽子——大正天皇的御冠："陛下龙头大得出奇，无人可以拜受所赐御冠……你戴也许合适。”果然合适，一如定做的一般端端正正扣在脑瓜顶上。

自从戴上天皇的帽子，他的心境发生了变化，妻子说冷也罢道热也罢，他全当耳旁风。走路时“既不拔腿飞奔，又不大步疾行，总是迈着一般大小的步子，显得悠然自得，绝不左顾右盼”。前后差别最明显的，表现于他在T伯爵府中。以前在府中当侍从时，一次伯爵把吃剩下的一半西瓜扣在坐在旁边侍候的弥门脑壳上,说“以后当帽子吧！”弥门生怕扫了伯爵兴致，只好忍住不动。而后来呢？后来探望生病的伯爵而对方最后朝他狂吼乱叫时，弥门毅然起身，全然没有回头。“‘司机呢？’他只说了这么一句，便端然坐在车上，将天皇的帽子缓缓戴在自己的大脑袋上……”

小说便是如此巧妙地表现了天皇的帽子等外在形式的改变与主人公内在心境的改变之间的关系，同时表达了小人物内心的孤独、酸楚与悲哀，进而批判了以天皇制为代表的等级制度、权威主义以及武士道传统对个人尊严的漠视与践踏，发掘出了造成主人公畸形性格的社会、文化与体制的深层次原因。这也可以说是立意之妙。总之，这部短篇小说构思新颖别致，立意含蓄深刻，笔调生动诙谐，引人发笑又不忍完全付诸一笑，的确是一部不可多得的精彩短篇。

这译文是我早期的作品，发表于吉林人民出版社主办的《日本文学》季刊一九八五年第四期。常务副主编是李长声，向我约稿的应是宋世宜先生。长声兄早已东渡扶桑，宋先生不知今在何方。《日本文学》也已停刊不知多少年了。三十五载，白驹过隙。斯人斯事，倏然复苏。种种感怀，般般思绪，又与谁人说！

天皇的帽子

［日］今日出海

一

成田弥门离开祖辈曾做过东北某藩王家臣总管的生身之家，到成田家作了养子。养父成田信哉虽是须发斑白的老人，但毕竟是武士出身，尽管腰间似乎微微弯曲，而胸部却陡然挺起。家中，茶室的拉窗上方挂着一幅写有乃木希典[1]书信的字画，裱糊得平平展展。一眼看去，便知他大概是一位确乎同乃木大将有过密切交往、态度古板谨严的长者。

弥门自幼便当了养子。因此，受生身之家习惯的影响不多，而对养父家的清规戒律则了如指掌。成田信哉曾作为官军参加过五稜

1　乃木希典（1849—1912），日本明治时期的陆军大将，伯爵。日俄战争时任第三军司令，后为明治天皇殉死。

郭之战[1]，步入宦途。其同僚之中，或任朝鲜总督，或迁东京市长，或为内务大臣，无不声名赫赫，而他却应藩王T伯爵的恳切请求，断绝仕进俗念，在本所的江户下公馆里当了一名总管，委身听命于人。

弥门敬重养父，至死都认为这世上除藩王老爷以外，便数养父伟大。确实，在T伯爵的家臣之中，成田信哉处于最高地位。他用心培养与弥门同年的少爷，虽然连老爷都觉得信哉的方法对教育当今的年轻人未免有些过时，但又转而认为这种一丝不苟的武士家风式的教育当是百益无一害，于是听之任之。

由于弥门同少爷藤磨年龄相同，因此大凡做事，两人总是形影不离。或在后院练习弓箭，或几乎每日在宅内自用的宝生[2]舞台上跟随身为能乐名手的伯爵学习谣曲、笛子。老夫人叫来师傅学击鼓时，弥门也同藤磨一起凑趣其间。

弥门心中牢记：起床后应立即穿上裙子，不到就寝时不得脱掉。还被教知，分开双膝盘腿而坐是外面市民之子的恶习，因此他一生中从未盘腿坐过。

他遵照养父教诲，举止端庄，为人彬彬有礼，落落大方，一如从能乐中所记。即使在言辞明快的老爷面前，他也临阵有余，远在其他家臣之上。这时，少爷藤磨说服了由旧藩士组成的顾问团，只

1 五稜郭之战：五稜郭是日本封建社会时期的最后一个幕府——江户幕府设在函馆的城郭。明治元年（1868年）幕臣榎本武扬、大鸟圭介等在此抵抗明治政府的军队。

2 宝生：宝生流派，日本能乐五大流派之一。能乐，日本剧种之一。在笛、鼓的伴奏下唱着谣曲表演，多戴面具。

待中学毕业即赴德国留学。华族[1]之中，无论在情趣上还是在生活上，伯爵大凡都以“封建”闻名，而如今却放独生子漂洋过海，留学德国。这或者可以说是心血来潮，但到底不失为英明果敢之举。

还有，成田信哉老人本来一向被大家传为对伯爵的因循守旧推波助澜的顽固人物，而现在伯爵却叫他将其儿子送往柏林。消息传出，更使人们惊愕不止。这是伯爵答应留学的交换条件。

仅仅藤磨在成田信哉陪同下留学期间的奇闻轶事，便足以写成一部小说。但笔者想写的，倒是成田之子弥门。成田走后，留妻子绫乃在家。绫乃是一个旧式女人，其守旧程度比丈夫有过之而无不及。当时明治都已近尾声，日本已脱离文明开化阶段，跻身世界舞台，正是伸张国威之时，然而绫乃却在卧室里对电灯不屑一顾，一如既往地点着一盏上面写有“小心用火”的方形纸罩座灯，委实可谓落后于时代的夫人。夫人如此，其养子弥门自然除了与世隔绝般的教养之外，便一无所知了。

弥门是在养父养母的百般溺爱中长大的，他果然不愧为出色的养子，同成田家人如出一辙。前面已经说过，他是从早到晚穿着裙子长大的。养父朗诵汉诗，他随之跃身舞剑。在尚武精神江河日下的时代，他弓术、剑术精通，舞蹈、谣曲娴熟。小小年纪便对养父家教无不身体力行，难怪被养父养母视若掌上明珠。

可是，当前往柏林的藤磨在熟悉异国的语言习惯后住进名叫海德堡大学城钻研学问之时，进入日比谷中学（后为府立一中）之前

1　华族：日本明治维新后废除“公家”（公卿）、“大名”（诸侯）等称呼，而改称为华族，其爵位分公侯伯子男五等。位于皇族之下、士族、平民之上，享有特权。

与少爷是同学的弥门，却迟迟不得进展。尽管养父母心里盘算至少要让他读完中等学校，无奈他接二连三名落孙山。他从不迟到缺课，品行倒也端正，只是关键的大脑不知塞的是何许东西，连任课老师都感到迷惑不解。

养父是击剑名手，其剑术在藩士之中无人可比。为了学剑，曾从东北出发，徒步周游诸藩，终于走到鹿儿岛，谒见西乡隆盛[1]而归，其英风豪气，由此可见。而且有汉学造诣，提起笔来，作为书法家也是一流的高手。弥门也自小用心习字，在本所小学里，不仅在全校学生中首屈一指，甚至有人说连老师都相形见绌。然而在如今所上的中学里面，习字课时减少，且在各科之中无关紧要。养父对此愤愤不平，弥门大失所望。他不明白为什么从老师到学生都给英语和数学弄得如醉如痴，这就难怪他像例行公事一样回回落第了。

二

现在，得回过头来说一下弥门的相貌体魄。他长得牛高马大，初中三年时便超过了五尺五寸。最惹人注目的，是他的头大。为了买到最大号的中学校帽，成田一家伤透脑筋。无论去哪家帽店，都很难见到与弥门脑袋吻合的帽子。无奈，只好把帽子的后沿剪开，使之勉强得以扣在头盖骨上，就此作罢。否则，是永远找不到称心

1　西乡隆盛（1827—1877），明治维新的领导人，后鼓吹征服朝鲜，未果，回乡举兵，兵败自杀。

如意的帽子的。当然，这也不是在学校指定的帽店买到的，好不容易发现一种铁道院[1]或瓦斯公司职员用的那种带帽遮儿的大人帽，买后还必须将后沿剪开，由此可以想见其脑袋是何等之大。

他的不幸，与其说在于他是这大得不着边际的大脑壳的持有者，毋宁说是在于其中装的脑浆简直粗制滥造，一塌糊涂。据说脑浆表层纹路细腻，人的脑袋才聪明。可是，弥门脑壳里装的脑浆，怕是全然没有纹路，而是像气球或足球那般光秃秃、圆溜溜的东西。在这很久以后，藤磨因父亲去世，只好从德国回来。回来后，给他儿时的朋友弥门取了个诨名，叫作“水头”。其意思，好像不是说头之大，而是指里边装满了水。

脑袋不好使，这并非弥门的罪过。他的生父伊藤弥五郎自从废藩设县以后，像小原庄助一样坐吃山空，任凭一应家具什物变卖干净而毫不介意，唯有酒桶一物日夜相随左右，未曾缺过。他日常坐卧，酒不离口，竟同喝水饮茶一般，终于因所谓酒精中毒而一命呜呼。也许是由于遗传作用，弥门的脑袋里装的，竟全然是水。

他熬了九度春秋，好歹从中学毕业出来（校长和任课教师不忍心将这刻苦用功的模范青年推出校门，给了他个毕业资格）。那脑袋实在再无半点填塞学问的余地。这时他已过当兵年龄，便申请超龄应征，体检结果，顺利通过，并由于体格、姿势端正而得到上司的青睐，被选为近卫军，守卫紫禁城。

这使得养父母喜出望外，正中下怀。然而时过不久，弥门因痔

1　铁道院：日本原直属内阁的中央行政机关。

疮复发入院，由于治疗后果不佳，竟致惨遭除名。

本所多有诸侯宅第，本是幽静的住宅地段，但由于水上交通方便，正日益变成工业地带。于是T伯爵在傍山之处找了一地皮，把旧宅卖给了一家化妆品制造厂。

伯爵心想，藤磨回国之后，毕竟不宜住这种江户时期以来的老式建筑物，于是下决心在麻布三河台新建了一所和洋结合风格的住宅。能乐舞台和大客厅依然为和式建筑，而将大概是给新君婚后夫人住的新馆统统建成洋式。而且，在做此英明决断的同时，决定裁减人员。但由于成田信哉是为侍奉藩王而牺牲自己一生的有功之臣，且为旧藩士顾问团成员之一，因而得以作为家臣继续留任。可是，成田自从护送新君赴德，独自一人乘火车经西伯利亚回来以后，突然感到体力不支，提出由于年老体衰，难以侍奉主公，请求在迁到新居之后告老闲居，并推荐自己的儿子充任一名管家。

父亲信哉领了一间简陋房屋，并蒙伯爵赐话，让他终生住在府内，照看T家后人，自此赋闲家中。于是，儿子弥门随后同其他管家一起，或夜里在前院值班，或送往迎来，或陪伴老爷外出，忙得不亦乐乎。对他来说，可谓再合适不过的职业。

他不吸烟，在冷冷清清的空屋里正襟危坐。由于自幼对此习以为常，因此即使如此令人难以忍受的差事，他也丝毫不以为然，反倒觉得比在家听年老性急的养父絮絮叨叨说三道四心里舒坦得多，因此更加兢兢业业，从不怠慢。

不料，在老爷死后不多时日，成田信哉也如火熄一般死去了。其原因，一来可能由于不顾自己年迈体衰，忙于老爷葬礼；二来大概由于自己侍奉一生的主人去世而精神崩溃。当时，旧藩士之间议论说，这简直是殉死。弥门虽然为失去靠山而感到一筹莫展，但又为自己有这样一位为老爷殉死的伟大父亲而沉浸在喜悦和自豪之中。

三

待新主人藤磨回国时，邸宅样式早已一改旧观。他既没来得及为伯爵送终，又没有赶上信哉辞世。新主人传谕说，他不再需要身着裙子的司茶人和佣人等旧时代的遗老遗少，因而管家等众人就此完事大吉。他又是声称老爷建造的洋房不堪居住，又是叫建筑师重新设计，又是命令三越家具部再度进行室内装饰，如此等等，不一而足。往日那满脸稚气的小少爷，一下子变成了暴君，前后简直判若两人。不过，对弥门倒特别开恩，允许他继续留任，并可以依旧在那间陋室栖身。听到此话，弥门感到君恩如海，泪珠从那长得滴溜溜圆的眼睛里滚落下来。府中上下，无人不在背后说藤磨伯爵的坏话，独有弥门一人反倒诚惶诚恐，仰慕不已，认为新主人实为英明圣主，不愧从欧洲学成归来，对陈规陋习毫不手软，摧枯拉朽。

唯有一事令人百思莫解，那就是伯爵没有一夜不离家外出。归时汽车上载着漂亮的妓女，喝得酩酊大醉，口中吆五喝六，“成田，过来！”令他作陪同饮威士忌。

弥门见酒生厌，对酒有着痛苦的回忆。生父一生嗜酒成癖，大饮这种混账液体，以致最终落得一个言语不清、脚步踉跄的下场。

自己也因这种兴妖作怪的水大倒其霉，竟蒙少爷赐了一个“水头”诨名。因此，只这一事，虽说君命难违，也不免深感伴君之苦。

然而，更加不堪忍受的，倒不是同藤磨促膝对饮这种怪水，而是身旁的美人。那美人打扮得妖冶逼人，使得他几乎睁不开双眼。并且散发简直令人窒息的脂粉香味，还娇声说道：“我来给你斟酒，来吧！我可是正正经经的，是老爷命令我斟的……”说着，用纤细的手指拍了拍他的肩膀。他感到不止被拍的部位作痛，而且觉得浑身上下骨酥筋麻。

“喂，女人们，那成田可不是木头疙瘩，是个色胆包天的家伙。跟他磨磨看，不错着呢！”

“哎哟，我不——这，可当真？”

“是开玩笑吧？”

“这有什么。还说什么是不是开玩笑，这本来就是打哈哈取乐的勾当嘛！”

“是老爷在逗趣呢！”

“越看越叫人喜欢呀！”

一个有三十光景的女人乘着酒兴，在成田脖子上啃了起来。这使得成田目瞪口呆，险些休克过去。假如这举动全然令人讨厌，倒也罢了。问题是，被女人这么贴贴靠靠，又用柔软的手臂一搂，毕竟胸口突突直跳，简直觉得同那柔软的手臂融为一体，全身微微颤抖起来。

“老爷，真是罪过。”

“看你说的什么！成田，你挑个中意的，跟她睡好了，哪个都行，我也睡……今晚来个杂婚俱乐部。"

"老爷，这杂婚俱乐部，是什么呢？"

"就是在一个大房间里，许多人挤在一起睡，搞群婚游戏，西洋有这种妓馆。"

"呀，我可不。老爷无所谓，沾染过那洋习气，我们日本女子可吃不消，最好还是正式到卧室里去吧！"

"呃，你这家伙原来是被成田的大脑袋迷住了。也好，成田，今晚你就和这女人睡！"

弥门不知所措，一时全身僵硬，只觉得两耳不辨言语，脑袋嗡嗡作响。

啊，陪同醉酒的老爷消遣解闷，实在与受刑无异。

"不好吗？这轻浮勾当可是老爷当面答应的。我也想和您这位不知道女人的人睡上一次呢！"

这女人对开这种玩笑早已司空见惯，根本没想到这将使弥门遭受怎样的折磨。

"喂，上床去，好吗？"

他被女人拉着手，站起身来。一迈进隔壁房间，便一头栽倒在沙发上面。刚才只不过呷了一口洋酒，现在却在体内发作起来，直攻心脏。最后挣扎不过，被异性搂脖抱腰，滚在一起。一想到可能由此坠入十八层地狱的最底层，他又是紧张又是痛苦又是恐惧，直弄得筋疲力尽。

这还不算。夏日里，老爷把一个西瓜一切两半，倒上冰水和白兰地，用汤匙吃完后，把余下的西瓜皮一下子扣在坐在旁边侍候的弥门脑袋上，说道“以后当帽子吧！”西瓜籽西瓜汁顺着脖子流淌下来。打扫一下吧，又怕坏了老爷的兴致，只好忍住不动。

内室的女佣也都知道，成田弥门不止成了老爷的玩物，而且还要遭受淫虐摧残。这时，尽管弥门头顶西瓜皮端坐不动，老爷仍感到大煞风景，恨恨地对女佣命令道：

“喂，芳子，把这家伙带到那边去！”

西瓜汁淌得满脸都是，还有眼泪，混流一起。芳子感到很是不忍，把他领到浴池，一边用手巾为他擦拭，一边用力掐了一下弥门的手。弥门经常被艺妓紧紧握手，虽然每次都感到一种奇异的兴奋，举止失常，但总是顽强地进行抵制，因此事后感到浑身发软，疲惫不堪。而这次在被芳子握手时，却感到意外，吃了一惊。不知何故，竟油然产生了一种不想让芳子撒手的欲望。

“芳子，谢谢！”

这带有哭腔的纯真的声音，更使芳子不胜感动。

在这一生中只有一次的情场中，弥门本应紧紧抱住激动得身子直抖的芳子，尽情热烈接吻，芳子也在不自觉地这样期待着。然而左等右等，男方的双臂总是直直下垂，并不抱她。于是女方摆动着身子，把头靠在他那长满长毛的胸部，感到一阵眩晕。日本发油那种强烈的气味直冲弥门的鼻孔。

达到激动情绪顶点的弥门无所措手足，又不晓得如何敛声屏气，竟然张嘴哭出声来。

一个大头大脑的汉子呆然号啕大哭，这确实算不得令人惬意的场景。若是如今的女子，那五彩缤纷的梦幻恐怕十有八九会因此破灭，逃之夭夭。然而当时芳子却一下子感到只有此人才是自己的终身伴侣。这也许是因为那个时代还较为保守，或是由于芳子天生的单纯。

四

“在我家里，私通可不行哟！”

伯爵以一种下流的语调说道。搞不清他这是一笑了之，还是存心挖苦。纵然弥门头脑迟钝，也在过后想起来感到怏怏不快，甚至想剖腹自杀。自己要娶神官[1]的女儿芳子，是请了一所中学的名誉校长笹川先生居中做媒的，绝不是什么有伤风化的私通，怎么竟被人说出这种话来呢！

“由于信哉老人有功，才把你这呆子留下，可你也竟然像个人似的闹起恋爱来了。你要是把我家搅得一塌糊涂，可要好好当心！”

藤磨变得活像过去的暴君，每不顺心，便没完没了地捉弄弥门。弥门一心愧发慌，更成了食古不化的三太夫[2]，更加不知所措。那通过阿谀奉承来巧妙地把话岔开的招数,他一窍不通。只是一味战战兢兢，畏畏缩缩，端然跪坐，俯首恭听，与引颈待斩的忠臣无异。年轻气盛的藤磨见他如此乖顺，反倒气愤起来，冷言恶语地说道：

“在那间破屋子经营安乐窝，恐怕不大舒服吧，你退出走开好了！还有，你成天每日唯唯诺诺，只知道把脑门贴在地上磕头，这种勾当，

1 神官：神社的主管。

2 三太夫：日本华族及富户家中掌管家务、钱财之人的异称。

老婆是看不惯的！你得脸看着天走路，世界不是很大吗？要是像你这样一个劲数草席眼儿过日子，要给芳子甩掉的，再不就得当乌龟！当然啦，成田，你放心，别人倒也罢了，芳子我可没勾引过。怎么样，是黄花处女吧……”

弥门听得额头上渗出一层粘汗，这样的拷问还会再有二次吗？当他好不容易从老爷面前走开时，早已面色苍白，几乎站都站不稳了。他觉得对不起养母绫乃，躬身谢罪。自己把成田家业继承下来，如今却弄到了给成田家丢人现眼的地方。他狼狈极了,万万没有想到，他父子二人侍奉伯爵一家，最后竟失宠于这世袭领主，连闭门反省的机会都不给，立时遭此被逐出家门的厄运。

“这是没法子的事。只要你能找到事做，不让我和媳妇饿肚子，我也就满足了。”

绫乃也一定感到难过。夫妇俩抱着哄着把藤磨养大，可他从德国回来，完全换成了另一副面孔。也许是因为身上混进了红毛异人的血统，转眼间变成了冷酷无情的孤家寡人。养母达观地说，她已经预想到早晚会遇到这种命运。

这幕令人伤心的悲剧结束之后，一种弥门从未想过的幸福命运展现在他的眼前。

房子找到了，尽管是旧的，但毕竟算是新居。位于小石川原街，有三个房间，分别有两张榻榻米、四张半榻榻米、六张榻榻米那么大。准备搬完家后马上举行婚礼。媒人笹川氏在婚礼之前为给弥门找事做东奔西走，找到了一桩对弥门来说再合适不过的工作：在皇室博物馆当雇员。薪水虽然少得可怜，但若节衣缩食，三个人的生活总还是可以维持的。另外还有不少从老伯爵那里接受的家具什物。虽说从伯爵家出门另过，但眼下还不至于沦落到风雨飘摇、朝不保夕的地步。

凡事只要敢作敢为，自然会开拓出新的天地。弥门在博物馆终日忙碌。明治变成大正，必须把所有公用笺上已经印好的明治二字改成大正，弥门为此忙得不可开交。另外，还要给供一般参观用的物品写上名称和说明,于是他的一手好字被派上用场了。“水头”的他，如果使用得当，也大有用武之地。在某某博士或宫内省高官出入的博物馆里，他虽无正经学历，且又处于雇员地位，但提起笔来则无可匹敌。这自是其自负之处。

将公用笺上的明治字样改成大正，这差事可谓无聊至极，但他依然竭思尽诚，全力以赴，直累得两肩酸麻。回到家里，妻子给他按摩一番，养母端上茶来，好言抚慰说“累了吧？”弥门一不回顾过去，二不担心未来，每天每日都感到心满意足。甚至在上野树林中漫步时不禁面露微笑：这世上恐怕再没有比自己更幸福的人了。

五

成田弥门一次也未曾留过头发。这是因为他有过早脱发的苗头。这种苗头是从他当兵时出现的，如今额头已逐渐向上扩展。当然喽，也可能担心若在偌大的头上留起发来，说不定会被看成妖怪。他的同事们想道，既然对脑袋如此敏感，那么也应该留心一下衣着才是。他所供职的地方，并非竞相表现时髦的场所，而是博物馆这一保存古典艺术之处。因此，他衣着甚为古朴，可谓超群出类。这也难怪，因为他穿的西服是老伯爵送给养父信哉的纪念品，而且颇有来由，据说是德川庆喜[1]赏给老伯爵的。质料倒是无可挑剔，但颜色早已褪尽，线也力不胜支，若断若续。那裤子本来是带有条纹的，但条纹早已面目全非，看上去竟如没有条纹一般。必须低头细看，方能认出曾经有过条纹的依稀遗痕，充其量不过是黑里透青的一件古董而已。至于那青色，无须说，无非是已褪的颜色在光线作用下发出的一种光。

正像日比谷中学的教师曾为他大伤脑筋一样，博物馆的上司也不免有时对他无计可施。虽说人本身“万无一失”，但若令他统计数字，或查阅文献，任凭花上几个小时也理不出个头绪。相反，如果叫他负责将博物馆不用的东西运到动物园仓库去，他可以一连驱车往返二十次。虽说距离不远，可也够辛苦的了，而且还要耽误下班时间。尽管腰骨累得吱吱作响，他也从不在上司面前说出半个累字。他像卤薄的仪仗兵一般，昂首挺胸，威风凛凛，在距货车几步远的前面稳扎稳打，正步前行。缺胳膊少腿的桌子、声声怪叫的椅子等物在他身后堆积如山，摇摇欲坠。无论这些东西如何残缺不全，如何不堪再用，但由于是宫内省的官物，也都必须妥善地将其放到动物园仓库中去，弥门便为此疲于奔命，往返不下二十次。

成田弥门任劳任怨地工作着，根本不知道爱惜力气。妻子仍不时地抱怨说光靠工资难以度日，对此，弥门无言以对，总是听听了事。

“家里还有不少可以卖的东西。老家的叔父婶母来的时候，都说

1　德川庆喜（1837—1913），江户幕府第十五代将军，公爵。

光一把剑就是一大笔钱呢！”

“芳子，怎么好说这种话！那是先祖和父亲留下的宝物。就拿被藩主赶出来这一件事来说，我都感到对不起祖宗。我想，至少要亲身把成田家的传家物保住才好。”

弥门拘拘谨谨地说着，那端然正坐的姿势，一如在藩主家当管家之时。芳子只好不再作声。养母绫乃这时已经衰弱得几乎卧床不起，听到这番话，深感儿子的心意难得，便脸朝佛龛，暗暗啜泣。

无论是馆里的任免证书，抑或是馆长去某处参加葬礼用的悼词，无不出自成田弥门之笔。他不止一次地暗自思忖：要是下班后能有动笔抄写之类的活计就好了，那样，晚间在家里也可做事来……，但他从小就被教知：金钱二字是万万不应从武士子弟口中说出来的。因此，他无论如何也无法求告于人。

可是，也许他胸中郁积的烦恼被上天知道了吧，喜从天降，他得到了一项临时工作。大正天皇不日登基，报上将要刊载有关登基的报道。邮电省为此计划发行一枚天皇登基纪念邮票，图案基本设计完毕：正面为紫宸殿，右方为侍从武官。但转而认为照片比绘画好，决定采用照片。于是邮电省请宫内省按古代样式准备一套侍从武官的制服。这宫内省，在因循守旧方面别无二处，马上找出古时侍从武官的制服。本想试穿一下，却找不到合适的人。不是帽子大，就是束带肩宽。如此看来，古代的侍从武官大概身体相当魁梧。宫内省把全体职员叫出，查看有无身高五尺八寸、体重十七八贯的人，但终究未能物色到合适人选，便怀着侥幸心理向博物馆联系。

人们想起写得一手好字的大脑袋，于是成田弥门很快被选中。

在宫内省精通掌故的官员的指点下，将这侍从武官制服往身上一穿，结果不大不小，甚为合体，竟像从紫宸殿深处领出来的一般，使人觉得他本不应生在这大正时代。相比之下，这衣冠束带在他身上，远比那庆喜公恩赐的服装威风得多。

本来从未向他打过招呼的皇室博物馆长和其他全体上司，无不出来观赏。馆长喜不自胜地说道：

“嗬，真够气派！虽说宫内省人才济济，可这等人物还是非我博物馆莫属喽！”

话音刚落，那些巧舌如簧的部下便小声哄道：

“索性就这样装到玻璃柜里，开个展览会好了！”

下座里哄然响起一阵笑声，有人随声附和：

“那家伙呀，原本生来就是地地道道的博物馆展品！”

当然，这坏话没有传到站在石阶上的馆长部长耳里，更不用说成田弥门了。他那手持长弓、背负箭囊、昂然挺立的形象，到底使那班起哄的人自愧形秽，再不吭声了。照片接连拍了几张。弥门一如站在老伯爵的能乐舞台上一样紧张得浑身发抖，同时又为第一次给成田家捞回脸面而感到沾沾自喜，竟至兴奋得满脸通红，而人们却以为是害羞所致。

六

仅此一举，便给弥门长期怀有的引罪自责心理注入了一股清泉，使整个人顿时生机蓬勃。他把放大了的侍从武官照片镶入镜框，挂在被烟火熏黑的门楣之上。而且，借此机会与宫内省有了往来。他写得一手好字的消息也传入省里，于是三天两日便被叫去，令他抄写任免证书或悼词之类。薪水也略有增加，工作以外的事也多得相当可观，竟至有些应接不暇。诸如在华族宫内官料理儿子婚事、老母去世等私事时前去抄写请柬等等，举不胜举。

他带着养父生前视为珍宝的端砚，出入各处豪门。他和那些半路出家的管家不同，父子两代侍奉伯爵，素有武士的献身精神。因此，端然一坐，看上去确有不俗之处。一不要火盆，二无须烟盆，神情威严，挥笔而书。那书法取自中国某个流派，有别于天平时期的经文字体。一笔一画，工工整整，一色标准楷书。官场之中，忌讳信笔挥洒、放荡不羁的字体，故而使得成田弥门独占鳌头。

这些业余差事的酬金，如同给出家人的施舍，没有明确数目。时而五元，时而十元，也有时除十元之外还另有些赐物。碰到有盒装食品，养母笑逐颜开，芳子欢天喜地。吃剩下的，便作为明日饭盒中的佳肴。

成田弥门大概比养母更为懂得安心立命。没有孩子，有时不免感到寂寞，但同老家的关系已经疏远，无法开口请求别人到这贫家寒舍来作养子。他栖身于小石川的陋室，整日忙于生计，同时感到自我满足。

一次，他被宫内省的一位侯爵叫进府中。这侯爵很有名声，最喜欢打野鸭和骑马。如果提起当过主马头的浪荡公子来，几乎无人不晓。他漫步庭园，二月赏梅花，五月观牡丹。代代木庭内池中落下几只野鸭，他宣称不许枪杀，只能观赏。他逐一邀客，连外国使臣也邀至府中。不但在华族阶层中，而且在上流社交界中也颇为出名。在给这里写过请帖之后，弥门便像从事固定职业一样每每出入府门。

“成田，我这脑袋不次于任何人，可还是没有你的大。帽子大概很难买吧？”

“市上卖的，怎么也戴不进去。”

“难怪，到底有多大？”

“没有准确量过，偶然碰到过一顶从横滨商馆里扔出来的帽子。”

“呃，那是外国人用过的吧？”

“我想是的。”

“还在戴吗？是上等布料吧？”

“一直戴到现在还没怎么坏，看来是上等货。不管怎样，我已经用了差不多有二十年……”

“好家伙！我这里有件好东西，送给你吧！”

“蒙您赏赐如此高级的东西……”

“哪里，再高级在我手里也是白白作废……”

“那宝物是……”

“啊，说起来叫人不胜惶恐，那是大正天皇陛下的御冠。”

弥门再无二话，立即俯伏在地。托养父之福，自己方得以在身份高贵的 T 伯爵府中长大，方得以出处华族宅邸，同公侯伯子男这班上流人物亲密交谈，现在又蒙侯爵大人恩赐天皇陛下的御冠，委实令人不胜惶恐之至。

“陛下龙头大得出奇，无人可以拜受所赐御冠。同族之中，我的脑袋大得数一数二。尽管这样，也只是拜受而已，从未戴过。你戴也许合适。”

侯爵命人从仓库里把御赐高帽拿了出来。

“成田，别客气，只管戴上！”

弥门诚惶诚恐，战战兢兢地戴在头上。戴上一看，竟如同定做的一般，端端正正扣在脑瓜顶上。侯爵感叹道：

“这就是所谓偶然巧合吧！”

七

不知出于何种动机，成田弥门留起胡子来了。当他穿过上野树林跨上博物馆大门时，守卫人员像对馆长一样毕恭毕敬地向他行礼。当他偶尔在游人稀少的上野公园散步时，擦肩而过的人总是回头看他几眼。对相貌和风度格外敏感的美术学校的绘画学生相互议论道：

“喂，瞧！简直和天皇陛下一模一样。”

“估计是陛下单独来上野散步吧！——反正不是一般人物。”

他不止一次地听到这种窃窃低语。正如绘画学生们所说，他这个半生未曾盘腿、未曾开过玩笑的人，一旦气宇轩昂地头戴天皇的帽子，身穿十五代将军制服，自然会被人看成非凡人物。

自从戴上天皇的帽子以来，不知不觉之中，他的心境发生了变化。本来，像他这样过着庸庸碌碌生活的凡夫俗子，平时并无什么心境可言。然而他变了。芳子说冷也罢，道热也罢，诉穷也罢，抱怨说希望像别人那样出门游玩也罢，他全当作耳旁风。夫妇同去白山逛花市的光景再也没有了。即使回到家里，也很少将喜怒哀乐形于色。不管遇到什么事都泰然自若,顶多不过“噢”一声点点头而已。在养母绫乃如同酣睡一般安然辞世时，弥门流出了许久未见的眼泪。芳子一边听和尚念经，一边打量着丈夫的脸，那样子似乎在说：大概不至于笑出来吧（自然，当他像常人一样落泪时则另当别论了）。

他既不拔腿飞奔，又不大步疾行。总是迈着一般大小的步子，显得悠然自得，绝不左顾右盼。表情也变得温和起来，其间似乎含有一种东西使得同事们难以张口闭口直呼其名喊他“成田君”。很难从他脸上找出寂寞或悲哀的表情，毋宁说毫无表情更为合适。

一天，从断绝音信的T伯爵家里来了一个仆人，说藤磨想见他一面。弥门终于不比平日，不禁心里一动。却又一时惶惑起来，不知该不该贸然乘上来迎的汽车前去。在过去,一切判断都靠父母做出,而今二老双双去世，只好找芳子商量。

“什么事呀？”

“只说想见见面，叫去一下。”

“就这么个事的话，那您就去看看，然后马上回来。怎样？”

“那么，我去去就来。”

他昂然乘上汽车，前往三河台街。那时弥门青春年少，芳子正值妙龄。而当他迈进留下这些记忆的伯爵府大门时,却全然无动于衷。

只是在迈下大门的一瞬间，他才不觉一怔：因为他一次也没从正门出入过。虽说自从被当作路人逐出以来已有九个年头，但此时此刻在这大门下一站，往日那身为佣人时养成的习性又不禁复苏过来。

从司机到女佣、管家模样的汉子，都围在大门口向他躬身相迎，但其间没见到一个熟人，统统是素不相识的人，毫不相干的人。

“恭候好久了！”

听这一说，弥门方醒悟过来。所谓醒悟过来，无非就是重新变成神情麻木的偶人。

穿过熟悉的走廊，他被带到二楼一间洋式卧室。一个男子身穿医生或按摩师穿的那种短褂，从小书斋里向他致以注目礼。

藤磨躺在镂金刻翠、仿佛王室用的大床上。这是由三越家具部承包，由横滨专门做洋式家具的木匠仿照藤磨从外国带回来的照片做成的。而使弥门更为惊奇的，是从这床上露出的那张瘦削衰老的面孔。难道这个看上去比自己年长十岁以至十五岁的小老头一般模样的沦落不堪的男子就是藤磨吗？坐在屋角的一个护士起身招呼道：

“老爷，成田大人来了！”

“噢，是成田吗？你还记得我吗？”

“是。一点也不知道您贵体不适，未能前来探望，实在抱歉。贵恙如何？”

护士突然转过脸去。

“成田，我已经疯了。”

“啊？”

“都是放荡的恶果。近来不知怎么，总是梦见你。想你啊！你这家伙是从小和我一起长大的，不管是怎样的蠢货都叫人怀念啊！你和罗莎……，这种搭配真叫人哭笑不得，可这是真的。你难道不这么想吗？就是柏林的罗莎！难受的是在梦里见到她。在我决斗时，那小东西哭起来，哭着叫我别去，接着又叫我取胜。是个可爱的小东西。不过，你身上却没有半点可爱的地方。不过是一条百依百顺、摇尾乞怜的狗！哪里，还是狗可爱啊！你这家伙到底像什么呢？反正像个什么东西——搞不清了。不是动物……明白了，我所以想你，是出于一种同病相怜的心情。喂，护士，这家伙的水头里，装了满满一下子梅毒螺旋体。这家伙是疯子，是疯子——”

弥门的表情来到床前后便毫无反应。这惨不忍睹的少年之交，这昔日主人的狼狈模样，以及他说的话，都丝毫没有引起他的注意。

“老爷，多多保重……”

“什么，你要逃走吗？下流坯，原来你是看我病成什么样来了！畜生，我和你见个高低！宫田呢？小杉在吗？快拿两把剑来。好久没杀人了，杀给你们看看！看能不能刺到喉咙里去……”弥门向狂喊乱叫的藤磨行了注目礼，走出房间。怀表“当”一声撞在门上，打得粉碎。藤磨似乎发作了，护士的叫声，隔壁男子的奔跑声，响成一片。

弥门全然没有回头，而且这回从正门走出时也毫无愧色，根本没有理会管家和书童的敬礼。

“司机呢？”

他只说了这么一句，便端然坐在车上，将天皇的帽子缓缓戴在自己的大脑袋上……

第四部

地狱变

地狱变

导读

“地狱变”，亦称“地狱变相图”，为唐代画家吴道子画在寺院墙上的壁画，表现地狱种种惨不忍睹的变相。此即芥川龙之介短篇小说《地狱变》篇名的由来。

芥川龙之介，日本现代小说家。一八九二年生于东京，一九一五年就读于东京帝国大学（现东京大学）英文系期间以短篇小说《罗生门》走上文学创作道路，一九一六年因短篇《鼻》受到夏目漱石的极大赏识，预想他将来会成为“文坛无与伦比的作家”。遗憾的是，芥川在一九二七年三十五岁时即因“恍惚的不安”自行中止了生命的流程。虽然创作生涯仅有短短十几年时间，但留下了数量相当可观的作品：小说一百四十九篇，随笔六十六篇，小品文五十五篇。此外还有许多评论、札记、游记、汉诗（汉语诗作）、和歌（日本传统诗歌）、俳句。

以题材论，芥川文学可大致分为两大类。

一类是现实题材。芥川生性敏感，纵然一件司空见惯的小事，也往往使其脆弱的神经震颤良久。一般说来，他不重描绘而意在发掘，疏于叙述而工于点化。少的是轻灵与潇洒，多的是沉郁与悲凉。此类作品主要有《手帕》《橘》《矿车》《一块地》《将军》《玄鹤山房》《海市蜃楼》《齿轮》《某傻子的一生》等。或写村姑的纯朴，或写少年的孤独，或写乡下人与人之间的关系，或写军人的滑稽可笑，尤以描写知识分子苦闷和绝望的精神世界见长。其中《齿轮》和《某傻子的一生》叠印出作者本人一生的背影，具有明显的自传性质，从中不难窥见作者自杀前的精神状态及自杀的原因。而这些又大多出以机警戏谑的语气，唯其如此，更让人痛切地感受到其灵魂的尴尬和迷惘。也正因为这样，《橘》中离家做工的小女孩从火车窗口抛给弟弟们的几个金黄色的橘子，才在芥川阴沉沉的文学天穹划出了格外美丽动人的抛物线。

另一类是历史题材。说来有趣，芥川大学时代专攻时髦的英文，但最为拿手的却是汉文。念小学时便读了《水浒传》《西厢记》。中学时代读了《聊斋志异》《金瓶梅》和《三国志》(《三国演义》)，并喜欢汉诗。进入大学后仍在《琵琶行》等中国诗歌天地里流连忘返。有此汉文修养，对日本古典自然触类旁通，别有心会。书山稗海，文史苑囿，于中沉潜含玩，钩沉抉隐，一旦发而为文，自是信手拈来，随机生发，纵横捭阖，不可抑勒。从王侯衙役到市井小民，从寺院高僧到天主教徒，从紫宸之深到江湖之远，在其笔下无不呼之即来，腾跃纸上。例如《罗生门》《鼻》《地狱变》《密林中》《芋粥》《开化的杀人》《奉教人之死》《枯野抄》《阿富的贞操》便是这方面的代表作。也有的取自中国古代文史作品，如《仙人》《酒虫》《黄粱梦》《英雄之器》《尾生的信》《杜子春》《秋山图》等。值得注意的是，芥川的历史题材小说并非为了演绎历史典故和翻拍历史人物，而是身披历史戏装的“现代小说”，目的在于借古喻今，针砭时弊，臧否人物，传达现代人的生命窘态和灵魂质地。如鲁迅在《罗生门》译者附记中所指出的，芥川的作品，“取古代的事实，注进新的生命，便与现代人生出干系来。”用日本当代学者的话来说，“归根结底，‘中国’之于芥川乃是仅仅提供了作品素材的异空间，在这个意义上，一如日本王朝的优雅世界”（伊东贵之语）。不妨认为，芥川的艺术成就主要表现在历史题材的作品中。原典出入自如，布局浑然天成，主题独出机杼，笔致摇曳生姿。

历史题材系列作品中最有艺术冲击力的，莫过于《地狱变》。日本文艺评论家正宗白鸟曾说就其阅读范围而言，他会毫不犹豫地将《地狱变》推举为芥川的不二杰作。“即使在明治以来的日本文学史上也是独放异彩的名篇。”的确，无论布局的均衡完整还是文气的收放自如，抑或语言的优雅绮丽，都足可看出这位作家丰沛的文学才华和深厚的汉学造诣。而在《地狱变》中，这一切都指向作品的主题——艺术至上主义、人生幻灭感或厌世主义倾向所导致的对艺术近乎痴迷的推崇与执着。请看下面这段描写:“那被烟呛得白惨惨的面庞,那随火乱舞的长飘飘的黑发,那转瞬化为火焰的美艳艳的樱花盛装……尤其每当夜风向下盘旋而烟随风披靡之时,金星乱坠的红通通的火焰中便闪现出少女咬着堵嘴物而几欲挣断铁链痛苦扭动的惨状……”而作为少女父亲的良秀面对如此惨状,“那满是皱纹的脸上浮现出无可名状的光辉,浮现出近乎恍惚状态的由衷喜悦之情……似乎女儿垂死挣扎的状态并未映入他的眼帘,他所看到的唯有火焰的美不胜收和女人的痛苦万状,从而感到无限心旷神怡。”也就是说,良秀为了成就艺术而放弃了亲情、放弃了伦理、放弃了人性,宁愿看着自己最疼爱的女儿被活生生烧死,而他自己也在画完地狱变相图的第二天夜里自缢身亡——父女双亡的悲惨代价促成了一部艺术作品的诞生。这无疑是对作者本人信奉的艺术至上主义惊心动魄的诠释。芥川也在写完这部作品不出十年自杀而死。“他的死因,一多半或可归于使其心力交瘁的神经衰弱,但剩下的大约一半似乎在于他对人生及艺术的过于真诚、过于神经过敏”(菊池宽语)。事实上芥川也对作品的艺术性采取了极其严肃和虔诚的态度,苦心孤诣,一丝不苟。无论所用语言的洗练典雅还是心理刻画的细腻入微抑或情节设计的无懈可击,都显示出这位作家高超的文学造诣和独特的艺术风格。尤为可贵的是,“他有意识地创造了文体——不是陈陈相因的文体,而是一扫庸俗气味的艺术文体”(中村真一郎语),堪称典型的艺术至上主义者。

关于芥川的文体及其死因,日本当代作家村上春树在为哈佛大学教授杰·鲁宾(Jey Rubin)翻译的《芥川龙之介短篇集》写的序言中也表明了颇为独到的看法:

“文体与文学悟性——自不待言，这成了作为现实作者的芥川手中无比锋利的武器。但与此同时，也成了作为文学家的他的致命弱点（Achilles tendon）。这是因为，唯其这件武器是那般锋利和有效，以致多少妨碍了他对远大文学视野、方向性的设定。这同作为天赋才华获得超常技巧的钢琴手处境或许相似。由于其手指动作过快、过于干脆利落，致使他不时停下来凝视什么——位于音乐深层的什么——的努力不觉之间受到了阻碍。即使放任不管，手指也如行云流水挥洒自如。因此，有时脑袋行进过快，手指亦随之行进过快。不，也可能相反。手指行进过快，脑袋亦随之行进过快。但不管怎样，时过不久势必在自己与世俗时间之间产生难以填埋的空隙。恐怕很难否认，这样的空隙加在芥川精神重负之上，就成了导致他自杀的一个原因。”行文至此，村上再次强调芥川文体，说他初期作品那种横冲直撞大刀阔斧的文体，分明具有几乎令人屏息敛气的咄咄逼人之美。“若援引外国作家为例，他和司各特·菲茨杰拉德相似。”令人痛心的是，他自己创造的文体最后居然逼得自己敛气身亡。一句话，死于文体。

村上还认为，芥川作为伟大的先行者、作为在某个方面怀有抱负的反面教员，他的死给当代日本作家——包括村上本人在内——留下了两个教训。一个是，“即使能够躲进技巧以致人工性故事之中，也总有一天撞上硬壁。借用初期使用的器皿是可能的，但我们迟早必须将借来的器皿转换为自己自身的器皿。遗憾的是（或许可以这样说）芥川在这种转换作业上面旷日持久，以致最终不妨说要了他的命。尽管对于他短暂的人生而言，可能除此不存在其他选项。”在这个意义上，可以说，芥川始于文体，成于文体，亦败于文体，死于文体。这既是艺术至上主义者的成功原因和纯粹之处，又是其令人扼腕唏嘘的悲剧。

另一个应该称为教训的，是关于西方与日本两种文化交集方式上面的教训。“在这两种文化的冲撞中，‘现代人’芥川不断摸索他作为作家或作为个人的自证性（identity）并为之苦恼、为之呻吟。最后诚然发现了二者融合的启示（hint），但这意外使他出师未捷而丢了性命。这点即使对于生活在当代的我们也不宜认为全然事不关己。这是因为，我们虽然远离了芥川那个时代，但我们至今仍（或多或少）置身于西方性质的东西同日本性质的东西相互冲撞的正中间。若用当下的说法，或许就是置身于全球化（global）风潮同本土性（domestic）乡愁之间。”

顺便讲几句或许题外的话。我是四十多年前在吉林大学研究生院苦读的时候最初接触芥川的。恩师王长新教授曾在文选课上重点讲过芥川作品。翻译过程中，眼前每每浮现出先生授课时专注而和善的神情，耳畔传来其抑扬有致的声调。假如拙译尚有一二处传神之笔，实乃先生精辟的讲解和气氛的感化所使然。令人沉痛的是，恩师已于一九九四年四月乘鹤西去，尔来二十七年矣！胶东夜雨，灯火阑珊，四顾苍茫，音容宛在。倘恩师得知生前赏析的作品现在经弟子之手而为更多的中国读者所欣赏，一定会露出欣慰的笑容。

地狱变

[日] 芥川龙之介

堀川老殿下那样的人，往昔自不必说，日后恐也没有第二人。据传，老殿下出世前夕，其母梦见大威德明王大驾光临。总之，一降生便似乎与常人不同。故而，老殿下所作所为，无一不出乎我辈意料。远的不提，就说堀川府第的规模吧，说壮观也罢，说雄伟也罢，反正独具一格，远非我等庸人之见所及。也有人强调老殿下诸多行状，而比之为秦始皇和隋炀帝。这恐怕出于谚语所说的盲人摸象之见。老殿下所思所想，绝非如此只图自己一人富贵荣华，而是以黎民百姓为念。也就是说，乃是与万民同乐的宽宏大度之人。

唯其如此，在二条大宫遭遇百鬼夜行之时才得以平安无事。甚至因摹写陆奥盐釜景致而闻名的东三条河原院内据说夜夜出现的融左大臣的幽灵，也肯定是在受到老殿下斥责之后才销声匿迹的。其威光若此，京城内所有男女老少才在提起老殿下时无不肃然起敬，以为菩萨转世。一次进宫参加梅花宴回府路上车牛一时脱缰，撞伤一过路老者。老者竟双手合十，感谢幸为殿下之牛所伤。

由此之故，老殿下一代留下了许许多多足以传之后世的奇闻逸事。诸如宫廷大宴上曾蒙皇上赏赐白马三十匹；曾将最宠爱的书童为长良桥舍身奠基;又曾让震旦一位得华佗真传的医僧割疮。凡此种种，不止一端。不过，诸多逸事之中，最可恐怖的，莫过于至今仍视为传家之宝的地狱变屏风的由来。就连平素一向处变不惊的老殿下当时也不禁为之愕然。何况一旁侍候的我辈，自然更是魂飞魄散。就我来说，虽已侍候老殿下长达二十年之久，而碰上如此凄绝场面亦是头一遭。

此话须先从创作这幅地狱屏风的那个叫良秀的画师说起。

提起良秀,或许如今仍有人记得其人其事。此人是当时著名画师，拿起画笔，几乎无人可出其右。事情发生时，大约年届五十——记不确切了。看上去不过是个瘦得皮包骨的样子不无狡黠的小老头。去殿下府时，总是穿一件绛黄色长袍戴一顶三角软帽。至于为人更是猥琐不堪。不知何故，偌大年纪了，嘴唇却红得醒目，红得悚然，足以使人觉得如睹怪兽。也有人说是舔画笔所致，实情不得而知。自不待言，从那以后一些嘴上无德之人便说良秀举止活像猴子，竟给他取了个猴秀的诨名。

说起猴秀，还有一段插曲。其时良秀有一年方十五的独生女进府当了小侍女。女儿生得不似其父，甚是惹人喜爱。而且，也许因为过早失去母亲，小小年纪却有大人做派。懂得体贴别人，加之天生聪颖，敏捷乖巧，因而受到老夫人和其他所有侍女的怜爱。

这时间，丹波国有人献来一只不怕人的小猴。正当淘气年龄的小殿下为它取名良秀。小猴的样子本来就滑稽可笑，加上这么一个名字，致使府中上下无人不笑。光笑倒也罢了，还每每一口一个良秀，或叫它爬院里的松树，或骂它弄脏了房间的榻榻米，总之变着法子捉弄。

一天，刚才说过的良秀女儿手拿系有诗简的红梅枝通过长廊时，那只良秀小猴正从远处拉门那边一瘸一拐地跑来。它已没了平日爬柱的力气，只顾拖着瘸腿拼命逃窜。后头，举着一根细长的树枝的小殿下一路追来，边追边喊："好个偷橘贼！还不站住，还不站住！"良秀女儿见此情景，略微踌躇之间，小猴已跑到身边，贴着裙角发出哀鸣。大概再也按捺不住恻隐之心吧，少女一只手仍拿着梅枝，另一只手飘然撩开淡紫色长袖，轻轻抱起小猴，对着小殿下弓下身去，以脆生生的声音说：

"恕我冒犯。到底是个畜生，请您饶了它吧！"

无奈小殿下正追得性起，沉下脸，跺了两三下脚道：

"为什么护着它？那猴子是偷橘子的贼！"

"终究是个畜生……"少女又重复一遍。少顷，凄然一笑，"再说叫起良秀来，总觉得是父亲挨打受骂，不忍心看着不管。"

听少女说得如此不比寻常，身为小殿下的也只好让步：

"也罢，既然为父求情，就饶了它这回吧！"小殿下老大不高兴地说罢，扔下树枝，回身向拉门那边去了。

自此以后，良秀女儿便同小猴要好起来。她把小姐赐给的金铃用漂亮的红绳拴在小猴脑门上。小猴也乖，无论何时何地都极少离开少女。一次少女感冒卧床，小猴规规矩矩地坐在枕旁，也许神经过敏的关系，看上去忧心忡忡，不断咬着爪子。

这样一来，事情也真是奇妙，再也没人像以前那样欺负小猴了。

不仅如此，反而怜爱有加。后来就连小殿下也不时投以柿子栗子，有侍从踢猴时他还大发脾气。据说一次老殿下特意叫良秀女儿抱猴参见，也是在听得小殿下发脾气的事之后。想必那时顺便听说了少女喜爱小猴的缘由。

“有孝心，该赏该赏！”

于是少女作为赏赐得到了一件红色内衫。加之猴又像模像样地把红衫恭恭敬敬顶在头上，老殿下更是满心欢喜。因此，老殿下偏爱良秀的女儿，完全出于对她怜爱小猴的孝行的欣赏，绝不是世人风传的什么好色云云。固然，这类风言风语也并非纯属无中生有。此话且容稍后细表。这里只想交代一句：老殿下断不至于对一画师之女想入非非，哪怕对方天姿国色。

这么着，少女从老殿下那里体面地退了下来。原本就是乖巧女子，并未因此招致其他无聊侍女的嫉妒。反而从此同小猴一起受到多方疼爱，尤其为小姐所宠，几乎从不离小姐左右，乘车外出游览时也屡屡陪侍。

少女暂且说到这里，再回过头来说她的父亲良秀。猴子良秀诚然受到众人喜欢，而真正的良秀依然落得人见人厌，背地里同样口口声声叫他猴秀。并且已不限于府内，甚至横川的和尚们每逢提起良秀也都像撞见什么魔障一般，脸色为之一变（当然，据说这是因为良秀把和尚们的行状画得滑稽可笑之故。但终属街谈巷议，未必确实）。总而言之，此人的名声不佳，不论去哪里打听都大同小异。如果还有不说他坏话的人，也无非是两三个画家同行，或只知其画不识其人的人。

其实良秀不仅外形猥琐，还有更令人讨厌的古怪脾性，终归只能说是自作自受。

那古怪脾性便是：吝啬、贪婪、无耻、懒惰、自私，而特别无可救药的，恐怕还是骄傲自大和刚愎自用，无时无刻不以本朝第一画师自吹自擂。如果仅限于绘画倒也罢了，但他的狂妄远远不止于此——大凡世间习俗惯例，他务必贬得一文不值而后快。此话是从多年跟随良秀的一个弟子口里听来的：一日，某朝官府上一个有名的人称桧垣的巫婆神灵附体，正现身说法，场面十分了得。良秀则全然置若罔闻，拿起随身携带的笔墨，把巫婆的狰狞嘴脸毫厘不爽地涂画下来。在他眼里，神灵报应之说也不外乎吓唬小孩的玩意儿而已。

因是如此人物，画起吉祥天来，笔下自是令人作呕的傀儡面孔；画不动明王时，出现的竟是混迹江湖的捕快形象，举止全都不堪入目。而若责问其本人，则若无其事地答曰："我良秀画出的神佛难道会降罪于我？天大的笑话！"如此一来二去，弟子们也到底惶恐起来，好几人因之匆匆告假。一言以蔽之：言行狂妄至极。总之，此人认定当时天下舍我其谁也！

由此，良秀画技如何超乎其类已不待言。当然，纵使其笔下画作，用笔设色也与一般画师截然不同。同他关系不好的画师，骂他是骗子者亦不在少数。按那些人的说法，川成、金冈等古之名家，笔下或是疏影横窗暗香浮动，或是屏风宫女笛声可闻，俱是优雅题材。及至良秀之作，无一不令人毛骨悚然，莫名其妙。就以他为龙盖寺画的五趣生死图为例，据说夜半更深从门下通过，每每听得天人叹息啜泣之声。甚至有人说嗅到了死人腐烂的气味。至于老殿下吩咐画的侍女肖像，大凡给他画过的，听说不出两三年，便失魂落魄，尽皆罹病而死。按那些讲良秀坏话的人的说法，这乃是其创作堕入邪门歪道的有力证据。

然而，正如前面所说，由于良秀原本就是个天马行空之人，如此说法反倒使他更加目空一切。一次老殿下跟他开玩笑说："总之你是喜欢丑陋的啰！"他居然咧开老来红的嘴唇怪里怪气地笑着，大言不惭地回答："诚哉斯言。平庸画师安知丑陋之美乎！"纵使果真本朝首屈一指，也是不该在老殿下面前如此口出狂言的。上边提及的那个弟子，背后给师父取了个诨名"智罗永寿"，以讥讽他的不可一世。这也是情理中的事。诸位想必知道，"智罗永寿"乃昔日来自震旦的天狗之名。

不过，良秀——这个狂妄得无以复加的良秀也有一处富有人情味的地方。

那就是对女儿的疼爱。他发疯似的疼爱当小侍女的独生女。上面也已说过，女儿非常懂得体贴人，极有孝心。而良秀对女儿的关爱也决不相形见绌。女儿身上穿的头上戴的，从未向寺院施舍分文的良秀对此可谓不惜血本，无微不至，委实难以置信。

不过，良秀对女儿的疼爱也仅限于疼爱而已，至于来日为其择一良婿的打算却是做梦都没出现的。不仅如此，看那架势，要是有谁胆敢向女儿花言巧语，说不定会纠集一伙小巷里的年轻人偷偷将其打个半死。故而，女儿遵从老殿下旨意进府当侍女时，老头子也大为不满，一段时间里进府谒见也是一副愁眉苦脸的样子。其所以有人议论老殿下因贪图少女美色而不顾老头子的不满招女进府，恐怕也是看到这般光景推测出来的。

此类传闻固然可能子虚乌有，但良秀思女心切而始终祈望女儿得以放归却是千真万确的。一次奉老殿下之命画稚子文殊，由于受宠女童的面庞画得惟妙惟肖，老殿下甚感满意，传话说准备加赏，随便他要什么都可以。岂料良秀竟斗胆请求将女儿放回。若在别的府第倒也罢了，而今侍奉于堀河老殿下左右，纵使再思女心切也是断断不能贸然乞归的。这么着，宽宏大度的老殿下也到底微露不悦之色，默默注视良秀。良久，冷冷道出“不行”二字，拂袖而去。估计这等事前后不下四五次之多。如今想来，老殿下看良秀的眼神便是因此而一次比一次冷淡下来。与此同时，女儿对父亲的担忧也日甚一日，回到房间往往衔着衣袖嘤嘤啜泣。于是，老殿下对良秀女儿心存异想的说法愈发满城风雨。有人竟说地狱变屏风的由来，即在于少女未让老殿下随心所欲。事情当然不致如此。

依我辈之见，老殿下所以未将良秀女儿放归，完全出于对少女的怜悯，认为将她放在府中自由自在地生活远比守在那冥顽不化的老子身边要好，实属难能可贵的想法。对心地善良的少女有所偏爱自是毋庸置疑，但好色云云恐是牵强附会。不，应该说纯属无中生有。

这个姑且不提。现在要说的事情发生在老殿下因少女之事而对良秀大为不快之时。不知何故，老殿下突然召良秀进府，命他画一幅地狱变屏风。

一提起地狱变屏风，那惨绝人寰的图景便历历浮现在我的眼前。

虽说同是地狱变，但首先从构图来看良秀就与其他画师不同。他在一帖屏风的一角小小地画出十大魔王及手下小鬼，此外便是足可烧毁刀山铁树的“红莲大红莲的”烈火漩涡，铺天盖地，势不可挡。判官们中国样式的衣服除斑斑点点的黄蓝之外，便清一色是熊熊燃烧的火焰之色，浓烟和火粉如卍字一般在火海中拼命厮打，狂扭乱舞，浓烟溅墨，火粉扬金。

仅如此笔势，便足以令人触目惊心，而良秀又加上了火海中痛苦翻滚的罪人，那罪人又几乎从未在一般地狱画中出现过。这是因为，良秀笔下的众多罪人，上至三公九卿下至乞丐贱民，网罗了各色人等。有峨冠博带的庙堂高官，有花枝招展的年轻宫女，有颈挂麻纸的诵经僧，有高底木屐的书童，有长裙飘飘的豆蔻侍女，有手持供钱的阴阳先生，无暇一一列举。总之，如此形形色色的诸多男女，无不惨遭牛头马面的摧残，在上下翻腾的浓烟烈火中如风吹败叶般四下狼狈逃窜。那被钢叉挑发、四肢比蜘蛛还蜷缩得紧的女人大概属巫婆一类；那被长矛穿胸、如蝙蝠大头朝下的汉子必是无功国司之流。此外众人，或被钢鞭抽打，或受磐石挤压，或遭怪鸟啄食，或入毒龙之口——惩罚方式亦因罪人数量而各各不同。

其中最惨不忍睹的，是掠过恰如巨兽獠牙的剑树（剑树梢头已经尸体累累，俱被穿透五脏六腑）从半空中落下的一辆牛车。车帘被地狱风吹起，里面一个浑似偏宫或贵妃样的盛装侍女在火海中长发飘拂、玉颈反转，痛苦不堪。侍女的形象也罢，即将烧尽的牛车也罢，无不使人痛感炼狱的大苦大难。不妨说画面的所有惨厉尽皆聚于此人一身。笔法出神入化，见之耳畔如闻凄绝的呼喊。

哦，对了，正是为了画此图景才发生那桩悲惨的故事。否则，良秀纵使再身怀绝技也无法把地狱苦难画得如此活灵活现。他为完成这幅屏风付出了丧身殒命的凄惨代价。可以说，画幅上的地狱即是本朝第一画师良秀自行坠入的地狱。

或许我因急于述说这奇特的地狱变屏风而颠倒了故事的顺序。下面就回过头来，接着说这位受老殿下之命而画地狱图的良秀。

自此五六个月时间里，良秀从未进府，一头扎进屏风画的创作之中。说来也真是不可思议，那般视子如命之人一旦拿起画笔，竟也断了儿女心肠。据上面提及的弟子的说法，此人每当挥笔作画，便仿佛有狐仙附身。实际上时人也风传良秀所以成为丹青高手，乃是由于曾向福德大神发誓许愿之故。甚至有人作证，说一次从隐蔽处偷看正在作画的良秀，但见数只灵狐影影绰绰，围前围后。故其一旦提笔作画，心中便只有画幅，其他一概置之度外。并且日以继夜蜷居一室,极少出门露面。而创作地狱变屏风更是有过之而无不及。

这里所说的闭门创作，并非指他白天也落下木板套窗，在高脚油灯下摆好秘制画具，令弟子穿上朝服或皂衣等各式服装，逐一细细摹画——如此的别出心裁，即使在没画地狱屏风的平日他也随时做得出来。就以他为龙盖寺画五趣生死图那次为例，他悠然自得地坐在常人避而不视的路旁死尸跟前，毫发毕现地将几近腐烂的面孔手足临摹一番。那股走火入魔的劲头，一般人怕是很难想象是怎样一种光景。这里无暇一一细说，仅把主要情节说与诸位知道。

一日，良秀的一个弟子（仍是前面提及的那位）正在溶颜料，师父突然来找：

“我想睡会儿午觉，可近来总做噩梦。”

这亦无足为奇，弟子并未停手，随口应了一句：

“是吗？”

岂知良秀一反常态，现出凄寂的神情，颇为客气地求道：

“所以，想求你在我午睡时坐在枕边，好么？”

弟子很感蹊跷，师父竟破天荒地计较起梦境来了！好在并非什么难事，一口应承下来：

“好的。”

“那，就马上到里边来吧。只是，要是再有弟子来，别放进我睡觉的地方。”师父仍显放心不下，迟疑不决地吩咐道。

这也难怪。因为此人作画的房间，大白天也一如夜晚关门闭户，点着一盏若明若暗的油灯，四周围着仅用炭笔勾勒出大致轮廓的屏风。到得这里，良秀以肘为枕，活像一个劳累过度的人安然睡了过去。不出半个时辰，枕旁的弟子耳畔传来无法形容的恐怖声音。

起始仅仅是声音。未几，渐渐变成断断续续的语声，仿佛即将溺水之人的呻吟：

“什么，叫我下去？——去哪里，——叫我去哪里？下地狱来！下地狱来！——是谁？谁在这么说话？——你是谁？——我以为是谁呢……”

弟子不由止住溶颜料的手，偷窥似的战战兢兢看着师父的脸。皱纹纵横的脸上一片苍白，且渗出大粒汗珠，嘴唇干裂，牙齿疏落的口腔透不过气似的大大张开。口中还有一个物件像被什么细绳牵引着动得令人眼花缭乱——原来竟是他的舌头！断断续续的语声是由这舌头鼓弄出来的。

“以为是谁呢？——唔，是你！我就猜出是你。什么？接我来了？

下来！下地狱来！女儿在地狱、地狱等着呢！”

此刻，弟子眼前像有奇形怪状的阴影掠过屏风蜂拥而来，一时心惊胆战。无须说，弟子立即拼出全身力气摇晃良秀。但师父兀自梦呓不止，全无醒意。弟子于是咬了咬牙，举起身旁洗笔水“哗”的一声朝师父脸上泼去。

“正等你呢，乘车下来，快乘这车下到地狱来……”

说到此处，转而发出喉咙被扼般的呻吟，总算睁开眼睛，如卧针毡似的慌忙一跃而起。然而梦中的妖魔鬼怪好像尚未撤离眼帘，好一会儿仍张大嘴巴，目不转睛，惊魂未定。乃至看样子清醒过来，这回却冷冰冰地抛下话道：

“好了，走吧走吧！”

弟子明白此时若是顶撞，必遭斥责无疑，匆匆逃离师父房间。出门见得明晃晃的阳光，这才舒了口气，恰如噩梦初醒。

事情若到此为止倒还没有什么。但大约过了一个月光景，另一弟子又被专门唤了进去。良秀仍在幽暗的油灯光下口衔画笔。忽然，朝弟子转身下令：

“辛苦一下，再把身子脱光！”

以前师父便动辄有此吩咐，弟子便迅速脱去衣服，一丝不挂。良秀奇妙地皱起眉头：

“我想见识一下被铁链捆绑的人，对不起，就委屈一会儿任我处置好了，嗯？”他语气甚是冷淡，全无歉疚之意。

那弟子原本就是耍大刀较之拿画笔更适合的壮小伙子，不过此时到底露出惊愕。事后提起，每每重复说：“我还以为师父发疯了要弄死我咧！”良秀见弟子磨磨蹭蹭，大概有些急了，不知从何处哗啦啦抽出一条细铁链，以饿虎扑食之势靠住弟子后背，不由分说地反拧双臂，来了个五花大绑，且拉起链头狠狠拽动，弟子叫苦不迭。而后顺势一把将弟子“嗵”的一声推倒在地。

弟子当时的狼狈相，不妨说恰似一只翻倒的酒坛。由于手脚扭曲得一塌糊涂，能活动的只有脑袋。加之大块头身体中的血液循环因铁链而受阻，无论面部还是胴体全都渗出紫红色。良秀则似乎不以为然，围着这酒坛状身体走来走去看个不止，勾勒了好几张同样的素描。而这时间里弟子是何等苦不堪言，自然无须特意交代。

若无其他变故，这苦难恐怕还将持续下去。所幸（或许应称为不幸）为时不久，房间角落一把壶的阴影里淌出一道液状物，细细弯弯，浑如黑色的油。起始淌得很慢，似乎黏性极大。继而爬行开来，越爬越快，后来竟光闪闪地爬至鼻端。弟子见了，不由倒吸一口凉气，叫道：

“蛇！蛇！”

刹那间，周身血液都仿佛凝固了。这也难怪：冰凉的蛇信差一点儿就要舔到被铁链勒得隆起的脖颈。毕竟事出意外，再蛮横的良秀也心里一惊，慌忙丢下画笔，一闪弯下腰去，飞手提起蛇尾，长拖拖地倒提起来。蛇虽受倒悬之苦，仍抬头向上，一道道往上缠着，却无论如何也够不到良秀的手。

“你这家伙，害得我画糟了一笔！”

良秀气恨恨地嘟囔着，把蛇依旧塞进屋角的壶中，而后老大不情愿地解开弟子身上的铁链。也仅仅解开而已，连一句安慰话也没赏给这宝贝弟子。大概较之弟子险遭蛇咬，自己画糟的那一笔更令他苦恼。事后听说，那蛇也是他为了写生而特意饲养的。

只听此一两件事，诸位想必即可知晓良秀这近乎发疯的可怕执着。最后还要补充一桩。这回倒霉的是年方十三四岁的弟子，为这地狱变屏风几乎丢了性命。此弟子天生白皮嫩肉，女子模样。一天夜里，被师父随口叫进屋去。见良秀在高脚油灯下正用手心托住一块有腥味的生肉喂一只陌生的鸟。鸟的大小差不多如世所常见的猫。对了，无论耳朵一般竖起的两侧的羽毛，还是琥珀样的颜色抑或圆圆的大眼睛，看上去都颇像一只猫。

良秀这个人原本就最讨厌别人对自己所为多嘴多舌。也不单单是上面所说的蛇，自己房间的任何东西都不曾说与弟子知道。桌面上或放着骷髅，或摆着银碗和带泥金画的高脚木盘，每次都因绘画需要而不断花样翻新。至于东西放在何处从来无人知晓。所以有人议论说他受到福德大神的暗中帮助，恐怕也是由此而来的。

故而，弟子猜想桌上这只怪鸟也必是用来画地狱变屏风的。想着，到得师父跟前毕恭毕敬地询问有何吩咐。良秀则完全一副充耳不闻的样子，舔舔红嘴唇，用下巴颏指着怪鸟道：

“如何？一点也不怕人吧？”

“这鸟叫什么鸟呢？我还从来都没见过。”弟子边说边惶惑地打量这长耳朵的猫一样的鸟。

良秀一如平日的冷嘲热讽的语气道：

“什么，没见过？城里人就是不中用。这叫猫头鹰，是两三天前鞍马一个猎手送给我的。不过，这么不怕人的倒可能少见。”

说着，良秀缓缓抬手，从下往上轻轻抚摸刚吃完食的鸟的背上羽毛。就在这一摸之间，鸟突然一声短促的尖叫，霍地从桌面飞起，张开两爪猛然朝弟子脸上抓来。如果此时弟子不慌忙以袖掩面，肯定留下一两处疤痕。弟子惊叫着挥袖驱赶。猫头鹰乘势攻击嘴里叫着又是一啄。弟子也忘了是在师父面前，或站起抵挡，或蹲下扑打，只管在这狭小的房间抱头鼠窜。怪鸟亦随之忽高忽低，一有空当便直朝眼睛啄来。而每次都可怕地啪啪扇动翅膀，或如落叶纷飞或似瀑布飞溅或发出酒糟气味，总之诱发出一种莫可言喻的怪诞氛围，令人悚然骇然。这么着，那昏暗的油灯光亮都仿佛朦胧的月光，师父房间成了深山老林中妖气弥漫的峡谷，令人心惊肉跳。

但使弟子害怕的并不仅仅是猫头鹰的袭击。更使其汗毛倒立的，是师父冷冷面对骚乱而徐徐展纸舔笔描绘这文静少年惨遭怪鸟啄食的恐怖场面的光景。弟子瞥了一眼，当即感到大难临头。实际上他当时也真以为可能死于师父之手。

其实，死于师父之手也并非完全没有可能。那天晚上良秀故意把弟子叫去，就大概没安好心。所以才唆使猫头鹰发动袭击，而将弟子狼狈逃窜的情形摹画下来。因此之故，弟子只觑了师父一眼便不由得双袖护头，发出自己也莫名其妙的哀鸣，就势蹲在屋角拉门下再不敢动。这当儿，良秀也好像发出一声惊叫立起身来，猫头鹰旋即变本加厉地扇动翅膀，四下传来物体翻倒破裂般的刺耳声响。弟子再次大惊失色，禁不住抬起低俯的头看去：房间里不知何时已漆黑一团，师父正火烧火燎地呼叫其他弟子。

少顷，一个弟子从远处应了一声，拿灯急急赶来。借着昏暗的灯光一看，原来高脚灯早已倒了，地板上榻榻米上洒满灯油；而刚才那只猫头鹰正痛苦地扑棱着一只翅膀在地上翻滚。良秀在桌子对面半立半坐，毕竟也惊得呆了，嘴里不知所云地唧唧咕咕。这也是理所当然，原来那猫头鹰身上居然缠着一条漆黑的蛇，从脖子一直缠到一只翅膀，缠得结结实实。大约是弟子蹲下时碰翻了那里的坛子，蛇从里面爬出，猫头鹰攻击失手，以致闹出了一场大乱。两个弟子对视一眼，茫然看了一会这哭笑不得的光景，而后对师父默然一礼，悄然抽身退下。至于猫头鹰后来如何，谁也无从得知了。

这类事之外还有几桩。前面忘说了一句，受命画地狱变屏风时是初秋，其后至冬末期间，良秀的弟子们始终受到师父怪异举止的威胁。时届冬末，良秀大概因为屏风画的创作未能得心应手，精神比以前更加抑郁，言谈也明显粗暴起来。屏风画的底图此时也只是完成八成，再无任何进展。看情形，就连已经完成的部分都好像不惜一笔勾销。

关于屏风画的创作何以受阻，谁都不晓得而且也不想晓得。遭遇上述种种折磨的弟子们恰如与虎狼同穴，无不想方设法从师父身旁躲开。

因此，这段时间里没有什么可以交代的事。勉强说来，就是那个刚愎自用的老头子竟不知何故变得多愁善感，时常在无人处独自落泪。尤其是某日一个弟子因事来到庭前时，发现站在走廊里怔怔仰望春日将至的天空的师父两眼充满泪水。弟子见状，反而自觉有些难为情，一声不响地悄悄退回。为画五趣生死图连路旁死尸都写生不误的我行我素之人，居然为屏风画进展不顺这区区小事而孩子似的哭泣，实乃天下奇闻。

另一方面，就在良秀为这屏风画而如醉如痴魂不守舍之时，他女儿也不知为何而日趋闷闷不乐，后来甚至在我等面前都眼噙泪花。她原本就生得眉宇含愁，肤色白皙，举止娴静，这样一来，睫毛似也变得沉沉下垂。眼圈阴翳隐约，更使人觉得楚楚可怜。起始猜测虽多，但多以为是思父情切或春心萌动之故。不久，开始有人议论是因为老殿下企图使其就范。从此人们便像忘个精光，再不对少女说三道四。

事情发生在这个时候。一天夜半更深，我一个人通过走廊时，那个叫良秀的小猴不知从哪里突然窜出，一下又一下地拖我的裤脚。记得是个梅花飘香月色朦胧的暖夜。借月光看去，小猴龇出白晶晶的牙，鼻头堆起皱纹，发疯似的没好声叫个不停。我心里三分发慌，加上新裤被拖的七分气恼，本想踢开小猴径自离去。但一来回想起上次一个侍从因打猴惹得小殿下不快，二来小猴的动作有一些奇怪，便改变主意，似走非走地往被拖方向走了一两丈远。

当我拐过一段回廊，走到月色下亦能整个看到树影婆娑的松树对面的莹白色湖面时，事情发生了。附近一个房间里仿佛有人厮扭，声音急促而又分外压抑地敲打我的耳鼓。周围万籁俱寂，月色如雾如霭，除了鱼跃的声响再不闻任何动静。如此时刻发生厮扭声，使我不由止住脚步，暗想若有人为非作歹，定要给他点厉害看。我屏息敛气，蹑手蹑脚藏在拉门外面。

可是，或许小猴嫌我的做法不够果断，这良秀猴急不可耐似的围着我脚下跑了两三圈，旋即发出喉咙被扼般的叫声，一下子跳上我的肩头。我不禁扭过头去。小猴怕爪子被抓，又咬住我的衣袖，以防从我身上掉下。于是我不由自主地顺势踉跄了两三步，拉门随之重重地撞在我的后背。事既至此，已不容我再有片刻犹豫。我立即拉开拉门，刚要跳进月光照不到的深处，一个物体遮住了我的眼睛。不，应该说是被同时从房间里飞奔而出的一个女子吓了一跳。女子险些和我撞个满怀，乘势往外闪出。却又不知何故跪下身去，像看什么可怕东西似的战战兢兢向上看着我的脸，气喘吁吁。

不消说，这便是良秀女儿。只是这天夜晚少女看上去甚是容光焕发，与平时判若两人。眼睛睁得很大，熠熠生辉。脸颊也烧得通红。而且衣裙凌乱不堪，平添了几分一反常态的冶艳。难道这就是那般娴静孱弱、遇事只知忍让的良秀女儿？我靠着拉门，望着月光下妩媚动人的少女，像指什么东西似的，手指仓皇遁去的一个人的足音方向，用眼神静静询问是谁。

少女咬住嘴唇，默然摇头，显得十分委屈。

我弯下腰，贴在少女耳边低声问："谁？"少女仍然只是摇头不答。长长的眼睫毛下满是泪水，嘴唇咬得更紧了。

我生来愚钝，除了显而易见的事以外一概浑然不觉，便再也不知如何搭话，良久伫立不动，唯觉像在倾听少女的胸悸。当然，也是因为这里边含有我不便也不好意思继续追问的情由。

如此不知过了多久。后来我合上打开的拉门，回头看着略显镇静的少女，尽可能以柔和的声音叫她回房休息。而我自己也好像碰见了不该目睹的东西，忐忑不安而又无端歉然地悄悄折回原路。走不到十步，又有谁从后面颤颤扯我的裤脚。我愕然回头。诸位以为是何人何物?

原来是那个小猴良秀在我脚下像人一样双手拄地，晃着小金铃恭恭敬敬地向我磕头呢!

此后大约过了半个月，良秀一天突然来府请求直接谒见老殿下。他虽然身份卑微，但也许平日老殿下即对其青眼有加，任何人都难得一见的老殿下这天竟一口应允，传令速速进见。良秀照旧穿一件浅黄色长袍戴一顶三角软帽，神情到底比往日更加愁眉不展。肃然跪拜之后，少顷便以嘶哑的声音开口道:

“很久以前受命画的那幅地狱变屏风，由于我日夜尽心竭力，终于劳而有成，基本构图业已完毕。”

“可喜可贺，我也就放心了。”

不过，如此应答的老殿下语气里，不知为何，总好像有点儿颓唐和失意。

“不，根本谈不上可喜可贺。”良秀不无愠怒地俯下眼睛，“构图固然完成了，但现今有一处我无论如何也画不出来。”

“有一处画不出来？”

“是的。说起来，我这人大凡没见过的便画不出来。即使画也不能得心应手，也就等于画不出来。”

听得此语，老殿下脸上浮现出嘲讽的微笑:

“如此说，要画地狱变屏风，就非得看地狱不可喽？！”

“正是。不过，前年发生大火时我亲眼看过那场恰如炼狱猛火的火势。‘烈火金刚’的火焰，其实也是在遇到那场火灾之后才画出的。那幅画想必您也是知道的。”

“可是罪人怎么办？地狱里的小鬼莫非你也看过？”老殿下仿佛根本没听良秀所言，兀自继续发问。

“我看过铁链捆绑的人，遭怪鸟攻击的形象也已一一摹画下来——罪人受苦受难的情景也不能说我不知道。至于小鬼……”良秀沁出一丝可怖的苦笑，“小鬼也好多次在我似睡非睡当中出现在眼前。或牛头，或马面，或三头六臂，全都拍着不发音的手，张着不出声的嘴，可以说几乎日日夜夜前来折磨我——我画不出来的，并不是这些。”

对此，虽老殿下怕也为之惊愕。老殿下焦急地瞪着良秀的脸。俄顷，眉毛急剧抖动，厉声抛下话来：

“你说不能画的是什么？”

“我是想在屏风正中画一辆正从半空中落下的槟榔车。”说到这里，良秀才目光炯炯地盯视老殿下的脸。据说此人一说到绘画便如走火入魔一般。此刻那眼神便果然有一种咄咄逼人的光束。

“车上一个衣着华丽的贵妃在烈火中披散着满头黑发痛苦挣扎。面部大约被烟呛得眉头紧皱，仰脸对着车篷。手里拽着车帘，大概是想抵挡雨点一样落下的火花。四周一二十只怪模怪样的老鹰，啼叫着上下翻飞。就这个，就是这牛车上的贵妃，我死活也画不出来！”

“那，你想怎么着？”不知为什么，老殿下竟奇异地现出喜悦神色，催促良秀。

良秀发高烧似的颤抖着嘴唇，以近乎梦呓的语调再次重复一句：

“我就是画不出来！”随即扑咬似的叫道：“请在我面前点燃一辆槟榔车！要是可以的话……”

老殿下始而沉下脸来，继而一阵放声大笑，直笑得上气不接下气：

“噢，一切都按你说的办好了！没什么可以不可以的。”

听得老殿下口出此语，我总觉得——大概出于预感——事情凶多吉少。实际上老殿下的样子也非同小可，活像传染上了良秀的疯癫，嘴角堆起白沫，眉端闪电似的抽搐不已。而且话音甫落，又以天崩地裂之势扯开喉咙大笑不止。边笑边道：

“好，就给你点燃一辆槟榔车，就让一个漂亮女子穿上贵妃衣裳坐在车内，就叫她在浓烟烈火中痛苦死去——不愧天下第一画师，竟想到这种场面！应该奖赏，噢，应该奖赏啊！”

听老殿下如此说罢，良秀陡然失去血色，只是哮喘似的哆嗦着嘴唇。未几，一下子瘫痪在榻榻米上，以低得难以听清的声音恭敬地说道：

“多谢殿下恩典！”

想必是自己设想中的骇人光景因老殿下的话语而活生生地浮现在他的眼前。一生中我唯独这一次的此时此刻觉得良秀很有些可怜。

两三天后的夜晚。老殿下如约宣良秀来到烧车的地方，令他靠近观看。当然不是在堀川府第，是在老殿下妹妹以前住过的京城郊外一座名叫雪融御所的山庄。

这雪融御所是个久无人居的所在，宽敞的庭院杂草丛生，一片荒芜。大概也是见此凄凉光景之人的凭空杜撰吧，就连在此逝去的老殿下妹妹身上也出现了不三不四的传闻。还有人说即使现在月黑之夜也每每有粉红色长裙脚不沾地在走廊移动。这也并不奇怪，毕竟每届日暮时分，白天都阒无人息的御所愈发阴森可怕，园中入口溪流的声响格外抑郁，星光下翩然飞舞的五位鹭也好像什么怪物。

偏巧，这仍是一个黑漆漆的无月之夜。借大殿油灯光亮望去，靠近檐廊坐定的老殿下身穿浅黄色宽袍深紫色挑花裙裤，昂然坐在镶着白缎边的圆草垫上。前后左右有五六名侍从小心侍候，这无须赘述。要提的只是其中一位眼神都煞有介事的大力士。此人自前几年陆奥之战中饿食人肉以来，力气大得足以折断活鹿角。此时正身披铠甲，反挎一口大刀，威风凛凛，端坐廊下。凡此种种，在夜风摇曳的灯光之中，或明或暗，如梦如幻，森森然而凄凄然。

停在院内的那辆槟榔车，华盖凌空，翼然遮暗。牛则并未套入，黑色车辕斜架榻上，铜钉等物宛若星辰，闪闪烁烁。目睹此情此景，虽在春日亦觉身上阵阵生寒。当然，车厢由于被镶边蓝帘封得严严实实，里面有什么自是无从知晓。四周围着手执火把的家丁，目视往檐廊飘去的青烟，个个小心翼翼，心照不宣。

良秀稍稍离开，正对檐廊跪坐，身上仍是平素那件深黄色长袍，头戴萎缩的三角软帽。形容枯槁寒伧，身形矮小猥琐，竟像给星空压瘪了一般。身后坐着一个同样装束的、大约是他带来的弟子。两人偏巧都坐在远处昏暗之中，从我所在的檐廊甚至分辨不出服装的颜色。

时间约近子夜时分。笼罩庭园的黑暗仿佛正屏息敛气地窥伺众人的动静。四下唯有夜风吹过的声音，松明随风送来燃烧的烟味儿。老殿下默然盯视这奇异的光景。良久，向前移了移膝头，厉声唤道：

“良秀！”

良秀若有所应。但在我的耳朵里只像一声呻吟。

“良秀，今晚就满足你的愿望，把一辆车烧给你看！”

说罢，老殿下朝左右众人飞扫一眼。这当儿，我觉得——也可能是我神经过敏——老殿下同身旁侍从之间交换了别有意味的微笑。良秀此时战战兢兢抬头向檐廊上看了看，话仍未出口。

“看清楚些！那可是我平时坐的车！你也该有印象。我马上把车点燃，让地狱烈火出现在你面前！”老殿下再次止住话头，朝身旁侍从递了个眼色。随即换上极为难受似的语调：“里面五花大绑一个犯罪的侍女。车起火后，侍女肯定烧得皮焦肉烂，痛苦万状地死去。对你完成屏风画来说，这可是再好不过的典型。冰肌雪肤一团焦煳，满头秀发扬起万点火星——你要睁大双眼，不得看漏！”老殿下三缄其口。却不知想起了什么，晃着双肩无声笑道：“亘古未有的奇观啊！我也一饱眼福！来啊，卷起车帘，让良秀看看里边的女人！”

话音刚落，一个家丁一手高举松明，大步流星走到车前，另一只手一下子撩起车帘。燃烧的松明发出刺耳的毕剥声，高高地窜起红通通的火舌，把车厢照得亮同白昼。那被残忍的铁链绑在车板上的侍女——啊，任何人都不会看错——身穿五彩缤纷的绣有樱花的唐式盛装，油黑的头发光滑滑地从脑后披下，斜插的金钗璀璨夺目。虽衣着不同，但那小巧玲珑的身段，那被堵住的小嘴和脖颈，那透出几分凄寂的侧脸，显然是良秀女儿无疑。我几乎失声惊叫。

就在这时，我对面的武士慌忙起身，手按刀柄，目光炯炯瞪住良秀。我愕然看去，良秀多半为眼前光景失去了自控力，飞也似的跳起身，两手依然向前伸着，不由自主地朝车奔去。不巧的是——前面已经说过——由于他在远处阴影之中，面部看不清楚。但这不过是一瞬之间，良秀失去血色的脸，不，良秀那仿佛被无形的魔力吊往空中的身体倏然穿过黑暗真真切切浮现在我的眼前。刹那间，随着老殿下一声“点火”令下，家丁们投出火把，载有少女的槟榔车于是在纷飞的松明中熊熊燃烧起来。

大火转眼间包拢了车篷。篷檐的流苏随风飒然掠起。里面，只见夜幕下亦显得白蒙蒙的烟雾蒸腾翻卷，火星如雨珠乱溅，仿佛车帘、衣袖和车顶构件一并四散开来，场面之凄绝可谓前所未有。不，更为凄绝的是火焰的颜色——那张牙舞爪挟裹着两扇格木车门冲天而起的熊熊火光，恰如日轮坠地天火腾空。刚才险些惊叫的我此时魂飞魄散，只能瞠目结舌地茫然对着惨烈的场景。

作为父亲的良秀又如何呢？

良秀当时的表情我现在也不能忘记。不由自主朝车前奔去的良秀，在火焰腾起之际立即止住脚步，双手依然前伸，以忘乎所以的眼神如醉如痴地注视着吞没篷车的大火。他浑身沐浴火光，皱纹纵横的丑脸连胡须末梢都历历可见。然而，无论那极度睁大的眼睛，还是扭曲变形的嘴唇，抑或频频抽搐的脸颊，都分明传递出良秀心中交织的惊恐和悲痛。纵使砍头在即的强盗，或被押到十王厅的恶贯满盈的凶犯，恐怕也不至于有如此痛苦的表情。就连那力可拔山的大力士也不禁为之动容，惴惴不安地仰望老殿下。

老殿下则紧咬双唇，不时露出阴森森的微笑，目不转睛地朝车那边看着。那么车里呢？啊，我实在没有勇气详细述说车上的少女是怎样一种光景。那被烟呛得白惨惨的面庞，那随火乱舞的长飘飘的秀发，那转瞬化为火焰的美艳艳的樱花盛装——所有这些是何等惨不忍睹啊！尤其每当夜风向下盘旋而烟随风披靡之时，金星乱坠的红通通的火焰中便闪现出少女咬着堵嘴物而始终拼命挣脱铁链时那痛苦扭动的情形，令人觉得地狱的大苦大难活生生展现于眼前。不光我，就连那大力士也不寒而栗。

当夜风再度“飒”的一声——我想任何人都听得见——掠过庭院树梢驰往远处漆黑的夜空时，忽然有一黑乎乎的物体不贴地亦不腾空径直跳入火势正猛的车中，在木格车门噼里啪啦塌落当中抱住向后仰倒的少女的肩头，撕绢裂帛般尖利的叫声透过漫卷的浓烟传出，声音惨痛至极，无可形容。继而又叫了两三声。我们也下意识地一同“啊”的叫出声来。原来，那背对幔帐一般的火焰抱着少女肩头的，竟是堀川府上那只名叫良秀的小猴！至于小猴是从何处如何悄然赶到这里的，当然无从知晓。但，恐怕正因为平时得到少女的疼爱，小猴才一起跳入火中。

但小猴的闪现仅在一瞬之间，旋即金粉画般的火星猛然腾空而起，无论小猴还是少女，俱被浓烟吞没，庭院正中唯独一辆火焰车发着撕心裂肺的声响，疯狂燃烧不止。不，说它火焰车，不如说是火柱更为合适——那惊心动魄的火焰恰如一根直冲星空的火柱，势不可挡。

而良秀便面对这火柱凝固似地站着。这是何等不可思议！刚才还在为地狱的惨烈场面惊恐困惑的良秀，此刻那满是皱纹的脸上浮现出无可名状的光辉——一种近乎恍惚状态的由衷喜悦之情。大概忘了是在老殿下面前，他紧紧抱拢双臂，定定地伫立不动。似乎女儿临死挣扎的状态并未映入他的眼帘，他所看到的唯有火焰的美不胜收和女人的痛苦万状，从而感到无限心旷神怡。

但奇怪的并不仅仅是良秀面对女儿的最后痛苦而流露的欣喜，还有他表现出来的俨然梦中狮王的雷霆震怒，远非凡人可及。就连被意外火光惊起而哗然盘旋的无数夜鸟也不敢飞近良秀三角软帽的四周。恐怕连无心的禽类的眼睛也看出他头上光轮一般奇异的庄严。

鸟尚如此，何况我等及家丁之辈，更是屏息敛气，五内俱裂，就像瞻仰开光佛像一般满怀极度的激情，目不转睛地看着良秀。然而唯独一人——唯独檐廊下的老殿下判若两人，脸色铁青，嘴角泛沫，双手狠狠抓住紫色裙裤的膝部，宛如饥渴的野兽喘息不止。

老殿下这天夜里在雪融御所焚车一事，不知经何人之口传到世间，一时街谈巷议沸沸扬扬。首先猜测的是老殿下何以烧死良秀之女，而大多认为是出于泄欲未果导致的恼羞成怒。不过我想，老殿下所以如此，用心定然是为惩戒这个为画一幅屏风而不惜烧车焚人的画师的劣根性。实际上我也听老殿下如此说过。

其次往往提及的便是良秀的铁石心肠——即使目睹女儿被烧也要画那个什么屏风！还有人骂他人面兽心，竟为一幅画而置父女之情于不顾。横川的僧官们也赞同此种说法。其中一位这样说道："无论一技之长如何出类拔萃，大凡为人也该懂得人伦五常，否则只能坠入地狱！"

此后大约过了一个月，良秀终于画好屏风，当即带进府来，毕恭毕敬地献给老殿下过目。其时正好僧官们也都在场，看罢一眼屏风，到底在这幅铺天盖地的凶焰烈火面前大为震惊，一改刚才还苦着脸冷冷审视良秀的神色，情不自禁地双膝着地，连连口称"杰作"。听得此言，老殿下苦笑了一下——那样子我至今仍记得。

自那以后，至少府内几乎再无人说良秀的坏话。在这幅屏风面前，无论平时多么憎恶良秀的人都会奇异地肃然起敬，痛切感受到地狱的深重苦难。

不过此时良秀已不在这个人世了。画完屏风的第二天夜里，他在自己房间梁上挂了条绳，自缢死了。大概在失去独生女儿之后，他已无法再心安理得地活下去了。尸体至今仍埋在他家的旧址。当然，那块小小的墓碑经过几十年风吹雨打，想必早已长满青苔，无法辨认是往昔何人之墓了。

（大正七年四月）

第五部

春琴抄

春琴抄

导读

《春琴抄》，“春琴传”，是日本现代作家谷崎润一郎最有代表性的小说名作。一九七六年被搬上银幕，加之由当红影星山口百惠、三浦友和主演，在日本几乎家喻户晓。

《春琴抄》创作于一九三三年，故事背景则是十九世纪中晚期的明治年间。有人说是个凄美的爱情故事。但在我看来，较之凄美，恐怕更应说凄绝才是。“问世间，情为何物，直教生死相许。”（元好问）此乃古今中外爱情的最高境界。而其关键字是“相”——相互，互相，互敬互爱，相亲相爱，相敬如宾，直至生死相许。如《梁山伯与祝英台》《孔雀东南飞》，又如《罗密欧与朱丽叶》。无需说，至少他和她之间是平等的。然而《春琴抄》里的春琴完全不是这样。尽管她和佐助实际上过着夫妻生活，两人为实质上的夫妻关系，然而春琴像对待奴仆一样对待佐助，极尽欺凌侮辱之能事。佐助则一向逆来顺受，忍辱求全，毫无个人尊严可言。且看下面一段：

有一段时间佐助患了虫牙，右脸颊肿得厉害，入夜后苦不堪言。佐助强忍不形于色，不时悄然漱口以免呼气影响对方，同时小心侍候。少时，春琴躺下叫他揉肩搓腰。如此按摩好一阵子，春琴说可以了，又让他捂脚。佐助应声横卧在她裙裾下端，敞开怀把她的脚底板放在自己胸口。但胸口凉如冰块。相反，脸由于睡铺的热气而变得火烧火燎，牙痛愈发痛不可耐。于是以颊代胸，把脚底板贴在肿胀的脸颊聊以忍耐。岂料春琴不胜其烦地踢其脸颊。佐助不由得“啊”一声跳起身来。结果春琴说道：不捂也可以了！叫你用胸捂，并没叫你用脸捂。

尽管如此，佐助直到晚年都一再沾沾自喜地“摸着自己的脸颊说（春琴）就连脚后跟的肉也比这里柔软滑嫩。”你看，一个男人居然活到这个份儿上。尤其令人瞠目结舌的是，在春琴被人毁容之后，佐助居然不惜刺瞎自己的双目来满足对方不想被他看见的愿望。或许可以从两人最后相拥而泣的镜头中感受到春琴对佐助的些许爱恋，但这并不足以冲淡春琴的冷酷和自私。贯穿故事整个过程的都是佐助单方面没有任何底线的付出，都是春琴对佐助的吆五喝六百般施虐。应该说，这里表现的是作者畸形的女性观、性爱观——女性至上主义、性至上主义。无论"娼妇型"女性的肉体美，还是"圣母型"女性的白痴美，在作者谷崎眼里无不闪耀着神圣耀眼的光环。在这种女性美，尤其在肉体美的诱惑面前，任何男性都将束手就擒，任何既存的道德规范以至所有社会约束都将土崩瓦解。

那么他这种极端的女性至上主义、性至上主义是如何产生的呢？这里有必要对其走上文学道路前后的有关情况予以简单回顾。

谷崎润一郎于一八八六年（明治十九年）七月二十四日出生于东京一商人之家。其父本姓江泽，入赘后改姓谷崎。他的外祖父有四男三女，却将三个女儿留在身边招了上门女婿，而把除长子外的三个儿子送往别处。这三个女儿无不长得如花似玉，而尤以谷崎的母亲阿关出众。因而谷崎从小便对生母怀有一种近乎教徒般虔诚的爱慕与崇拜之情，认为世间再也没有比母亲更美的女子。而且这种美不仅仅限于容貌，还包括肉体。也就是说，他对母亲的爱分为精神上和官能上两个方面。这种自幼形成的根深蒂固的心理不能不对他日后的创作倾向产生绵长的影响。《思母记》《吉野葛》《少年滋干之母》便是这种母恋心理的产物，同时也奠定了女性至上主义的基础。

小学毕业后，因家道中落，谷崎勉强读完初中。到上高中时，不得不在一户姓北村的人家当家庭教师以继续学业。这期间，由于他写给北村家一个使女的情书被发觉而两人同时遭到主人的驱逐。这一出丑事反而促成了他在男女关系上无视既存道德的决心。一九〇八年进入东京帝国大学（现东京大学），在学两年期间他读了许多西方文学作品。其中对他影响较深的是德国作家波德莱尔、英国作家王尔德和美国作家爱伦·坡。这三位作家都在不同程度上具有唯美主义、颓废主义的创作倾向。他们反对文艺对现实做自然主义的摹写，认为文学艺术不应受生活目的和道德的约束，甚至从病态以至变态的人类性感中寻求创作灵感。这些无疑对谷崎后来那种如醉如痴地发掘以官能美为主的女性美的所谓恶魔主义有直接影响。由此产生的作品，除了《春琴抄》还有很多，如《刺青》《麒麟》《少年》《痴人之爱》《疯癫老人日记》《富美子的脚》等不一而足。

此外，我觉得即使在这一点上也不能截然割断日本固有文学传统对谷崎的影响。日本自七九四年进入平安时期以后，文学就成了宫廷贵族等少数有闲人手中的消遣品，带有浓厚的耽乐、唯美的倾向。也就是说，日本文学基本属于消遣性和娱乐性的。再者，“娼妇”在日本似乎从未被认为是有伤风化，反而在儒教式伦理道德下公开承认其存在。“放荡”也无须引咎自责，甚至被视为男子的特权。因此，谷崎作品中的所谓恶魔主义、近乎色情主义的女性至上主义，在当时的日本社会也并非令人瞠目结舌的异端邪说。其产生自有其上面说过的家庭、社会、思想以及历史方面的原因。

同时我还想借此机会确认一下日本的传统美、古典美的问题。无论是谷崎还是川端康成，其作品都被认为典型地体现了日本美，川端并因此获得了诺贝尔文学奖。但究竟何为日本古典美呢？这点甚至日本人自己也说不清，或许因为它本来就是只可意会不可言传的神秘物。例如生岛辽一便这样说过：“日本固有的古典精神中所跃动的感情，就连日本人本身也感到暧昧，以致往往不得不流于形式主义，纵使不对观花赏月感到心旷神怡，也动辄前去欣赏樱花或吟咏风月。我们必须承认日本人的艺术中多少含有一种自欺欺人的成分。”

日本的文艺美学意识，一般认为以崇尚优美、含蓄、委婉亦即阴柔之美的《古今和歌集》为滥觞，而在镰仓、室町时期（约1201—1569）发展成为追求“言外之余情、象外之景气”的所谓“幽玄”。及至江户时期（约1570—1867），又在松尾芭蕉手里演变成以怡静闲寂、冲淡洒脱、空灵含蓄为主要内涵的“闲寂”与“幽雅”。最后由本居宣长依据《源氏物语》概括成所谓日本民族固有“文学精神”的“物哀”（もののあわれ）。所谓“物哀”，大多是作者对外观事物的感受所形成的一种情怀。确切一点说，是多半充满倾向于感伤、孤寂、空漠而又有所希冀的一种朦胧的情感、意趣和心绪。而谷崎润一郎在以“圣母型”女性为主人公的作品中以委婉细腻的笔触曲尽状物言情之妙这点上，确实与此有一脉相承之处。若不论题材而只就风格与手法而言，《春琴抄》也可以归为古典主义作品一类。

尽管是古典主义，我个人也喜欢不来。村上春树倒是说在日本的“国民作家”中，他“个人喜欢的是夏目漱石和谷崎润一郎”，却又紧接着说“除了教科书上出现的，其他几乎没有读过，读过的也没怎么留在记忆里。”的确，村上和谷崎无论如何也不是一条路子上的。作为我，喜欢不来还有翻译方面的原因。记得是二〇一七年暑期在老家乡下翻译的——即使满园瓜果花木也没能有效缓解当时的黯淡心情。

春琴抄

[日]谷崎润一郎

春琴，原名鵙屋琴，生于大阪道修町药材商之家，殁于明治十九年[1]十月十四日。墓位于市内下寺町净土宗[2]一座寺院内。日前路过，兴之所至，近前探询。寺院一位男子谓“鵙屋家墓地在这边”，将我领去大殿后面。一看，一丛山茶花树荫中排列着几座鵙屋家数代之墓，但从中并未找见仿佛琴女之墓的存在。往日鵙屋家之女本应有那样一位来着，而那位……寺院男子思索片刻，之后将我领去东侧陡峭的坡路台阶：“这样看来，说不定在那边。”众所周知，下寺町东侧后方耸立着生国神社所在的高台，刚才所说的陡峭坡路即从寺院内通往高台的斜坡。但那里已是大阪少见的树木蓊郁的场所，琴女的墓坐落在那片斜坡中间拓平的一小块空地。墓碑正面记其法名：光誉春琴惠照禅定尼。背面刻写的是：俗名为鵙屋琴，号春琴，明治十九年十月十四日殁，享年五十八岁。侧面刻有门人温井佐助建之字样。

1　明治十九年：一八八六年。明治元年为一八六八年。

2　净土宗：日本以法然为开山祖师的一个佛教流派，笃信只要一心念佛死后即可进入极乐世界。

琴女虽然终生以鵙屋为姓，但是，想必因为同“门人”温井检校[1]过着事实上的夫妻生活，所以在离开鵙屋家墓地的地方如此另建一座。据寺院男子介绍，鵙屋家早已没落，近年来偶有族人前来祭扫。但去看琴女墓的人几乎没有，没以为她是鵙屋家的亲人。那么，这位故人是无人祭祀的亡灵不成？却又不然——住在荻茶屋那边的一位七十光景的老妇人每年来祭祀一两次，来祭扫这座墓。另外，这里还有座小墓吧？寺院男子指着此墓左侧的另一座墓说，之后肯定也为这座墓烧香献花。念经费什么的也是她出的。来到寺院男子指点的刚才说的小墓碑前一看，碑石大小只有琴女墓的一半左右。正面刻写真誉琴台正道信士，背面写道：俗名温井佐助，号琴台，鵙屋春琴门人，明治四十年十月十四日殁，享年八十三岁。此即温井检校墓。荻茶屋的老妇人稍后出场，暂且不表。只说此墓较春琴墓小，且墓碑记有门人字样，以示死后亦守师徒之礼，此为检校的遗愿。我伫立在正好有夕阳金灿灿照在墓碑正面的山顶上，眺望脚下横陈的大阪市景观。想来这一带是早在难波津时期就有的丘陵地带，朝西的高台从这里一直延续到王天寺那边。而今，被煤烟损害的树叶草叶没有生机，满是灰尘、站立枯死的大树给人以煞风景之感。但是，修建这些墓的当时，想必这一带甚为郁郁葱葱。即使现在，作为墓地，这里也应是最为安静的视野开阔之处。被奇特因缘裹在一起的师徒两人一边在此长眠，一边俯视暮霭笼罩高楼林立的东洋首屈一指的工业都市。虽说今日大阪已经变得全然没有检校在世时的面影，

1　检校：政府给予男性盲人的最高“官名”（职称）。

但唯独这两座墓碑看上去至今仍像在交谈不浅的师徒情缘。本来温井检校家属于日莲宗[1]，除却检校的温井一家之墓位于检校故乡江州日野町某寺院内。而检校之所以抛弃祖祖辈辈的宗派而改信净土宗，乃是出于纵使为墓也不想从春琴女身旁离开这一殉情之念。据说春琴女在世期间即已确定师徒的法名、这两座墓碑的位置及大小等等。目测之下，春琴女墓碑高约六尺，检校的大概不足四尺，并列在低矮的石板座上。春琴女之墓的右侧栽有一棵松树，绿色树枝如屋顶一样伸在墓碑上面。在枝尖伸不到的左侧相隔两三尺的地方，检校的墓如鞠躬一般静静侍坐。见了，不由得想起检校生前俨然侍从毕恭毕敬事师的身影，仿佛至今仍乐在其中。我跪在春琴女墓前，恭恭敬敬致以一礼。而后把手放在检校墓碑上，一边抚摸碑顶，一边在山丘徘徊，直至夕阳沉进大阪街市的远方。

※

近来我得到一本名叫《鵙屋春琴传》的小册子，这是我得知春琴女的起因。这本书约有三十页，是用四号铅字印在生漉和纸[2]上的——以此推测，应该是春琴女去世三周年时弟子检校托谁编写师父传记分发给大家的。这样，尽管内容是用书面语写的，检校也是以第三人称出现，但素材想必由检校所授，书的实际作者不妨视为检校本人。传记上说，“春琴家世称鵙屋安左卫门，住于大阪道修

1 日莲宗：日本以日莲为开山祖师的一个佛教流派，信奉法华经。

2 生漉和纸：由葡蟠和黄瑞香等为原料制造的一种日本纸。

町，经营药材。至春琴父，乃第七代。母茂女出身于京都麸屋町迹部氏，嫁于安佐卫门生二男四女。春琴为次女，生于文政十二年[1]五月二十四日。”又曰，“春琴自幼聪颖，且容貌端丽高雅，无以形容。四岁习舞，举止进退，自得其法。伸手收臂之优美，舞伎亦望尘莫及。纵使师父亦自叹弗如，每每叹道，呜呼，以此材质，此儿驰名天下，指日可待。而生为良家子女，幸乎？不幸乎？且早已习得读写之道，进步颇速，甚而凌驾于两位兄长之上。”倘若这些记述出自视春琴如神的检校之口，那么置信程度如何自是不得而知，但她生来容貌“端丽高雅”可由种种事实得到证明。当时妇人身高总体上似乎矮小，她也身高不足五尺，脸庞四肢亦小巧玲珑之至。看今日所传春琴女三十七时的相片，轮廓工整的瓜子脸上长着仿佛用可爱手指摘来的鼻子眼睛，那般娇嫩，看上去仿佛稍纵即逝。所以如此，想必是因为毕竟是明治[2]初年或庆应[3]年间的摄影，到处有星斑闪现，如远古的记忆依稀莫辨。不过，在这模模糊糊的相片上仍可看出俨然大阪富裕商家女子的气韵。同时亦可隐约觉出美丽却又没有值得一提的个性光彩的形象。年龄看上去说三十七就像三十七，而说二十七八也未尝不像。此时的春琴女虽然双目失明已有二十多年，但较之失明，看起来更像闭目。佐藤春夫[4]曾说聋人看上去像愚人，盲人看上去像贤者。原因在于，耳朵聋的人为了听别人说的话而蹙起眉头或张开

1 文政十二年：1829年。文政，日本年号，1818—1830。

2 明治：日本年号，1868—1912。

3 庆应：日本年号，1865—1868。

4 佐藤春夫：1892—1964，日本诗人、小说家。代表作有《殉情诗集》《田园的忧郁》等。

嘴眼或歪起脑袋或仰面朝天，总好像有发傻的地方。而盲人则静静端坐低眉垂首，样子活像闭目沉思，所以显得特像深思熟虑。至于是否真的一概适用，自是无从知晓。但由于菩萨的眼睛、慈眼视众生的慈眼总是半睁半闭，习以为常的我们于是觉得闭眼比睁眼更为慈悲、更为难得，而在某种场合怀有敬畏感。这样，对于春琴女闭合的眼睑也感到仿佛拜见古代观世音画像那样的隐约慈悲之情——也可能同她是分外温柔的女人这点有关——据说春琴女的相片前前后后仅此一幅。她幼小的时候照相技术尚未引进，而拍这幅相片那年又偶然发生了灾难，自那以后想必绝对不再照相了，所以我们只能依赖这一幅模模糊糊的相片想见她的风貌。读者读了以上说明，心目中推出的会是怎样的长相呢？估计是模糊不清让人意犹未尽的。我想，即使见了实实在在的相片，也不一定多么清晰。或者相片比读者所空想的更为模糊也未可知。想来，春琴女拍这幅相片时她已三十七岁，检校也已成了盲人——检校在这个世上最后看见的她的模样想必是接近这幅相片的。故而晚年检校记忆中的她的形象也可能就是如此模糊不清。或者是在以空想弥补逐渐淡薄的记忆之间而构筑出了与此截然不同的另一高贵女子不成？

※

春琴传继续写道：“是故双亲也视琴女如掌上明珠，五兄妹之中独宠此儿。不幸琴女九岁时因患眼疾而不久双眼完全失明。父母哀叹非同一般。母为吾儿之可怜而怨天尤人，一时如发狂一般。春琴此后了断习舞之念，专心习筝习三弦，立志走丝竹之道。”至于春琴的眼疾是何疾患，并不明确。传记上也没有更多记载。后来检校对人说正所谓树大招风，师父只因相貌和艺能强于诸人而一生中两次招致别人嫉妒——师父的不走运完全是这两次灾难的结果。如此综合判断，其间也似有难言之隐。检校也曾说师父得的是脓漏眼。谓琴女尽管由于娇生惯养而有傲慢之处，但言谈举止招人喜爱，对下人关怀备至。加之生性开朗活泼，所以无论待人接物还是兄妹关系都很融洽，为全家人所善待。但最小妹妹的乳母为父母的偏心而气不过，暗中憎恨琴女。尽人皆知，脓漏眼病是花柳病的病菌侵害眼睛的黏膜时发生的，所以检校的意思在于暗示这个乳母以某种手段使她失明。至于是因为有确凿证据才那么想，还是仅仅出于检校一人的想象，情况并不明了。从春琴女后来暴躁的脾气看，即使猜疑那一事实为其性格带来影响也未尝不可。但不限此一件事，检校的说法因过于哀叹春琴女的不幸而在不知不觉之间带有伤害和诅咒他人的倾向，不宜一概轻信。乳母之事云云，恐怕也不过是随意推想而已。总之，这里姑且不究原因，仅记述九岁失明即足矣。并且“此后了断习舞之念，专心习筝习三弦，立志走丝竹之道”。也就是说，春琴女将情思寄寓音曲，乃是失明的结果。她本身也认为其真正的天分在于舞蹈。之所以有人夸奖自己的琴和三弦，是因为对自己不了解之故。只要眼睛不失明，自己绝不会往音曲方面发展——春琴女每每向检校如此述怀。另一方面，听起来这未尝不是说自己就连不擅长的音曲也能有如此表现，从中不难窥见她傲慢的一端。只是，这些话恐怕也多少有检校的矫饰成分，至少难免让人怀疑他是把春琴女一时兴之所至的谈吐如获至宝地铭记在心，并赋予其重要意义以使春琴女变得卓尔不群。前面说的住在荻茶屋的老妇人，名叫鴫泽辉，乃生田流勾当[1]，曾热心侍奉晚年的春琴和温井检校。据她介绍，听闻师父（指春琴）舞蹈非比寻常，但古筝和三弦也是五六岁时由名叫春松的一位检校领进门来，一直练习不止，并非失明之后才学音曲的。好人家的女儿都早早习艺乃是当时的习惯，师父是十岁那年记得那首很难的《残月》[2]曲目，独自用在三弦上的。如此看来，音曲方面大约也具有天赋之才，远非常人所能效仿。只是失明之后因别无乐趣，所以更加深入此道，投入全副身心——这一说法应该真实可信。所以她的真正才华想必一开始就表现在音乐方面，而舞蹈究竟是何种程度，那是颇为可疑的。

※

虽说在音曲方面一路精进，但由于是无须为生计操心的身份，想必一开始就没有以此为职业的念头。后来之所以作为琴曲师父自立门户，乃是其他情由所致。即使那以后也不是以此维持生计，每月从道修町娘家汇入的款额要多得无法相比。尽管如此，还是支撑不起她的骄奢和挥霍。这样，起始想必并没有什么将来打算而一味出于喜好拼命钻研技艺，但由于有天赋之才又很用心，“十五岁时春琴技艺大有长进，出类拔萃，同门弟子中实力可与春琴比肩者亦无

1　生田流勾当：生田流为日本筝曲的一个流派。勾当是女盲人的最高官位（职称）。
2　《残月》：大阪的峰崎勾当怀念死去的爱徒之作，名曲。

一人。”想必此言不虚。据鴫泽勾当所言，师父时常引以为自豪的是，春松检校尽管习艺要求很严，但从未对自己痛加训斥，反而表扬多多。自己去时师父必定亲自动手热心指教，和蔼可亲。所以不理解害怕师父的人是怎么回事。这样，不知晓习艺之苦就能达到那般境界，当是天赋使然。盖因春琴乃鵙屋千金，纵是严厉师匠也不至于像训练艺人子女那样严加管教，而会多少予以宽容。何况庇护虽生于富贵之家却不幸失明的可怜少女的心情也会有的。所以为师的检校无比怜惜她的才华，为之尽心竭力。他担忧春琴胜过担忧自家儿女，春琴每有微恙而缺席等事，必然派人跑去道修町或自己策杖看望。时常以有春琴为徒而自豪地向人夸耀，在有许多内行门弟[1]集场所，便说“你们务以鵙屋可依桑的技艺为榜样！”[2]还说“马上就要靠这一行吃饭之人还比不上局外人系桑，这可让人放心不下哟！”还有，当有声音指责他过于呵护春琴时，他说：“瞧你说的什么！为师者传艺时态度严厉才算关心。我不训斥那个孩子，只能说明我关心不够。那孩子天性精于为艺之道，领悟快，即使放任不管，也能进其所进之处。而若用心鞭策，势必更加变成可畏后生，本职弟子们岂不尴尬！生于富有人家，衣食无忧——这样的姑娘无须刻意管教。相比之下，莫如全力以赴将愚钝之才培养成材。你等所言，竟是何等误解！”

1 内行门弟：日语为“玄人筋”，一般意为妓女。此处指艺妓、“艺者”。

2 注：大阪将“小姐”称为“系桑”，或“朵桑”。对小姑娘称为“小系桑”或“可依桑”以有别于大姑娘，至今依然。春松检校也曾指导春琴的姐姐入门，有家人情分，故如此称呼春琴。

※

春松检校的家位于靭，距道修町的鵙屋约有十丁[1]路程。春琴每天由学徒拉着手前去学艺，那个学徒就是当时叫佐助的少年，亦即日后的温井检校。他同春琴的缘分便是如此产生的。如前所述，佐助出身于江州日野，老家同样经营药店。他的父亲和祖父都曾在学徒时代来大阪在鵙屋做徒工。对佐助来说，鵙屋其实是历代主人。他比春琴大四岁，十三岁开始来学徒，相当于春琴九岁即失明之年。但他来时春琴美丽的眸子已经永久闭上了。佐助后来也没有为从未见到春琴眸子而感到后悔，反而以此为幸。倘若知晓失明之前的春琴，失明后的面容难免显得不完美。所幸他对她的容貌没有任何缺憾感，一开始就觉得圆满自足。如今大阪上流家庭争先恐后将宅邸移去郊外，小姐们也亲近体育运动，接触野外空气和阳光，过去那种深闺佳人或千金小姐已经没有了。可是即使眼下，住在市区的孩子们一般也体格孱弱，总体上面色苍白，同乡间长大的少男少女相比，皮肤光泽有所不同。说得好听些是洗练，说难听些是病态。这不限于大阪，乃是城市的共同现象。不过在江户[2]，即使女子也以浅黑色皮肤为自豪。而肤色之白不及京阪[3]的大阪世家长大的公子哥们，甚至男子都如戏曲中的年轻少爷一般细皮嫩肉弱不禁风。及至三十岁前后，

1　十丁：即十町，一町（丁）约合 109 米。

2　江户：今东京。

3　京阪：京都大阪。

这才面色变得红黑起来，脂肪堆积，身体陡然变胖，有了俨然绅士的富态。而在此之前则同妇人全然无异，皮肤白皙，着装趣味也阴柔不堪。何况生于往日幕府时期富裕的城里人家、闷在并不卫生的重重深院里长大的少女们那仿佛透明的青白细腻，在乡下人佐助少年的眼里将显得何等妖艳！此时春琴的姐姐十二岁，紧挨春琴的妹妹六岁，在刚刚进城的佐助看来哪一位都是乡下罕见的少女，尤其为失明春琴那莫可言喻的气韵所打动。他觉得春琴闭合的眼睑比其姐妹睁开的眸子还要妩媚动人，这张脸必须如此、理应如此。四姐妹之中之所以春琴评价高，认为她最漂亮——即便这是事实——想必那也是对其残疾多少怀有怜悯之情所使然，及至佐助则不然。日后佐助比什么都讨厌别人说自己对春琴的爱是出于同情和怜悯，认为那么看待的人委实始料未及。“我看师父尊容觉得不忍啦可怜啦什么的一次也不曾有过。同师父相比，明眼人才叫凄惨！以师父那样的气度和相貌，何需别人怜悯呢！如果说我佐助可怜、反而怜悯我的话，那么我和你们除了鼻眼齐全，此外没有一样比得上师父的我们岂不才是残疾！不过这已是后话。佐助最初大概只是把燃烧般的崇拜之情藏在心底而殷勤侍候，还没有恋爱的自觉。即使有，考虑到对方毕竟是天真烂漫的小姑娘且是历代主人家的千金小姐，作为佐助也只能乖乖听命陪伴，每天能一起走路多少算是一种安慰。以新来乍到的少年之身被吩咐做宝贝女儿的向导，说起来似乎反常，但起始并不限于佐助，女佣跟随时有之，其他小伙计、年轻伙计陪伴时有之，情形种种样样。因有一天春琴提出“希望只由佐助一人”，故此后定为佐助专职。那是佐助十四岁以后的事。他感到无上光荣，总是激动地把春琴的小手收在掌中，沿着十丁路送去春松检校家，等她练完再领回家来。路上春琴很少说话，而只要春琴不开口，佐助也默不作声，只管注意不出差错。当有人问“小姐为什么说佐助合适呢？”春琴回答“因为他比谁都老实，不多嘴多舌”。前面说过，原本她娇柔可爱，待人和善，但失明以后变得阴沉郁闷起来，很少发出欢声笑语，沉默寡言。所以佐助不多嘴多舌、不添麻烦、小心尽职尽责这点可能合了她的心思（佐助说不喜欢看她的笑脸。盖因盲人笑时显得傻气可怜。以佐助的感情，想必不堪忍受）。

※

说不饶舌不打扰这点果真是春琴的本意吗？会不会是佐助仰慕之念隐约传递过去而为之——尽管是孩子——感到欣喜？虽然很难设想十岁少女能有这样的事，但想到作为聪颖早熟且失明的结果，第六感的神经已分外得到打磨这种情况，就未必能说是突发奇想。性情孤高的春琴即使在后来意识到恋情之后，也未轻易表明心曲，久久没有相许于佐助。这样，尽管多少存有疑问，但反正佐助这一存在起初就好像几乎没占据春琴心头。至少在佐助看来如此。拉手时佐助把左手抬到春琴肩高的位置，掌心朝上来接受她的右掌——佐助这一存在对于春琴似乎不过是一只手掌而已。偶尔要解手时也只是示以动作，或者蹙起眉头，抑或像出谜语一样自言自语，总之不会如此这般明确表达意志。如果对这些无动于衷，春琴必然心情不悦。因此佐助必须不断绷紧神经，注意不看漏春琴的表情和动作，感觉上就好像在接受精神注意力的测试。春琴原本就是我行我素的小姐出身，不巧又加上盲人特有的坏心眼，一时片刻也不给佐助放松的余暇。一次在春松检校家等待轮流练习当中，春琴身影忽然不见。佐助惊慌地四下寻找，不料去了厕所。解手时春琴总是默默起身出去。觉察到的佐助就追出来拉手把她领到门口，在那里等待为她浇洗手水。但今天佐助马虎了，以致她一个人直接摸索着走了出去。“实在对不起了！”佐助声音颤抖着跑到正要伸手拿水勺柄的少女跟前说道。“可以了！”春琴边说边摇头。但在这种情况下，如果对方说“可以了”就道一声“是吗”作罢，那么往下就更麻烦了，而要强行扭过勺柄给她浇水，此乃诀窍。还有，某个夏日午后佐助乖乖站在等候轮班的春琴身后，听得她自言自语说“热”，佐助好声附和“是够热的啊！”但对方没有回应，少顷又说“热”。佐助于是心有所觉，拿起现成的团扇从后背为她扇风。这么着，对方好像遂了心愿。而若扇法多少有些不用心，又马上重复“热”。春琴的固执和任性固然如此这般，但只是对佐助有此特殊表现，并非对每一个学徒都这样。她原本就有这样的禀性，加上佐助刻意逢迎，以致她唯独对佐助才这样变本加厉——她觉得佐助最为得心应手的缘由即在这里。而佐助也不以此为苦，莫如说求之不得，把她这种特殊的坏心眼看成撒娇，理解为一种恩惠。

※

因为春松检校让弟子习艺的房间在里面的二楼，所以轮班轮到时，佐助就领着春琴爬上楼梯，让她坐在同检校相对的座位上，把古筝或三弦摆在她面前，暂时下到休息室等她练完后再去接她。等候过程中要不松懈地竖起耳朵判断结束时间。一旦结束，没等叫就即刻起身相迎。这样，春琴所学之曲自然进入耳中。佐助的音乐爱好便是如此养成的。既然日后成了一流大家，天赋之才想必也是有的。但若没被给予照料春琴的机会，且他本人不怀有无论如何都想与之同化的满腔爱情，那么佐助势必作为被允许使用鵙屋商号的一介药材商了此平凡一生。纵使后来失明称之以检校之位以后，他也总是说自己的技艺远远比不上春琴，得此成就完全是师父启发的结果。佐助一向把春琴捧到九天之上，躬身后退一百步二百步之多，所以这种话是不能全盘接受的。不过，技艺优劣另当别论，春琴更有天分、佐助乃是刻苦钻研的实干家这点应该毋庸置疑。他为买一把三弦而开始把主人家不时给的工钱和在跑腿地方拿得的小费悄悄存起来，是在他十四岁那年的年底，第二年夏天终于买得一把做工粗糙的习用三弦。为了不让大伙计瞧见而把杆部和共鸣箱分开拿进阁楼的睡房，每天夜晚等同伙睡着后独自练习。不过，毕竟最初是以继承家业的目的来当小学徒的，以此作为将来职业的打算也好自信也好都全然无从谈起。只是对春琴过于忠实了，因而开始以她的喜好为自己的喜好，此乃极端发展的结果，甚至企图以音曲作为获取对方之爱的手段那样的心情都是没有的——这点从对她都极力隐瞒这点亦可了然。佐助同五六个伙计、学徒睡在又矮又窄——窄得若一同起身几乎头碰头——的房间里，以不妨碍他们睡眠为条件求其保密。大家正是无论怎么睡都睡不够的年龄，躺下就马上酣然大睡，所以没人发牢骚。但佐助还是等他们睡熟才起身，在拿出被褥的壁橱里练习。阁楼本来又闷又热，而夏夜的壁橱里面肯定更热。这样，既可以防止弦声外泄，又正好能挡住鼾声、梦话等外部动静。当然不能用指尖弹拨，而是在没有灯光的漆黑场所用手摩挲着弹。但佐助全然没有觉得不便。想到盲人总是处于这黑暗之中，小姐也是在这黑暗中弹拨三弦，佐助就对自己也置身于黑暗这点感到乐不可支。即使后来被允许公开练习之后，每次拿起乐器时也习惯闭目合眼——说不和小姐一样过意不去。亦即，尽管双眼明亮，却想要品尝和失明春琴同样的苦难，想要尽量体验盲人不自由的生涯。有时竟好像羡慕盲人。后来他所以成了真正的盲人，其实也是少年时代便有如此心境所致。想来并非偶然。

※

任何一种乐器都有无限奥秘。难度诚然相同，但因为小提琴和三弦的指位没有任何印记，且弹奏时每次都要调音，所以要弹到一定程度就更不容易，最不适合独自练习。何况在没有乐谱的时代，即使跟师父学，一般说来也是琴需三个月，三弦需三年。佐助没钱买古筝那种高价乐器，何况也不可能扛着那般煞有介事的东西，故而从三弦开始。但随调附和这点据说起初就已不在话下。这一来表明他天生的感觉至少在一般人以上，二来足以证明他平时陪同春琴在检校家等待之间是何等注意倾听他人的练习。无论调子的辨析、曲目的语词还是音的高低旋律，所有一切都只能依赖耳朵的记忆，此外别无依赖之物。如此这般，从十五岁那年夏天开始大约半年时间，除了同室伙伴以外所幸无人知晓。但到了那年冬天发生了一件事。某日天明时分——说虽这么说，其实冬天四点前后仍四下漆黑，同夜半无异——鵙屋的御寮人[1]即春琴母亲茂女起来如厕，忽然听得不知哪里断续传来《雪》[2]的旋律，虽然古来就有寒夜隐约黎明时分在寒风中习艺——时称“寒习”——的习惯，但道修町乃药店集中地段，传统店铺栉比鳞次，并非游艺师父和艺人之流居住的地方，声色人家一户也没有。因而在这万籁俱寂的深更半夜，纵然“寒习”，时刻也未免过于离奇。况且，若是“寒习”，理应拼命高声弹拨才是，可这声音则是用指甲轻轻弹拨。而又似乎反复练习同一地方直至满意为止，其执着样子不难想见，鵙屋御寮人虽然觉得奇怪，但当时没有怎么介意，接着睡了过去。后来半夜又起来两三次，而每次都听在耳里。那么说来，我也听到了。在哪里弹的呢？同狐狸敲肚皮[3]也好像不一样——也有人这么说道。在店员们不觉之间，成了后院谈论的问题。作为佐助，若是夏天以来一直在壁橱练习就好了，但因为未被任何人察觉，就变得胆大起来；何况毕竟是在务工之余占用睡眠时间练习的，久而久之，睡眠愈发不足。若是暖和地方，自然困意袭来，于是到了秋末便天天夜里悄然爬到晾衣台上弹。一般是夜间四时[4]即午后十点同店员们一起就寝，凌晨三点左右醒来怀

1　御寮人：日本关西地区对富有商家的女儿或夫人的敬称。

2　《雪》：三弦曲目的一种，巧妙表现雪落无声之感。

3　狐狸敲肚皮：狸の腹鼓。狐狸拍打肚皮来模仿艺人敲鼓。比喻夜晚不知从哪里传来的演戏声响。

4　夜间四时：时，时辰，昔日时间数法。相当于现在的晚间十点。

抱三弦去晾衣台，在寒冷的夜气中独自练习。及至东方开始隐约泛白时分才返回睡铺。春琴母亲听得的即是此时所弹。盖因佐助偷偷爬上去的晾衣台位于店铺房顶，较之紧挨其下睡觉的店员，隔着中院花草树木的里面的人更能在打开檐廊木板套窗时听得声响。店员们因了里院的吩咐加以查问。结果，得知乃是佐助所为。理所当然，佐助被叫到领班跟前狠狠训了一顿，三弦被没收，喝令以后万万不可。但此时有援助之手从意外地方朝佐助伸来。里院传出意见说反正想听听能弹到什么程度。而且首倡者是春琴。佐助战战兢兢，以为此事一旦被春琴知晓，对方定然不悦。本来只做好所交代的向导任务即可，却不顾小学徒的身份如此不自量——或被如此百般怜悯或遭这般嘲笑，总之不会有什么好事。唯其如此，听得主人想要听听，反而畏缩不前。倘若自己诚意通天而使得小姐心动，自然求之不得。可他只能认为这恐怕半是安慰半是戏弄，势必沦为一场笑柄。况且也没有在人前弹奏的自信。但是，春琴这人一旦提出想听，那么自己无论怎么推辞也不可能得到允许。再说春琴的母亲和姐妹们也都正被好奇心驱使着。这么着,他终究被叫去里面演示自学的结果。对他来说，实为盛大场面。当时佐助勉强掌握了五六支曲子，大家就叫他把知道的全都弹来。佐助只好从命，鼓起勇气，倾其所能地弹了《黑发》[1]那种容易的,又弹了《茶音头》那种有难度的。原本也没什么顺序，都是耍耳音耍来的，所以无非是颠三倒四记得的大杂烩。鵙屋一家或许像佐助恣意猜测的那样打算一笑了之，但得知他靠短

1 《黑发》：曲名。下面的《茶音头》亦然。

时间独自练习就能弹得有板有眼之后，无不为之心悦诚服。

※

春琴传曰:“其时春琴垂怜佐助之志,谓以后由妾教汝。但有余暇,汝即以妾为师努力修习。春琴之父安左卫门亦终于允之。佐助遂喜若登天，乃在勤于学徒业务之间，限一定时间得仰指教。如此这般，十一岁少女与十五岁少男于主从之上，今又结为师徒之缘，委实可喜可贺。”与人寡和的春琴何以突然对佐助示以温情呢？也有人说其实这并非出于春琴本意，而是周围人故意促成之故。想来，失明少女纵使身处幸福家庭，也每每陷入孤独之中，变得郁郁寡欢。父母自不必说，即使最下面的女佣们也不知如何相待，因而总是百般寻找让她舒心惬意的办法。而正当此时,得知佐助和她趣味相同。于是,对小姐的任性已几乎束手无策的里院佣人们就想把这一陪伴任务推给佐助，以便多少减轻自己的负担。而佐助又非同一般人，加之有小姐特意调教，谅本人也为此好运喜不自胜——想必是如此诱导的结果。但是，如果诱导不当，一向闹别扭的春琴很可能怀疑自己上了周围诱导的当。而春琴毕竟是春琴，时至如今，或者她也不再憎恶佐助,心底涌起春水[1]亦未可知。不管怎样,她提出想收佐助为弟子,对于父母兄弟和佣工们是求之不得的事。至于十一岁的女师父——纵然再是天才——能否真的教人，这无须深究，而只要能以如此形式化解她的无聊，旁边的人就谢天谢地。此即所谓“当教书先生”

1　涌起春水：据日本新潮社版本注释，此处应为心情愉悦的比喻。

那样的游戏，而令佐助作陪。所以，较之为了佐助，更是为春琴谋划的。不过从结果看,佐助方面所受恩惠大得多。虽说春琴传上说“乃在勤于学徒业务之间，限一定时间”，但以前就每天当向导服侍小姐若干小时，而若再被叫去小姐房间上音乐课，那么势必无暇顾及店里的事情。安左卫门想到佐助老家的父母是打算把儿子培养成商人而放在这里的，如果让他守护自己的女儿，安左卫门似乎心里有些愧疚。可是，相比于一个小学徒的将来，还是讨春琴喜欢要紧。再说佐助本人也心苦情愿。这样，眼下即使这么处理，归终也会形同默许。佐助将春琴称作“师父”,即是始于此时。平时可以呼为“小姐”，但上课时春琴令他必须如此称呼。而且,她也不说“佐助君”,而说“佐助”，一切都模仿春松检校待以内弟子的情形，令其严格执师徒之礼。如此这般,一如大人们所期,异想天开的“教书先生游戏”持续下来，春琴也因此冲淡、忘记了孤独。其后经年累月，两人也丝毫没有中止这一游戏的迹象。相反，两三年后无论教授的人还是受教的人都逐渐脱离游戏层次，而变得认真起来。春琴的日课是午后二时去位于靭的检校家受教三十分钟以至一个小时，回家后练习所学的东西练到傍晚。吃完晚饭之后，不时心血来潮地把佐助叫去二楼起居室教授。而后发展到每日必教，一日不少。即使时至九点十点，也每每不许告退。“佐助，我是那么教的吗？”“不行不行，弹个通宵都要弹会！”——严厉斥责之声屡屡使得楼下佣工们为之愕然。甚至，这位幼小的女师父一边骂道“傻瓜，怎么就记不住？”一边用琴拔打脑袋，弟子嘤嘤啜泣之事亦不稀罕。

※

人所共知，从前学艺也被课以水深火热般的苦练，往往对弟子施以体罚。本年度（昭和八年[1]）二月十二日《大阪朝日新闻》周日版以“人形净琉璃[2]血染修业”刊出小仓敬二写的报道。报道说，摄津大椽亡后的第三代名人越路太夫的眉间留有月牙形的大条伤痕。据说乃是师父丰泽园七斥曰“什么时候才能记得！”而用琴拔戳倒的纪念。此外，文乐座[3]木偶操纵师吉田玉次郎后脑勺也有类似伤痕。玉次郎年轻时表演“阿波鸣门”[4]，他的师父大名人吉田玉造操纵捕快一幕的十郎兵卫，玉次郎操纵那个偶人的腿。当时无论如何都无法把至关重要的十郎兵卫的腿操纵得让师父玉造满意。随着一声“混账”怒骂，被一把武打用的真刀突然“咔”一声砍在后脑勺上，刀痕至今未消。而且，打玉次郎的玉造也曾被师父金四用偶人十郎兵卫打裂头皮，以致偶人被血染得通红。他把那满是血迹的飞落的偶人腿恳请师父赐给自己，用棉花包了装进白木盒中，不时取出供在慈母灵前顶礼膜拜，每每对人泣曰：“如果无此偶人之责，自己很可能以平庸艺人终了此生。”上一代大隅太夫在修业时代看上去如牛一样愚钝，人称“笨牛”，但他的师父是有名的丰泽团平——俗称“大团平”——乃近代三弦巨匠。一个溽暑蒸人的盛夏之夜，这位大隅

1　昭和八年：一九三三年。

2　人形净琉璃：日本剧种名称，类似中国的木偶剧。

3　文乐座：表演“人形净琉璃”的专门剧场。1963 年改称朝日座。

4　“阿波鸣门”：“人形净琉璃”剧目名称。

在师父家练习《木下荫挟会战》[1]中的“壬生村”时，“护身袋遗物”那一节横竖说不熟练，翻来覆去无论练多少遍，师父团平都不说“可以了”，放下蚊帐钻进里面听。大隅任凭蚊子吸血，一百遍、二百遍、三百遍无休无止地重复时间里，容易放亮的夏夜已经晨曦初露。想必师父也不知不觉疲惫不堪，似乎睡了过去。然而还是不肯说“可以了”。这当中，大隅发挥“笨牛”特色，不屈不挠拼死拼活地反复说个不止。不久，蚊帐中响起团平的语声“好了！”原来看上去仿佛入睡的师父根本没打瞌睡，始终在听。类似的逸闻不胜枚举。这也绝不限于净琉璃的太夫和偶人操纵师，生田流的古筝和三弦的传授也是如此。况且，这方面的师父一般都是盲人检校，作为身体不健全之人的日常习性，以偏执者居多，导致严酷的倾向在所难免。如前所述，春琴的师父春松检校的教法也向以严格闻名。动辄破口大骂伸手就打——采用这种教法的多是盲人，受教者也多是盲人。这样，每次被师父打骂时都稍稍后退，以致有人抱着三弦顺着二楼阶梯滚落下来，闹出一场骚动。日后春琴挂起琴曲指南的招牌招收弟子之后，其授艺态度之所以同样以冷峻闻名，也是袭用先师方法之故，即所谓来之有自。不过这从教佐助时即已萌芽。就是说，从年幼女师父的游戏逐渐转化为真格。抑或，虽然男师父折磨弟子为例多多，一个女流居然殴打男弟子如春琴者则鲜有其例。由此观之，多少有嗜虐倾向亦未可知——说不定以授艺为由而在领略一种变态性欲的快感。是否果真如此，今日难以判断。明白无误的仅有一点：

1 《木下荫挟会战》：“人形净琉璃”剧目名称。

如果说小孩子做游戏必然模仿大人，那么她也并不例外——虽然因为自己受到检校的关爱而不曾吃皮肉之苦，但因为平时了解师父常规做法而自小以为为师者理应如此。以致早在游戏阶段就开始模仿检校所为，并视为自然常理，进而发展成为习性。

※

佐助大概是个鼻涕虫，每次挨小姐打都哭。听得他不争气地嘤嘤啜泣,旁边的人就蹙起眉头说:“小姐的折磨又开始了！”事到如今，最初打算用来给小姐做游戏的大人们也颇为困惑。每夜听琴声三弦声听到很晚本来已够心烦，而再加上春琴时不时的厉声怒骂和佐助的哭声深更半夜传来耳畔，女佣们任凭谁都觉得佐助可怜，何况对小姐也无益处。实在看不下去了，就跑去练琴现场加以劝阻:小姐啊，这是怎么回事呢？对您眼前窝窝囊囊的男孩下手这么狠，这到底不应该吧？不料春琴肃然正襟，反唇相讥：你等知道什么！我是真心教他，不是过家家游戏！正是为了佐助才这么拼命的。不管怎么发怒怎么欺负，练琴不也还是练琴吗？你等难道不晓得？春琴传就此写道：“汝等欺妾为少女而意欲亵渎艺道神圣。纵然年幼，但既然能够教授于人，则为师者自有师道。妾向佐助授艺，素来不是一时儿戏。佐助诚然生来喜好音曲，但以学徒之身绝然不能就检校之职。因其自学令人不忍，故而妾不顾技艺不精而代为其师，意在务必使其如愿以偿。此非汝等所知，务请速速退离此场！春琴毅然说道。听者畏其威容,惊其辩才,每每狼狈退下。”由此不难想见春琴的盛气凌人。

佐助虽然哭泣，但听她如此说，也还是献上无限感谢之情。他的哭泣，不仅由于含辛茹苦，而更含有对仰之为师的少女之激励的感谢之泪。故而无论遭遇多惨也毫不退却，而哭着忍耐到最后，一直练习到对方说“好”为止。春琴心情因日而异，时好时坏。连声叱责还算是好的，而若默然蹙眉用力拨响第三根弦[1]，或让佐助独自弹奏三弦却不置可否静静倾听，这才是最让佐助欲哭无泪之时。一天晚上练习《茶音头》的“手事”[2]，佐助理解欠佳，怎么也记不住，练多少遍也还是出错。春琴按捺不住，于是一如往常把三弦放下，一边用右手猛拍膝头一边口头讲授：呀——啾哩啾哩哐、啾哩啾哩哐、啾哩哐啾哩哐啾哩哐——啾锵、噔噌噔噌噌、呀噜噜咚。最后终于不出声地一把甩开。佐助进退失据，却又不能说“那么”而就此罢手，独自绞尽脑汁弹奏不止。而春琴久久不出声认可。于是他气恼起来，愈发弹得走调。浑身直冒冷汗，只管乱弹一气。而春琴更加双唇紧闭，眉头深锁，一动不动。如此过了两个多小时的时候，母亲茂女一身睡衣上来，责备说再用功也有个限度，过了度，对身体有害，遂将两人拉开。第二天春琴被叫到父母面前，从未疾言厉色的父母恳切地开导女儿：你教佐助的热情固然可嘉，但打骂弟子乃是大家允许我们也允许的检校先生所为之事，可你无论多么出色，也毕竟还在从师学习。而若现在就如法炮制，势必埋下傲慢之心的种子。大凡艺事，一旦有了傲慢之心，就无法上进。何况身为女人，出言不逊地骂男人笨蛋云云，听起来未免刺耳。这点务必慎重！从此往后，要规定

1　第三根弦：三弦之中，第三根弦最细，声音最高。
2　“手事”：三弦曲有曲无词的部分。

时间，未及夜深就要停下。佐助嘤嘤啜泣之声传来耳畔，大家都睡不安稳。这番话听得春琴也到底无言以对，显出服理之态。但那仅限于表面，实则无甚效用。反而对佐助抱怨道：你这人好没骨气！一个男人竟为一点小事胆战心惊，煞有介事地哭出声来，成何体统！以致我被训斥一顿。既然要在艺道学有所成，那么就算有肌肤之痛，也要咬紧牙关，一忍再忍。如果做不到，我也不当这师父了！自那以来，佐助无论多么难以忍受也绝不哭出声了。

※

鵙屋夫妇对春琴失明以来不仅变得性情乖戾而且习艺后甚至举止粗暴这点似乎深感担忧。女儿得佐助为伴，实乃好坏参半。佐助讨她喜欢固然难能可贵，但凡事皆委曲求全又招致女儿变本加厉的结果。将来不知成为何等根性扭曲的女人——两人想必为此暗暗心痛。不知是不是因为这个，佐助从十八岁那年冬天开始，又一次依照主人的安排进入春松检校之门，即封了由春琴直接教授之路。想必在父母看来，女儿效仿师父是最要不得的，那将对女儿的品性带来无比糟糕的影响。同时佐助的命运也在此时定下。从此往后，佐助被彻底解除学徒任务，名副其实地作为春琴的导盲助手和同门弟子去检校家。本人情愿自不必说，安左卫门还极力说服佐助老家的父母，取得对方谅解。使其放弃当商人的目的，代之以保证佐助的前程，决不弃之不理——估计为此费尽唇舌。据察，安左卫门夫妇想必动了出于为女儿着想而想招佐助为婿的念头。女儿毕竟身有残疾，对等婚姻实非易事。而若是佐助，必是求之不得的良缘。有如此念头也属情有可原。这样，在翌年的翌年春琴十六岁、佐助二十岁时，父母就开始委婉提起婚事。出乎意料的是，春琴一口回绝。谓自己一生无意嫁人，尤其如佐助者，想都没有想到。态度极不耐烦。然而完全始料未及，那以来过了一年，母亲察觉春琴身体显得非同寻常。虽然心存侥幸，但暗暗打量之间，还是觉得怪异。如果等到显而易见之后，生怕伙计们人多口杂。若是眼下，总有办法敷衍。于是也没告知春琴父亲，悄然询问当事人。当事人却说全然无此记忆。毕竟不便深究，疑惑之间不了了之。但一个月听之任之当中，竟至到了早已无法掩饰的地步。这回春琴倒是老实承认怀孕了，而问及对象，却死活不肯说。再三追问之下，遂说已约定双方不说出姓名。问可是佐助，断然否定说怎么可能是那个小学徒！一般说来，任何人都会对佐助怀有疑念，但作为父母因去年春天春琴有话在先而认为不大可能。况且，倘有那种关系，很难在人前彻底遮掩。毕竟是阅历尚浅的少男少女，哪怕再装得若无其事，也不可能不被嗅出。加之佐助成为同门下级生之后，像以前那样对坐到深更半夜的机会也没有了，无非时而以师兄弟之格一起练习罢了。其他时候，一个始终是高高在上的小姐，对待佐助似乎并未超出导盲助手的层次。佣工们根本没以为两人之间会有闪失。莫如说因主从之别过于明显而觉得缺乏人情味。不过若问佐助，他应该知情。料想对象必是检校门下弟子无疑。但佐助也一口咬定不知。自己自身无此记忆自不待言，可能是谁也说浑然不觉。但是，这回被叫到寮人面前之时，佐助态度变得畏畏缩缩形迹可疑。盘问之下，有破绽露了出来。哭道如果如实说出要被小姐训斥。“哪里哪里，庇护小姐固然好，但若不听主人吩咐知情不报，反而对小姐不利，务必说出对方姓名才好！”如此劝得嘴巴发酸，佐助也不肯说。不过最终还是揣摩言外之意得知当事者到底是他本人。虽然佐助顾虑向小姐做出决不坦白的约定而不明说，但说得足以让人觉察实情。鵙屋夫妇心想事已至此别无他法，是佐助还算好的。既然这样，去年劝婚时为什么说那种口是心非的话呢？女儿心这东西真是莫名其妙。忧愁之间又觉得心怀释然。趁着尚未被人挂在嘴边，尽快让两人在一起为好。于是再次向春琴提起。春琴变色说道：又是那种话，我不愿意！去年就已说过，佐助那样的概不考虑。怜悯我的身体自是可钦可敬，但是，哪怕身体再不如意，也没想到嫁给伙计。那也对不起肚子里的孩子的父亲。遂问那么肚子里孩子的父亲是谁呢？答说这个请不要问，没打算跟定那个人。这样一来，又觉得佐助的话虚实莫辨。孰真孰伪，全然摸不着头脑，困惑至极。却又无从设法佐助以外另有对象。想必时至如今而觉得难为情，以致故意正话反说。估计时过不久自会口吐真言，决定不再深究，送去有马[1]做温泉调养，直到分娩为止。那是春琴十七岁那年五月的事。佐助留在大阪，春琴由两名女佣陪同在有马住到十月，顺利生下男孩。那婴儿的长相同佐助简直是一瓜两半[2]，谜团终于解开。然而春琴还是听不进婚嫁之言。不仅如此，春琴仍然否定佐助是婴儿的父亲。无奈之下，遂让两人对质。春琴勃然变色，叮嘱佐助不许说令人生疑的话，以免给自己招来麻烦，而须

1　有马：有马温泉，位于神户市郊六甲山下。日本有名的疗养地。

2　一瓜两半：瓜二つ，意为一模一样。相当于汉语俗话所说“一个模子倒出来的”。

明确声称无此记忆。结果，佐助愈发缩头缩脑，谓决然不敢对主人小姐下手。自己从小即蒙受非同寻常的大恩，万万不敢不自量力胆大妄为，此乃完全始料未及的冤枉事——同春琴一唱一和，彻底予以否认。这样，事情更加变得扑朔迷离。父母遂说可你不心疼出生的孩子吗？既然你如此执迷不悟，那么没有父亲的孩子是不能养的。你硬是讨厌婚嫁，所以尽管孩子可怜，除了送去哪里也别无他法——如此以孩子要挟紧逼一步，不料春琴不以为然，说道那就请送去哪里好了。反正我要独身一辈子，以免碍手碍脚。

※

春琴此时生的孩子被别处领养了。出生于弘化二年[1]，难以设想会活到今日。领养的去处亦不知晓。反正被父母适当处置了。这么着，在春琴的坚持下，妊娠一事云里雾里不了了之。时过不久，又若无其事地由佐助拉着手前去习艺。那个时候，她和佐助的关系似乎已经成了公开秘密。若要使之名正言顺，当事人就矢口否认。熟知女儿脾性的父母看上去只好采取默许的形式。如此这般，这种既非主从又非同门弟子也不是情人的暧昧状态持续了两三年之后，春琴二十岁时春松检校去世。春琴趁机独立，挂起师父招牌，离开父母家在淀屋桥筋自立门户。佐助也同时跟了过去。盖因她在检校生前其实力可能就已得到师父的承认，许可她随时独立。检校取自己名字的一字赐以春琴之名。大场面演奏时每每与她合奏，或让她唱高

1 弘化二年：一八四五年。

音部，总是加以抬举。这样，检校亡故后得以自立门户或许是理所当然之事。不过，考虑到她的年龄境遇等情况，很难认为有马上独立的必要，而大约是顾及同佐助关系的结果。这是因为，若将早已是公开秘密的两人永远置于暧昧状态，就无法向佣工等人解释，作为方法，遂让两人在另一房檐下同居。倘是这一程度，春琴本人也不至于不服。当然，佐助在去淀屋桥后，所受待遇也和以前全然无异，不仅仍是导盲助手，而且因检校故去又重新师事春琴。现在无须顾忌任何人，只管称“师父”，自己被称为“佐助”。春琴极不愿意自己和佐助被视为夫妻，严格约之以师徒之礼，甚至对用语的细枝末节都不厌其烦加以规制。偶有违背，即使佐助低头道歉也轻易不肯饶恕，一再责其无礼。不知情的新入门者因而无由怀疑两人的关系。此外，鵙屋的佣工们背后议论说小姐是以怎样的表情勾引佐助的呢？真想去偷偷窥听。春琴那般对待佐助是何缘故？不过，大阪至今仍在婚礼方面比东京计较家世、资产、礼数之类。而且原本就是商人意识浓厚的地方，封建时代的风习也要顾及。因此，未能抛弃作为世家小姐矜持的春琴那样的姑娘蔑视相当于家臣后代佐助的程度，应该超出一般想象。况且失明之人的乖戾想必又使得她燃起不屈之魂，不肯在人前示弱，不愿被小瞧。这样一来，难免将迎佐助为夫君视为对自己的绝对侮辱。这方面的情由理应加以省察。亦即，同低位低下之人结成肉体关系带来的羞耻之心的反作用，使得她表现得格外冷漠。这样，佐助在春琴眼中势必超不出生理必需品的限度。料想是其刻意为之的结果。

※

春琴传曰："春琴于居所常有洁癖，不穿有污垢之物。内衣类每日必换，吩咐洗涤。并要求早晚清扫房间一丝不苟。每次入座都用指头一一试摸坐垫被褥表面，毫厘尘埃亦不胜厌恶。弟子中尝有患胃病者，未觉口中有异味而至师前练习。春琴依例铿然拨响第三根弦，旋即放下三弦，双眉紧锁，一言不发。弟子不知所措，惴惴然惊问其故。问及再三，春琴谓妾虽为盲人，然鼻子完好无损，速速退下漱口！"或许因是盲人才有如此洁癖。而若如此之人是盲人，照料其身边杂务之人的苦衷实难推量。拉手导盲之责并不仅是拉手，还必须照料饮食起居入浴如厕等日常生活诸般琐事。所幸佐助自春琴幼时即承担此等任务，对其性癖了然于心。舍他，断无可能让她满意。在这个意义上，莫如说佐助对于春琴是必不可少的存在。再者，在修道町时她毕竟还要顾虑父母兄弟们，而成为一户之主以后，洁癖和任性一味变本加厉，佐助要做的事愈发繁多。下面乃鴫泽阿婆所言，春琴传上并无记述。"师父从厕所出来也从不洗手。为什么呢？因为解手时一次也不曾用自己的手，一切的一切都由佐助君代劳。入浴时也是这样。都说贵妇人都满不在乎地让别人清洗全身而不知羞耻，对佐助君来说，师父也和贵妇人毫无二致。这一来可能同失明有关，二来因为自小就习以为常，所以时至如今，恐怕早已无动于衷。何况她非常时尚，失明以来，即使不照镜子也对自身容貌具有不同一般的自信。对衣着和发饰的讲究一如明眼之时。印象中她记忆力很强，长期记得自己九岁时的长相，加之世人评价和夸奖话始终传入耳中，故对自己容貌的美丽一清二楚。这样，在以化妆养身方面付出的努力非同寻常。总是饲养黄莺，把黄莺粪拌在米糠中使用[1]，还很看重丝瓜水。倘若脸面手脚不滑溜溜的，心情马上变糟。最讨厌皮肤粗糙。总的说来，弹弦乐器者出于压弦需要，很介意左手指尖的生长情况，每隔三天必剪指甲，用锉打磨。也不限于左手，进而涉及双手双脚。虽说剪甲，但剪去长度不过一两厘[2]，肉眼几乎看不见。并且总是命令准确剪成同一形状。而后用手逐一触摸剪痕。稍不整齐，即不宽恕。佐助实际上是一手照料这般般样样，间或练琴，还不时代替师父指导后进弟子。

※

肉体关系也有多种多样，至若佐助者，对春琴肉体巨细无所不知，无一遗漏，结缘之密切，是一般夫妇关系和恋爱关系做梦都想不到的。后来尽管他自己也成了盲人却仍能在春琴身边服侍而无大碍，那并非偶然。佐助一生未娶妻妾，从学徒时代到八十三岁的老年，除春琴以外不晓得任何异性，自是不具有较之其他妇人如何如何的评论资格。但晚年鳏居之后时常向身边人一再炫耀说春琴皮肤之光滑四肢之柔软实为世所罕见。唯独这点成了他老年的车轱辘话。他屡屡伸出掌心说师父脚正好能放在这手上。同时摸着自己的脸颊

1　把黄莺粪拌在米糠中使用：即所谓“莺糠”，日本自古以来作为美容品使用。

2　一两厘：一厘约合 0.3 毫米。

说就连脚后跟的肉也比这里柔软滑嫩。前面写过她身材小巧，穿衣服显得瘦削，而裸体时却意外丰盈，肤色白得近乎透明。无论多大年纪，肌肤都有生机勃勃的光泽。平时喜欢吃鸡吃鱼，尤其中意鲷鱼。作为当时的妇人，乃是足以令人惊叹的美食家。酒也不无偏爱，晚间一壶必不可少。说不定这点也有关系【盲人吃东西时显得有些凄寂，催生恻隐之心，何况妙龄美女盲人！春琴或者知晓这点或者不知晓，总之不愿意被佐助以外的人看见自己的吃相。赴宴时只是象征性地拿起筷子，给人感觉甚是优雅。而实际上却对饮食奢侈至极。不过并不暴饮暴食，饭只吃两小碗，菜也仅仅往每个盘子夹一次。以致菜式增多，做起来所费麻烦实非儿戏。简直就像存心让佐助为难。佐助擅长剥离鲷鱼肉和剥去虾蟹外壳，香鱼之类能在不损坏原形的情况下巧妙地从尾部抽去鱼骨】。头发也非常丰厚，如棉絮一般轻柔绵软。十指纤纤，手掌富于韧性。或许由于弹弦之故，指尖有力，伸手打脸足够疼痛。相当怕热，却又相当怕冷。即使盛夏，皮肤也不知出汗为何物，手脚如冰一般凉。一年四季都用加棉的厚夹袄或绉绸短袖和服作睡衣，裙裾拉得很长，睡觉时足以包住双脚，故睡姿全然不乱。因为害怕上火，尽可能不用火盆或热水袋。如果太凉了，佐助就把双脚抱在怀里加温。但还是很难变暖，而佐助的胸口反倒一片冰凉。入浴时为避免浴室有水蒸气，即使冬天，窗口也大敞四开。一两分钟时间要往温水里泡好几次。泡时间长了，当即心慌，体温升高，所以必须短时间内泡暖并十万火急清洗身体。如此这般知道得越多越不难切实觉察佐助的辛劳。况且物质上所得回报少而又少，薪金等等也常是津贴那个程度，有时连抽烟钱都没有着落。衣服也只在年中岁尾才能领得。虽然代师授艺，但其特殊地位并不被承认。门生和女佣们被吩咐称他为“佐助君”。陪同外出授艺时也须在门外等待。有一段时间佐助患了虫牙，右脸颊肿得厉害，入夜后苦不堪言。佐助强忍不形于色，不时悄然漱口以免呼气影响对方，同时小心侍候。少时，春琴躺下叫他揉肩搓腰。如此按摩好一阵子，春琴说可以了，又让他捂脚。佐助应声横卧在她裙裾下端，敞开怀把她的脚底板放在自己胸口。但胸口凉如冰块。相反，脸由于睡铺的热气而变得火烧火燎，牙痛愈发痛不可耐。于是以颊代胸，把脚底板贴在肿胀的脸颊聊以忍耐。岂料春琴不胜其烦地踢其脸颊。佐助不由得“啊”一声跳起身来。结果春琴说道:不捂也可以了！叫你用胸捂，并没叫你用脸捂。脚底板没眼睛这点，无论明眼人还是失明人都不两样。为什么存心欺负人？你像是牙痛，从白天的表现也已大体明了。而且右脸颊和左脸颊热度不一样、肿胀程度也不一样，这通过脚底板也已一清二楚。既然那般痛苦，直说就是了。我也并非不晓得体谅侍者之道。然而你装出忠心耿耿的样子以主人的身体给牙降温，这实在傲慢至极，故从心底感到憎恶！春琴对待佐助的情形大体如此。尤其不高兴他热情接待年轻女弟子或为其示范。偶有这种怀疑的时候，唯其不把嫉妒露骨地表现出来，也就更加歹毒地对待他。如此场合佐助最为痛楚。

※

女人若是失明、独身，即使奢侈也有限度。就算恣意享受华衣美食，程度也可想而知。但春琴家，一个主人使用五六个佣工，每月的生活费也不是个小数。若说为什么需要那么多钱和人手，其首要原因是喜好小鸟。作为她，尤其喜爱黄莺。如今叫声好听的黄莺，有的一只就值一万圆[1]。虽说是往时，但情况应该一样。当然，今日同昔日相比，叫声的品听方式和赏玩方法可能多少有所不同，不过就今例而言，唧啾、唧啾、唧啾叫起来，即所谓穿谷之声；若叫噢叽呗嘎铿，即所谓高音。除了噢噢唧啾日常叫声之外，能有这两种叫法的就很值钱。薮莺是叫不出来的，偶尔叫也叫不成噢叽呗嘎铿，而叫噢叽呗咔，不清亮。若想使之叫出呗嘎铿、铿这种带有金属性余韵的声音，就要以某种人为手段培养——把薮莺的幼雏在它还没长尾巴的时候捕来，让它跟别的师莺练习。而若尾巴长出来了，就记住了父母薮莺不清亮的叫声，根本矫正不过来。师莺原本也是这样人工驯化的莺，有名的各有名号，如“凤凰”“千代友”等等。这样，倘某处某家有如此这般的莺，养莺者就为了自己的莺而远远跑去名莺那里请求教以叫法。这一修习称为“附声”，一般早晨出门，持续数日。有时师莺人家将其外放到一定场所，徒莺们聚于四周，呈现俨然唱歌班的景观。当然，素质因莺而异，声有优劣之分、美丑之别。即使同是穿谷音、高音，旋律的巧拙、余韵的长短等也千差万别。因此，获得良莺远非易事。一旦获得，就有上课费可赚，价高自是理所当然。春琴家养了一只取名“天鼓”的最佳黄莺，晨昏闻之，乐在其中。天鼓的叫声着实出采。“铿”之高音清脆而有余韵，极尽人工之致，犹如乐器，不似鸟鸣。而且声幅偏长，既有张力，又有艳色。

1　一万圆：日元。

于是，天鼓的饲养甚为郑重其事。例如喂食也须小心翼翼。做其饵料，一般要将大豆和糙米炒了，弄成粉状加糠制成白粉，另将鲫鱼干和雅罗鱼干弄碎做成鱼粉。准备好后将此二者掺半搅和，又捣碎萝卜叶融以叶汁，麻烦得很。此外，为了让声音动听，还要捕捉一种在叫作蘡薁的蔓草茎中栖居的昆虫，一天分别给一条或两条。如此这般，费时费力。鸟养了五六只，总有一两个佣工专门负责。再者，莺在有人看时不叫。于是将其放进名叫饲桶的桐木箱笼子里，围以纸窗封闭，让光线从纸外隐约透入。这饲桶的木框须使用紫檀黑檀之类，施以精巧雕刻，或嵌以蝶贝，绘以泥金画，殚思竭虑，不一而足。其中甚至有古董等物。至今也值一二百圆以至五百圆的高价物亦不罕见。天鼓的饲桶据说乃是中国舶来逸品。所用木框以紫檀制成，腰部嵌有琅玕翡翠板，上面细细雕有山水楼阁，委实高雅不凡。春琴总是将此桶放在起居室壁龛旁边窗口那里倾听。天鼓丽声鸣啭时便心情大好。故而佣工们精心淋水使其鸣叫。一般而言，天气晴朗之日喜欢叫，所以天气糟糕时春琴也变得郁郁寡欢。冬末至春季天鼓叫得最为频繁。及至入夏，次数一天比一天少。春琴郁闷之日亦逐渐增多。总的说来，若饲养得法，莺的寿命就长。细心照料尤其重要。若交给没有经验的人，很快就会死掉。死了又要买莺替代。春琴家亦然。第一代天鼓八岁时死的，之后未能很快买到足以继承的第二代名鸟。数年后终于培养一只不辱第一代名声的黄莺，重新命名为天鼓赏玩。“第二代天鼓亦鸣声灵妙，足以欺迦陵频迦[1]。故日

1　迦陵频迦：kalavinka，据传乃喜马拉雅山中的名鸟，叫声优美动听。

暮时分置于座右，钟爱非常。为时不久，每使门生侧耳倾听此鸟鸣声，稍后谕曰汝等且听天鼓歌唱！本是无名雏鸟，而自幼之功不虚，其声之美，全然有异于野生之莺。人或谓如此鸣声乃人工之美，非天然之美。莫如深谷山路踏春探花之间不意从隔溪雾霭深处传出的薮莺鸣声之风雅。而妾不以为然。薮鸟得其时得其所，听来始有雅致之感。若论其声，尚不足以谓美。与之相反，听得如天鼓之名鸟鸣啭之声，足不出户即可怀想幽邃闲寂山峡风趣，无论溪流声籁之潺湲抑或尾上樱花之叆叇，无不一一浮上心眼心耳。山花雾霭具备于声，令人忘却身处红尘万丈都门之内。堪可以此技艺同天然风景争其德也。音曲秘诀亦在此中。虽为小鸟亦非不解艺道秘事，足以令钝根弟子知耻蒙羞。屡屡叱责汝等虽生而为人却鸟类不如。”道理诚然如其所言，但动辄以莺相比，佐助等门生想必为之不堪。

※

仅次于黄莺所爱之物，即是云雀。此鸟有向天飞翔的习性，在笼中也时常向上高飞。故而笼子形状细细高高，高达三尺四尺甚或五尺。然而，若想真正欣赏云雀鸣声，须从笼中放出，使之高高飞升直至不见踪影，人站在地上听其深入云端之际的鸣叫，即欣赏其穿云之技。云雀在空中停留一定时间后重新飞回笼中。空中逗留时间大多为十分乃至二三十分钟。逗留时间越久，越被视为优等云雀。故而云雀竞技会上，将笼子摆成一排，同时打开笼门往天上放飞，以最后返回者为胜。劣等云雀返回时会误入相邻笼中，甚者落在一二百米开外的地点。但一般说来云雀都识得自己的笼子。盖因云雀直线飞升停留在空中同一位置，而后重新直线下降。所以自然返回原来笼中。虽说穿云，但并非横飞。看上去仿佛穿云，实则云絮飞掠云雀使然。住在淀屋桥筋春琴家附近之人，在春光明媚的日子每每看见失明女师父站在晾衣台上往天上放飞云雀。她身边总是站着佐助。此外还跟一个照料鸟笼的女佣。女师父一吩咐，女佣即打开笼门，云雀吱吱欢叫着高高飞起，隐没在云雾之中。女师父抬起看不见的眼睛追逐鸟影，专心致志倾听一连串鸟鸣从云间落下，一副心醉神迷的情态。这种时候便时有相同爱好的人分别提来引以为自豪的云雀，兴冲冲开始比赛。左邻右舍的人们也趁机爬上自家晾衣台一听为快。其中也有人较之云雀而更想看女师父的美貌。其实町内年轻人一年到头本应早已看惯，但好事的痴情汉任何年代都不绝于世。一听到云雀鸣叫，便以为可以拜见女师父，急忙冲上屋顶。所以如此骚动，想必因为他们对失明这点觉出特殊的魅力和底蕴，好奇心被激发出来。平时由佐助拉手外出表演时神情肃然默不作声，而放飞云雀时或面带笑容一片灿烂或开口说话不再沉默，因而美貌显得分外生动。此外还养了知更鸟、鹦鹉、绣眼鸟、白颊鸟等小鸟。有时各种鸟养了五六只之多，开销非同儿戏。

※

春琴是所谓对内黑脸之人，去外面则意外和蔼可亲。至于做客等场合，言谈举止极为娴雅，妩媚动人，其风情很难让人看出是在家中欺侮佐助打骂弟子的妇人。而且应酬当中要面子，讲派头，婚丧嫁娶逢年过节等礼节性往来都表现出鵙屋家之女的身份，出手甚是大方。给男仆女仆女侍应生人力车夫等人的小费，其数额也足够慷慨。不过若问是不是挥金如土之人，而又绝非如此。作者曾在题为《我所见到的大阪及大阪人》[1]的文章中论述大阪人简朴的生活状况。东京人的奢侈表里如一，但大阪人看上去无论多么讲派头，在人所不察之处也要节制开支，避免大手大脚。春琴也是道修町商家出身，不知为什么这方面有失衡之处，一方面极端奢侈，另一方面极端吝啬，贪而无厌。因为讲派头原本出于天生的争强好胜根性，所以只要与此目的不相符，就不会大肆挥霍，即所谓花钱不白花。不是兴之所至地随手胡播乱撒，而是考虑用途追求成效的。这点是理性的、精打细算的。因此，在某种情况下，争强好胜的根性反而扭曲变成贪欲。例如从门生手里征收的月度礼金和见面礼，作为女流之身，本应同其他师父不相上下即可，而她即自视甚高，要求交纳和一流检校同等的数额而不相让。这还算说得过去的，此外甚至计较弟子们拿来的中元节和岁暮礼品，希望多多益善，并婉转暗示此意，极尽执拗之能事。某时一个盲人弟子因家贫之故，月度礼金往往滞后，中元节又送不起礼，于是买来一盒白仙羹[2]向佐助求情："务请怜我贫寒，敬乞师父体谅宽恕！"佐助也觉得不忍，遂战战兢兢转达所求。不料春琴勃然变色："计较月度礼金和节日礼品，别人或许以为我有

---

1 《我所见到的大阪及大阪人》：作者从一九三二年二月至四月之间在《中央公社》综合杂志上连载的随笔。

2 白仙羹：大阪的一种糕点，类似羊羹。

贪欲，但那非我本意。金钱怎么都无所谓，但若不定个大致数目，师徒之礼就无以成立。那孩子每个月的礼金甚至都拖拖拉拉，现在又用一盏白仙羹当中元礼品送了来，委实无礼之至。即使被说是怠慢师父也无从辩解。既然这般贫穷，那么为艺之道也难有保障。当然，根据事由和品性，无偿教授也不是不可以。但那仅限于前途有望、万人皆怜其才的麒麟儿。能够在贫寒中奋起成为非凡人物之人，理应生来就与众不同。仅凭毅力与热心是不成的。那孩子唯一的优点是脸皮厚，技艺方面很难认为有多大希望。让人怜其贫穷，那实在太自以为是。与其多半给人家添麻烦、丢人现眼，莫如利利索索断了在此道安身立命的念头为好。如果还是想学，那么大阪无论多少师父都有，随便去哪里拜师学艺好了！我这里则以今天为限。”一旦主动回绝，无论怎么道歉都听不进去，终于当真拒绝了那个弟子。而若有弟子拿了过多的礼品，即使那般要求严厉的她，也在那一天对那个弟子和颜悦色，说出违心的夸奖话来。致使听的人心里很不是滋味——师父的恭维话真是可怕。如此这般，对大家送的东西都要一一玩味，甚至糕点盒都要打开检查。每月的收支等等也叫佐助打算盘决算清楚。她对算数敏感，擅长心算，一度听得的数字断难忘记。米店花钱多少多少，酒铺花钱多少多少，两三个月前的都记得毫厘不爽。说到底，她的奢侈非同寻常且是利已性质的。正因为自已沉溺于奢华之中，所以必然在哪里削减开支。最终削到了佣工头上。在她家里，只她一人过着藩王般的生活，而佐助等下人们因为不得不极度节约而过着近乎点指甲当蜡烛的日子，甚至每一天的饭吃多吃少都要过问，以致饭都吃不饱肚子。佣工们背后议论道：师父常说黄莺和云雀比你等忠义，难怪它们忠义，毕竟对它们比对我们好得多！

※

春琴的父亲安左卫门活着的时候，鵙屋家里那边每月春琴要多少给多少。但父亲死了而由兄长继承家业之后，就不那么言听计从了。如今有闲妇人的奢侈诚然无足为奇，但在过去，即便男子也不能那样。纵然富裕之家——尤其刻板守旧的世家——在衣食住方面也不奢侈，以免招致不安分守己的非难，不屑于同暴发户为伍。之所以对春琴网开一面，乃是因为父母可怜她是此外别无乐趣的残疾之身。而到了兄长这代，就每每有了不满，每月按最大限度定下金额，不再接受额外索求——她的吝啬似乎也与此有关。而另一方面，毕竟是维持生活绰绰有余的金额，所以自不待言，教不教筝曲都无所谓。对弟子粗声大气亦是理所当然。事实上叩春琴之门的人也屈指可数，可谓门庭冷落。唯其如此也才有余暇沉迷于小鸟之乐。不过，就生田流而言，无论古筝还是三弦，春琴在大阪都是一流高手。这绝不完全是她本人的自负，但凡公平之人，无不承认。有的人虽然厌恶春琴的傲慢，但对其技艺，还是心怀敬畏或嫉妒有加。作者认识的一个老艺人说他青年时代经常品听她的三弦，尽管此人是净琉璃三弦琴师，弹法自成一格，但还是说近年所听三弦曲，从未听过有人能弹得如春琴那般曲尽其妙。此外，团平年轻时也听过春琴的演奏，感叹此人未能生为男子而弹太棹[1]，因之不能成为名扬天下的名家，岂不惜乎！团平的意思大约是说，太棹乃三弦艺术的极致，若非男人，终究是无法穷尽其奥义的，可惜春琴偶得天赋却生为女子。盖因他从春琴的三弦中觉出男性气度了吧！据上面提到的老艺人所言，在背后听春琴的三弦，其声音的清脆悦耳让人以为是男人所弹。不仅音色优美，而且千变万化，时作沉郁顿挫之音。作为女子实为罕见的妙手，足以冒充男子。倘若春琴多少为人圆融，懂得谦让，想必名声大作。因其生于富贵之家，不解生计苦难，加之我行我素为所欲为，故被世人敬而远之，其才华反而招致四方为敌，徒然埋没一尽。虽是自作自受，但也必须说是不幸之至。这样，入春琴之门者，必然一向佩服她的实力，深以为舍她别无为师之人，决心为了习艺而甘愿忍受严厉的鞭挞，纵然打骂也在所不辞。尽管如此，能长期忍受者也为数尚少，大多忍无可忍不了了之。初学之人连一个月都坚持不住。细想之下，春琴的授艺风格之所以能够超越鞭挞层次而不时发展为居心不良的折磨，甚至带有嗜虐色彩，料想是名人意识多少作祟的缘故。亦即，世间越是宽容、门生越是心甘情愿，她越是觉得自己成了名人，渐次忘乎所以，失去了自控力。

※

鴫泽辉女说道，弟子诚然很少，但其中也有人是冲着师父长相来习艺的。初学一类人似乎大多如此。美貌、未婚、且是富家之女，

1 太棹：粗杆三弦。

难免让人想入非非。她待弟子所以苛刻，据说也是意在击退此类半是无理取闹的“狼群”。然而令人啼笑皆非的是，这点似乎反而招来了人气。若从不好的角度加以推测，即便一本正经的内行弟子中，也并非绝对没有人较之习艺而更为失明美女的鞭笞产生的奇异快感所吸引。有几人大约颇像卢梭[1]。在叙述即将降临在春琴头上的第二次灾难之际而不能明确指出——即便春琴传上也回避明确记载——其原因和施害者，这点固然遗憾，但视为因上述情由招致几个弟子的深仇大恨而受到报复恐怕还是最为妥当的。这里能够设想的，是土佐堀的杂粮商美浓屋九兵卫之子利太郎这个年轻人。此人是十分了得的浪荡公子，一向以游艺为自豪。不知何故入了春琴门下学习古筝和三弦。他总是把父母的财产挂在嘴边，无论去哪里都以少爷自居，耀武扬威，把师兄弟视同店里的伙计。春琴虽然心中不快，但由于例行礼品发挥了足够的作用而拒绝不得，尽可能予以善待。然而他到处说什么就连师父都高看他一眼，尤其不把佐助放在眼里，不喜欢由他代教，若非师父教授，便不肯罢休。而且越来越嚣张。对他这副样子，春琴也愈发气恼。而正当这时，其父九兵卫出于养老考虑而选了天下茶屋的幽静地点建了一座隐居茅屋，庭园栽了十几株古梅。某年二月在此开赏梅宴，请了春琴。总指挥即是这位少爷利太郎，且有未社[2]等帮闲艺人到场。不用说，春琴是由佐助陪着去的。佐助当天被利太郎和未社等人频频劝酒，狼狈不堪。虽说近来因晚

1　卢梭：Jean Jacques Rousseau（1712—1778），法国十八世纪代表性启蒙思想家。据说由于少年时代缺少爱情而有受虐倾向。

2　未社：这里指在花街柳巷拉客助兴之人。

上陪师父喝酒而多少有了酒量，但毕竟不很能喝。加之外出时没有师父许可，必须滴酒不沾。万一喝醉，要紧的拉手向导任务势必有所疏忽，所以只是装作喝的样子敷衍了事。利太郎眼睛好使，遂以大嗓门纠缠春琴：师父，没有师父许可，佐助君可是不敢喝的哟！今天不是来赏梅花的吗？就让他放松一回嘛！若是佐助醉了，想要拉手护送的人，两三个这里也还是有的！于是春琴苦笑着允诺道：也罢，喝一点点是可以的，请不要让他喝得大醉才是，好生关照他！这下好了，这边也好那边也劝，劝个不停。尽管如此，佐助还是小心约束自己，把七分酒倒进洗杯盆里去了。这天在座的帮闲也好艺妓也好早就听得女师父的大名，现在近在眼前目睹，果然名不虚传，无人不为其风韵犹存的美艳和气度惊叹不已，交口赞誉。那诚然是因为察觉利太郎的心思而试图讨其欢心的溢美之词，不过当时三十七岁的春琴看上去也的确比实际年龄年轻，皮肤十分白皙。见其领口等部位的人无不心惊肉跳，如打寒战一般。手背光艳艳的小手拘谨地放在膝头，失明约略低伏的面庞的娇美把满座的眸子尽皆吸引过来，使人神思恍惚。滑稽的是，当大家走到庭园消遣时，佐助把春琴领到梅花中间，一步一挪地走到每一株老树前停住说："喏，这里也有梅花树！"随即抓起她的手让她抚摸树干。大凡盲人都是以触觉确认物体的存在的，否则就不明所以，于是欣赏花木也有了这样的习惯。看见春琴的纤纤玉手不断抚摸老梅树干，那伙帮闲一齐发出怪叫。其中一人挡在春琴前面，说"我就是梅花树！"边说边做出戏谑姿势，呈疏影横斜之态。众人哄然笑得前仰后合。这些本是一种撒娇，有赞颂春琴之意，而无侮辱之心。但不习惯于花街柳巷恶作剧的春琴，心情却不大愉快。她总是希望得到和明目之人同等的待遇，讨厌被另眼看待。不久入夜，换个场所重新开宴时，有人对佐助说："你怕也累了，师父由我照料，那边已准备好了，你到那边喝一杯去！"佐助心想，在被强行灌酒之前吃饱肚子最好不过，于是先去另一房间接受饭食招待。不料刚端起饭碗，一个手拿酒壶的年老艺妓死死缠住不放："再来一杯，再来一杯！"如此连喝当中，时间意外耗掉。因为吃完过了好一会儿也没人来叫，所以就在那里待命。这当中，不知客厅那边发生了什么事，利太郎横拦竖挡，不许去叫佐助。"如厕我陪着就是！"遂把春琴领到走廊。大概是握了手或做了什么，"不不，还是请把佐助叫来！"说着硬是把手甩开，就势伫立不动。这当口，佐助跑来，看脸色即心知肚明。出了这样的事，如果利太郎因此不再登门也就罢了。然而利太郎大概不甘心就这样枉为色男，第二天又满不在乎地厚着脸皮学艺来了。既然这样，就动真格的好了！能忍受真正的修炼你就忍受！春琴当即一反常态，严加指教。这一来，利太郎大为狼狈，每天汗流三斗气喘吁吁。本来就只是自鸣得意，被哄着夸着的时候倒也罢了，而若被蓄意深究，势必漏洞百出。结果被骂得狗血淋头，遂借故耍滑偷懒。而这种懒散心态使得他再也无法忍受下去，逐渐变得蛮横起来。无论教得多么热心，也还是故意弹得无精打采。春琴终于骂道："蠢货！"当即用琴拔打去。偏巧打破了眉间皮肤，利太郎喊道"痛啊！"，捂着从额头一滴接一滴流淌的血，扔下一句"走着瞧！"愤然离座而去，从此再未露面。

※

另一说法是怀疑加害春琴的是住在北面新地边一位少女的父亲。此少女乃是艺伎的好苗子，为了好好学艺而怀着对习艺艰辛的恐惧感投奔春琴门下。某日被琴拔打中脑袋而逃回家来。因伤痕留在了发际，所以父亲比她本人还要怒不可遏，怀恨在心。想必不是养父而是亲父。哪怕再是授艺，虐待不到年龄的女孩子也该有个限度。居然在宝贝脸上弄出伤疤！不能就这样善罢甘休！于是声色俱厉地质问春琴如何了结？春琴使出与其俱来的犟脾气，反唇相讥道：明知我这里管教严厉才来的。早知如此，为什么送来习艺？女孩父亲也不示弱：殴打倒也罢了，但眼睛看不见什么的人下手毕竟是危险的，说不定在哪里弄出什么伤来。盲人应该有个盲人的样子，不能乱来！看那架势，弄不好诉诸武力都有可能。于是佐助居中调停，总算圆场把对方送了回去。春琴面色铁青，浑身发抖，沉默不语，直到最后也没说道歉的话。据说这位父亲出于对女儿被毁容的报复而在春琴相貌上搞了恶作剧。不过，虽说是发际，也不过是在额头正中或耳后哪里留下一点点伤痕罢了——对此怀恨在心而施加足以使对方终生改变表情的严重伤害，就算是出于因心疼自家孩子而着急上火的父爱，那也未免报复得过于执拗了。况且，对方终究是盲人，纵然使其美貌沦为丑貌，对当事人也成不了多么大的打击。假如仅仅针对春琴，那么此外也应有更痛快的办法。推测之下，报复者的意图恐怕不止于让春琴痛苦，而且变本加厉让佐助哀叹。这在结果上又最让春琴痛苦。如此想来，较之上面的少女父亲，怀疑利太郎更为顺理成章，是吧？利太郎的单恋含有多大程度的热忱自是无由知晓，但较之比自己小的女子，年轻时候谁都对半老徐娘之美怀有仰慕之心，为之左右为难，郁闷不堪。发展到极端，便对失明美女魂不守舍。即使最初出手是一时心血来潮，但在吃了一鼻子灰之后又被打裂男人眉间，使出恶劣的报复手段以泄私愤也并非不可能。不过，春琴毕竟树敌多多，此外另有什么人以某种缘由怀恨在心也莫可知晓。所以难以一口断定是利太郎所为。况且未必是痴情所致。即使作为金钱上的问题，有前面提起的贫苦盲人弟子的残酷遭遇的人也不止一人两人。再者，就算没有利太郎那般厚颜无耻，嫉妒佐助之人据说也有好几个。佐助乃是处于一种奇妙位置的“向导”这点，终究不能长期隐瞒，而在同门弟子中尽人皆知。因此，对春琴别有情意的人暗中嫉妒佐助的幸福，在某种情况下对其尽心竭力的服务态度怀有反感。若是正式夫妻或至少受到作为情夫的待遇，倒也无可非议，但表面上终究不过兼导盲向导、佣工、按摩以至搓澡等杂役于一身罢了。倘若表现得仿佛独自包办春琴身边所有事项的忠实角色，知晓幕后情由的人势必觉得荒唐至极。甚至有不少人嘲笑说若是导盲向导，就算多少辛苦些，自己也是做得来的，不足以让人佩服。这样，如果对佐助心怀憎恶难免心想春琴的美貌一旦发生可怕的变化，那家伙会现出怎样的神情呢？仍会勤勤恳恳悉心照料不成？于是口称这回有戏可看了，而来个阳奉阴违声东击西都有可能。总之，臆说纷纷，孰真孰伪，难以判定。不过这里倒是有一种朝完全意外方面投以怀疑目光的说法占了上风：施害者恐怕不是门下弟子，而是春琴生意上的对手，如某检校某女师父。诚然没什么证据，但有可能是一针见血的洞察。盖因春琴居常傲岸，以斯道第一人自居，外界也倾向于认可。这难免有损同行师父们的自尊心，时而构成威胁。说起检校，自古以来便是京都赐予盲人男性的一个足够气派的“位”，允许享用特殊衣服和乘坐物，较之普通艺人之流，社会待遇也不一样。而若有传闻说这样的人都比不上春琴的技艺，那么唯其因是盲人，嫉妒心想必也就格外执着，而要挖空心思以阴险手段葬送其技艺和评价。时常听得因技艺的嫉妒而喝水银[1]，但春琴兼具声乐和乐器两方面，于是抓住其虚荣心和自恃貌美的弱点而破其相，使得她再无法出现在公众面前。倘若施害者不是某检校而是某女师父，那么必定一并憎其自恃貌美而对将其美貌毁掉怀有更多的快感。如此列举种种值得怀疑的缘由，不难得知春琴处于迟早有谁对她下手的状态——不知不觉之间她已到处埋下祸根。

※

前面所说的天下茶屋赏梅宴大约过了一个半月，三月最后一天夜间丑时即凌晨三时许，“佐助为春琴痛苦呻吟之声惊醒，从另一房间奔跑过去，急忙点灯视之，不知何人撬开木板套窗潜入春琴卧室，虽已察觉佐助起身动静，却不甘心一无所获逃之夭夭。此时四下空无人影。盗贼惊慌失措之中，遂将手边铁壶朝春琴头上砸去。足可欺雪之丰润脸颊遭热水余沫四溅，惜乎留下些微烫痕。其实无非白

1　据说水银毁声，艺人之争每每用之。

璧微瑕而已，以往花容依然月貌未变。然而从此以后，春琴对自身面部微痕甚以为耻，常以绉绸头巾掩面，终日困守一室，从不于人前露面。纵然亲人门生，亦难窥其相貌，以致催生种种风闻臆想。”春琴传继续写道：“负伤轻微，天生美貌几无损毁。讨厌与人见面，乃其洁癖所致。将微不足道伤痕如此视为耻辱，实乃盲人过虑使然。”又曰，“然而不知何故，此后数十日，佐助亦因患白内障而倏然两眼发黑。及至眼前朦胧物形依稀莫辨之时，佐助以陡然失明所致踉跄脚步行至春琴面前，狂喜叫道尊师哟，佐助已然失明，此生得以永远无须目睹尊师脸上瑕疵，失明正得其时也！此非天意乎？春琴听之，怃然良久。”虽然佐助念及衷情而不忍暴露事情真相，但传中前后叙述只能视为曲意掩饰。一来他偶患白内障之说令人费解，二来春琴哪怕再有洁癖、再有盲人的过度敏感，而若是并未损毁天生美貌那个程度的烫伤，也不至于用头巾包住脸面或不愿与人接触——那却是何苦？根据鴫泽辉女和其他两三人的说法，盗贼事先潜入厨房生火把水烧开之后，提了铁壶闯进卧室，将铁壶嘴对着春琴头顶倾倒热水。因为一开始就是这个目的，所以那既不是普通盗贼，也并非极度惊慌失措所为。那天夜里春琴完全失去知觉，第二天早上才苏醒过来。但烧烂的皮肤彻底干燥愈合则用了两个多月时间，乃是非同小可的重伤。这样，关于她变得面目全非的种种流言蜚语——如毛发脱落半边光秃等等——就不能一口斥之为无凭无据的臆想。佐助因自那以后失明了，或许未能瞧见，但“纵然亲人门生，亦难窥其相貌”之语应如何理解呢？绝对不让人看见是不大可能的，何况如鴫泽辉女者并非没有亲眼看见。只是，辉女也尊重佐助的意愿而没有将春琴相貌的秘密讲给别人。我也大致问了，但她还是说“佐助君始终坚信师尊是容貌端丽之人，我也开始那样认为了。”详情没有告诉我。

※

春琴死后过了十多年，佐助曾对身边人讲过他失明时的原委。当时的详情因之终于明了。具体说来，春琴遭遇凶汉的夜晚，佐助一如往常睡在春琴卧室隔壁的房间。听得动静睁眼醒来一看，常明纸灯笼熄了，一片漆黑中有呻吟声传来。佐助愕然跃起，首先点灯，提着灯笼走去屏风另一侧的春琴睡铺。朦朦胧胧的纸提灯的灯影反射在屏风的金箔上，在其扑朔迷离的光照中环视房间情形，未见任何凌乱迹象。唯独春琴枕旁扔有一把铁壶，春琴也在被褥中静静仰卧。但不知何故，低声呻吟不止。佐助起始以为春琴魇住了，就凑到枕边叫道：“师父，您怎么了？师父！”正要摇晃叫醒时，不由得啊一声叫，捂住双眼。“佐助，我被弄得不成样子了，别看我的脸！”春琴也从艰难的喘息中说着挣扎着，忘我地挥动双手要往脸上捂。“请放心好了，我不看您的脸，就这么闭着眼睛。”说着，佐助把纸提灯移开。春琴听得，也许心情放松下来，随即变得人事不省。“往后也绝对不要让谁看见我的脸。这事就瞒下去好了！”春琴在半睡半醒中不断说着胡话。“哪里，没什么可担心的！等烫伤的痕迹消失了，就会恢复原来容貌的。”佐助安慰道。“这么厉害的烫伤，脸面怎么可能不变呢？这种安慰话，我不想听。相比之下，还是不要看脸要紧！”随着意识的恢复，她更加强调不止。除了医生，甚至对佐助都不愿意出示受伤状况。换膏药和绷带时把大家全都赶出病房。这样，佐助当夜跑到枕边刹那间固然看了一眼烫烂的面孔，但不忍正视，马上背过脸去，因此留下的印象不过是仿佛在摇曳的灯影下看见的似人非人的奇怪幻影罢了。其后看到的仅仅是从绷带中单独露出的鼻孔和嘴巴。估计春琴害怕被人看见，而佐助也怕自己看见。每当他靠近床前时都尽量闭上眼睛或移开视线。因而实际并不知晓春琴的相貌变到何种程度。何况他主动回避这样的机会。不过，在疗养有了效果、烫伤也一天比一天好转的时候，一日病房里只佐助一位陪坐，春琴突然忧心忡忡地问道："佐助，你看见这张脸了吧？"佐助回答："没有没有，您不是说不许看的吗？我怎么会违背您的话呢！"春琴又说不久伤好了，绷带就要除掉，医生也不再来了。那一来，别人倒也罢了，而你无论如何都要看这张脸的。说着，想必因为精神受挫，心高气傲的春琴也流下从未流过的泪来，从绷带上面一下下按动和擦拭双眼。佐助也黯然神伤，欲言无语，只管呜咽不止。随即若有所期地说，好的，肯定不往您脸上看的，敬请放心！此后过了数日，春琴也已能够从睡铺起身了，康复到可以随时取下绷带状态的时候，某日早上佐助从女佣房间悄然拿出她们使用的梳妆镜和缝衣针，端坐在睡铺上，看着镜子往自己眼睛里扎针。这并不是说他具有扎了针眼睛就看不见了这一知识，而是想用尽可能用痛苦少的简易方法变成盲人。他试着用针扎左边的黑眼珠。瞄准黑眼珠扎入似乎有难度。但白眼珠部位硬，扎不进去，而黑眼睛柔软。扎了两三次，碰巧扑哧扎进二分。眼珠马上一片浊白，得知视力消失。

没出血，没发烧，痛感也几乎没有。不难推测，这是因为破坏的是水晶体组织,从而引起外伤性白内障。佐助接着用同样方法对付右眼。顿时两眼都瞎掉了。不过刚开始还能模模糊糊辨认物体形状。而十天过后，完全看不见了。不久到了春琴起身走动的时候，佐助摸索着走去里面房间，在春琴面前叩头说，师父，我变成瞎子了，往下一辈子也不会看见您的脸了。“佐助，那可是真的？”春琴只此一语，久久默然沉思。佐助觉得有生以来和此后岁月中从未有比这几分钟沉默更为幸福的时刻。往昔，恶七兵卫景清有感于赖朝[1]的气度而断了复仇之念,发誓再也不见此人形象,挖出双眼。动机固然与此不同，但其心志的悲壮并无二致。说虽这么说，春琴求于他的难道就是如此情形吗？日前她流泪诉求的，莫非就是我已遭此灾难希望你也变瞎之意吗？忖度到这个地步诚然困难，但另一方面，“那可是真的？”这短短一句话在佐助听来感觉她似乎欣喜得发抖。而且，无言相对之间唯独盲人具有的第六感作用开始在佐助的官能中萌芽，除了感谢别无他念。他因此得以自然而然体会出春琴的心意。觉得过去虽有肉体交往但被师徒差别隔开的两颗心，这时才相互紧紧拥抱而融为一体。少年时代在壁橱中的黑暗世界苦练三弦的记忆复苏过来，但心情与之截然不同。想必大凡盲人都有光的方向感，故而视野若明若暗，并非黑暗世界。佐助这才得知自己因失去外界之眼而开启了内界之眼。佐助心想，呜呼，这就是尊师居住的世界！这回终于得以住在和尊师同样的世界里了！以他衰退的视力已无法看清屋子

1　赖朝：源赖朝（1147—1199），镰仓幕府开府将军。恶七兵卫景清，即平景清（生卒年不详），源氏敌手平氏的第一猛将。

的样子和春琴的形象了，唯独用绷带包着的春琴面部隐隐约约映在他的视网膜。不能认为那是绷带。两个月之前师父那丰满而呈微妙白色的脸庞在钝钝的光圈中如来迎佛[1]般浮现出来。

※

春琴问佐助不痛吗？佐助说不，不痛。同尊师的大难相比，这点儿事能算得上什么呢？我睡得不知道那天晚上有坏人偷偷进来让您吃那么大的苦头，实在、实实在在是我的疏忽。尊师所以让我睡在旁边的房间，就是为了防备这种时候。可我竟惹出这么大的事来致使尊师受难，而自己却平安无事，这无论如何都过意不去，甘愿接受惩罚。于是早晚叩拜请求祖先也降难于我，否则委实于心不安。所幸如愿以偿，今早起来，双眼就这样瞎掉了。想必神明也怜悯我的心志，听了我的祈愿。师父师父，我看不见师父您改变后的形象，我现在看见的，只是三十年来沁入眼底的那熟悉的面容。请一如既往放心地把我留在身边使用。突然失明之悲，使得我起居也不自如，做事也不够稳当，但至少您身边的事是不必麻烦他人的。佐助把失明的眼睛转向估计是春琴脸庞所在的有隐约泛白圆光射来的方向。当即听春琴说道：很高兴你竟然下这样的决心。我不知招致谁的怨恨而遭此难。说心里话，现在这样给别人看见也就罢了，但唯独不想给你看见——难得你体察这番苦心。“啊，谢谢！听得师父这番话，我的欣喜不是失去双眼所能换来的。致使师父和我惨遭终日哀叹之

1　来迎佛：净土信仰谓有德者临终之际自西方极乐世界前来迎接的阿弥陀佛。

不幸的家伙是哪里的什么人自是不知，而若要以改变师父尊容来让我难受的话，那么我不看就是。我也失明了，这就等于师父的灾难并不存在，处心积虑的阴谋也就化为泡影。这一点必出乎那家伙的意料。其实，我哪里是不幸，简直感到无上幸福。想到已经让那个卑劣家伙的阴谋彻底落空，就心中大快。”春琴道：“佐助你什么也不用说了。”盲人师徒相拥而泣。

※

关于因祸得福的两人其后生活情形，最了解的健在者只有鴫泽辉女一人。辉女今年七十一岁，作为入室弟子住进春琴家是在明治七年[1]十二岁的时候。辉女一边向佐助学习丝竹之道，一边周旋于两个盲人之间穿线搭桥——不能算作导盲向导——盖因一人遽然失明，一人虽说自幼失明，但终究是筷子的拿起放下都不用自己手的骄奢成性的妇人，因而无论如何都需要有担任这种角色的第三者介入。原本决定雇用尽可能心地单纯的少女，而辉女被雇佣后，其诚实的品性深得两人的赏识和信任，从此长期做了下来。春琴死后服侍佐助，一直在他身边待到他获得检校之位的明治二十三年。辉女于明治七年刚来春琴家时春琴已经四十六岁。遭难后时经九年，已是相当老的老妇人了。因为脸有瑕疵，不见人，并且交代说不许人见。总是身穿双重羽纹和服外褂坐在厚座垫上，以浅黄灰色的绉绸头巾包着头部，只能看见鼻子的一部分。头布下端垂在眼睑上，脸颊和嘴也

1　明治七年：即一八七四年，明治元年为一八六八年。

都掩而不露。佐助扎眼睛时四十一岁，年届初老的失明是何等不自由啊！尽管如此，他仍无微不至地关心春琴，尽可能不让她感到不便。那样子，即使旁人看来也心有不忍。春琴也不中意由别人照料，说自己身边的事明眼人做不来，由于多年习惯，还是佐助最熟悉。无论穿衣服还是入浴、按摩、如厕，仍都麻烦他。这样，辉女的职责，与其说照顾春琴，莫如说主要照看佐助的日常起居。很少直接触碰春琴的身体。唯独吃饭一事，没有她无论如何都不成。此外不外乎拿所需要的东西，间接帮佐助照料春琴。例如入浴等时候陪两人走到浴室门口，在那里退下。拍手后去迎接时，春琴已从水中上来，已穿好浴衣包好头巾。那当中的事由佐助一手料理。盲人给盲人洗身体是怎样的情形呢？想必就像春琴用指头抚摸老梅树那样，所费麻烦自不待言。由于凡事尽皆如此，委实烦琐至极，让人感叹居然能够做下来！然而当事者们似乎在享受这种麻烦，不声不响地交流细微的爱情。想来，失去视觉的相爱男女享受触觉世界的程度，有的东西终究是不允许我等想象的。这样，佐助忘我地服侍春琴，春琴欣然追求他的服侍——相互不知疲倦也就无足为奇了。不仅如此，佐助还分出陪伴春琴的余暇教授许多子女。当时春琴已一味闷于一室，给佐助以琴台的名号，让他全部接手门生的修习。音曲指南招牌上，也在春琴名字旁边小小标出温井琴台名字。但由于佐助的忠义和温顺早已赢得近邻同情，门下反而比春琴时代热闹。滑稽的是，佐助教弟子当中，春琴独自在里面房间听黄莺啼声听得忘乎所以，而若发生不劳佐助帮忙就应付不来的情况时，即使授艺正中间也时常连喊佐助。佐助当即放下一切而走去里间。因此之故，佐助总是担忧春琴左右而不外出授艺，仅仅在家里收教弟子。这里应该交代一句，那时道修町的春琴娘家鵙屋的店渐渐家运倾颓，每月的汇款也往往中断。倘若没有如此情由，佐助何苦教音曲呢！一边忙里偷闲教音曲一边飞去春琴跟前——这种单翅鸟想必在授艺的同时心里七上八下，料想春琴也同样苦恼。

※

接过师父活计，以瘦弱的肩膀承担一家的生计——这样的佐助为什么没正式和她结婚呢？莫非春琴的自尊心至今仍拒之门外？据辉女从佐助本人口中听得的说法，春琴方面已经大为退让了，但佐助不忍看见那样的春琴，不能把春琴作为凄凉、可怜的女人看待。毕竟瞎眼佐助已对现实闭目而飞升到万劫不变的观念境界。他的视野里唯有过往记忆的世界。假如春琴因灾祸改变了性格，则那样的人已不再是春琴。他心目中的春琴无论如何都只能是过去那个傲慢的春琴。若不然，他所目睹的美貌春琴将被毁掉。这样一来，比之春琴，不想结婚的理由就似乎在佐助这边。佐助是作为以现实的春琴唤起观念的春琴的媒介而存在的，因而他不仅避免与之成为对等关系、遵守主从礼仪，而且比以前还更加放低自己克尽职守，以便让春琴尽可能——哪怕一点点——忘却不幸、找回以往的自信，现在也一如往日甘于薄薪、接受同仆人无异的粗衣粗食，将全部收入供春琴之用。此外，为了紧缩开支而减少佣工人数，在各个点上节约。但在安慰她这一方面仍做得无一疏漏。因而失明后的他倍加辛劳。

据辉女所言，当时的门生们见佐助衣着过于寒伧，感到很不忍，就有人劝佐助多少修整一下边幅，但他完全置若罔闻。而且，至今仍禁止门生们叫他“师父”,而以“佐助君”相称。大家都对此感到困惑，注意尽量不称呼。唯独辉女因角色关系而无法那样做，总是习惯称春琴“师父”，管佐助叫“佐助君”。春琴死后，佐助所以把辉女作为唯一的说话对象，每每沉浸在师父回忆之中，也是因为有这种关系。后来他成了检校身份，可以不必顾忌任何人任由对方称为师父、呼作琴台先生，然而他还是喜欢辉女管自己叫“佐助君”，而不许使用尊称。他曾对辉女这样说道：料想谁都为认为瞎眼是不幸的事，可自己失明后没有体味过那样的情感。莫如说相反，觉得这个人世就好像成了极乐净土，只我和师父两人活着坐在莲花座上。这是因为，眼睛瞎了可以看见眼睛好使时看不见的许许多多。师父相貌的美丽显得那般沁人心脾，也是在瞎眼之后。另外，四肢的柔软、肌肤的润泽、声音的悦耳也切切实实明白过来。而明眼时却没有感觉到这个程度。这是为什么呢？真是不可思议。师父三弦的妙音，也是失明之后才体会出来的。尽管口头上总是说师父是此道天才，但失明了才渐渐懂得其真正价值。较之自己技艺的半生不熟,简直天壤之别，令人惊愕不已。而过去却浑然不觉，何等令人惋惜！假如神明提出让我重见光明，想必我也要谢绝的。师父也好自己也好，恰恰因为失明了才得以品尝到明眼人所不知道的幸福。佐助所言，没有超出他的主观说明，能在何种程度上与客观一致自是疑问。不过别的姑且不论，而春琴的技艺以其遭难为转机明显上了一个台阶却是实有其事。无论春琴具有多么得天独厚的才华，而若没有一路品尝过人生酸甜苦辣，也是很难悟得艺术真谛的。她一向被人宠着，苛求于人，自己一不知辛劳二不知屈辱，从未有人打击过她的傲慢。然而天降大难，使其彷徨于生死关头，将她的自命不凡击得粉碎。细想之下，毁容灾祸在多种意义上都是一剂良药，无论在爱情上还是在艺术上。甚至做梦都未曾想过的三昧境界都可能教给了她。辉女每每听得她为了消磨无聊时间而独自弄弦的声音，也曾看见佐助在她身旁神思恍惚低眉垂首地专心倾听的场景。而且，众多弟子也都惊讶于里面房间泄出的精妙拨音，小声说是不是那三弦上设置了什么机关。这一时期，除了弹弦技巧，春琴还在作曲方面专心致志，夜半时分如此这般、这般如此地用手悄悄弹拨串音。辉女记得的就有《春莺鸣啭》和《六花》两曲。日前请辉女弹给我听了，足可窥知其富于独创性和作为作曲家的天分。

※

明治十九年六月上旬春琴开始患病。患病前几日，辉女看见她和佐助下到中院树下，打开钟爱的云雀笼门往天上放飞，盲人师徒手拉手仰对天空，倾听遥远的云雀声自天而降。云雀一声声叫着越来越高地钻入云层，怎么等也不肯飞回。两人心焦意燥地等了一个多小时，直到最后也没返回。春琴从这时开始怏怏不快，不久患了脚气。入秋后病重，十月十四日因心脏麻痹溘然长逝。除了云雀，养的第三代天鼓在春琴死后也还活着。而佐助久久不忘悲伤，每次听得天鼓叫声都啜泣不止，一有时间就去灵前上香。时而取古筝时而拿三弦弹奏《春莺啭》。以缗蛮黄鸟止于丘隅[1]之句开始的这支曲子，盖因是春琴的代表作，想必是尽倾心魂之曲。词短，但附有非常复杂的间奏。此曲的构思是春琴听天鼓鸣声当中得来的。间奏的旋律意为黄莺冻结的泪水即将融化。初春时节，深山积雪开始消融，水位上涨的溪流潺潺流淌，松籁回荡，东风来访，山野烟笼，梅花飘香，樱花如云——旋律引人进入这种种景致之中，隐约诉说在山谷之间、树枝之间往来飞着鸣叫的小鸟心曲。生前每当她弹奏此曲，天鼓也欣欣然引吭高歌，同三弦音色一争高下。想必天鼓听得此曲而怀念溪谷那生身故乡、向往广阔天地的阳光。但佐助弹奏《春莺啭》时对何处梦绕魂萦呢？习惯于以触觉世界作为媒介凝视观念春琴的他，莫非依赖听觉弥补其缺憾不成？只要不失却记忆，人就可以在梦中见到已故之人，但像佐助这样只在梦中见到生前对象的人，也许无法确定死别的具体时刻。顺便提一下，春琴与佐助之间，除了前面说过的以外另有二男一女。女孩儿分娩后死了，两个男孩儿都还是婴儿的时候就被河内[2]的一户农家抱走了。佐助在春琴死后也好像对遗孤没什么留恋，全然无意领回。而孩子也不愿意回到盲人生父身边。这样，佐助晚年既无子嗣又无妻妾，在门生们的看护下于明治四十年十月十四日即光誉春琴惠照禅定尼的祥月忌日，以八十三岁高龄死去。据察，在孤独生活长达二十一年之间，大约创造出了同在世时的春琴截然不同的春琴，其形象愈发历历在目。天

1 缗蛮黄鸟止于丘隅：语出《诗经》。缗蛮，拟声词，形容鸟鸣的婉转动听。黄鸟，黄莺。

2 河内：かわち。日本旧藩国名，位于大阪府东南部。

龙寺的峩山和尚[1]听得佐助自扎双眼之事，赞曰此乃瞬间隔断内外、化丑为美的禅机，庶几为达人所为。读者诸君以为然否？

1　峩山和尚：桥本峨山（1853—1900），日本临济宗高僧。

第六部

草枕

草　枕

导读

夏目漱石（1867—1916），原名夏目金之助，江户（今东京）人，毕业于东京帝国大学（现东京大学）英文系。1899 年赴英国留学两年，回国后在东京帝国大学讲授英国文学等课程。同时开始文学创作，以长篇小说《我是猫》一举成名。1907 年辞去教职，进入朝日新闻社任报社专属作家。1916 年不幸因病去世，享年四十九岁（虚龄五十岁）。

漱石创作生涯仅仅十年有二，而其长篇即达十三部之多，被尊为东瀛文坛百年独步的“大文豪”和“国民大作家”。纵使素不待见日本作家的村上春树，对夏目漱石也推崇有加，断言若从日本近现代作家中投票选出十位“国民作家”，夏目漱石必定“位居其首”，盖因漱石文体乃日本近现代文学史上无可撼动的“主轴”。不过较之村上的文体带有“美国风味”，漱石的文体则带有“汉文调”（古汉语笔调）。

夏目漱石自小喜欢汉籍（中国古典文学），曾在二松学舍专门学习汉籍，汉学造诣非同一般，尤其欣赏陶渊明。他自己也喜欢写汉诗（五言古诗、七绝、七律等），十五岁即出手不凡，《草枕》中的主人公“我”

写的汉诗均为二三十岁时的漱石本人之作。临终写的仍是七律。据日本学者统计，现存漱石汉诗计有二〇八首。创作最后一部长篇期间，上午写大约一日连载分量的《明暗》,下午写七言律诗一首,几乎成了“日课”（每日的功课）。散文方面，对唐宋八大家情有独钟，坦率地承认其文学功力得自唐宋八大家。因而文体有“汉文调”，简约，工致，雄浑，讲究韵律和布局之美，读之如万马注坡，势不可挡。又如窗外落晖，满目辉煌。这在《我是猫》已表现得酣畅淋漓，《草枕》亦不相让，开篇即拔地而起：“一面在山路攀登，一面这样想道：役于理则头生棱角，溺于情则随波逐流，执于意则四面受敌，总之人世难以栖居。”

文体本身不是目的。文以载道。道，在这里就是漱石的艺术观、自然观以至文明观，其关键词是“非人情”。

“非人情”是漱石首创之语,始于《草枕》。那么何为“非人情”呢？漱石自己解释如下：“写生文作家对于人的同情不是与所叙述之人一起郁郁寡欢、哭天嚎地、捶胸顿足、狼狈逃窜那个层面的同情，而是在旁人为之不胜怜悯的背面含带微笑的同情。并非冷酷，而仅仅是不和世人一起哀号罢了。因而，写生文作家所描写的大多不是令人痛不欲生的场景。不，因为无论描述多么令人痛不欲生的事态也以这一态度贯彻始终，所以初看之下总有意犹未尽之感。不仅如此，唯其以这一态度对待世间人情交往，故而在一般情况下都化为隐含滑稽因子的语句而表现在文章上面。"

事实上《草枕》也是这样处理的。例如对离开银行破产的丈夫返回娘家的那美遭受的种种非议，对即将被送上日俄战争的战场而几无生还希望的年轻男子的内心痛楚，作者几乎完全没有设身处地的情感投入，而以超然的态度一笔带过。唯一例外的是男主人公"我"的理发店遭遇："当他挥舞剃刀的时候，全然不解文明法则为何物。触及脸颊时啪啪作响，剃到鬓角时则动脉怦怦有声。利刃在下巴一带闪烁之际仿佛践踏霜柱咔嗤咔嗤发出诡异的动静。而本人却以日本第一高手自居。"绘声绘色，力透纸背。看来，哪怕再"非人情"，而一旦危及自身，恐怕也还是超然不起来的。

不过，超然也好不超然也好，漱石的"非人情"主要不表现在人际关系即"人情"的处理上面。相比之下，"非人情"指的更是一种审美境界，一种美的追求——只有超然物外、超然于世俗人情之外，美的境界方能达成。反言之，美的追求和审美修养可以使人从人情羁绊、从物质享受的痴迷中解脱出来。

显而易见，漱石的"非人情"审美境界的核心是"东洋趣味"。而"东洋趣味"，每每意味着中国趣味、中国古文人审美情趣。漱石认为西方诗歌的根本在于叙说人事、人世之情。因而，无论其诗意多么充沛，也时刻忘不了数点银两，也时刻匍匐于地站不起来。“令人欣喜的是东洋诗歌从中解脱了。采菊东篱下，悠然见南山。此情此景，说明在那一时刻彻底忘记这热不可耐的尘世。既非院墙那边有邻家姑娘窥看，又不是由于南山亲友当官。超然出世，心情上得以远离利害得失的万般辛劳。独坐幽篁里，弹琴复长啸。深林人不知，明月来相照。寥寥二十字别立乾坤……但愿能从大自然中直接汲取渊明、王维的诗境，暂且——纵使片刻——逍遥于‘非人情’天地。”与此同时，漱石还通过画家“我”这一男主人公将日本、中国、西洋（和、汉、洋）在审美趣味上的差异加以比较：“大凡中国器物无不异乎寻常。无论如何都只能认为是古朴而有耐性之人发明的。注视之间，那恍惚忘我之处令人敬畏。日本则以投机取巧的态度制作美术品。西洋呢，大而精细，却怎么也去不掉庸俗气。”

此外，目睹美女，“我”想到的是“春宵一刻值千金”；坐于草地，想到的是楚辞“滋兰九畹、树蕙百畦”；泡温泉，想到的是“温泉水滑洗凝脂”。继而表示：“每次听得温泉一词，心情必像此句表现的那般愉快。同时思忖不能让人产生这种心情的温泉，作为温泉毫无价值可言。”还有，夜晚在寺院漫步，记起的是宋代诗人晁朴之的《新城游北山记》：“于时九月，天高露清，山空月明，仰视星斗皆光大，如适在人上……”

尤其难得的是，如此扬东抑西的漱石，从英国留学回来还不到四年时间。不妨认为，两年伦敦留学生活，不仅没有让他对英国和西方文学、西方文化以至西方文明一见倾心，反而促使他自觉与之保持距离，进而采取审视、怀疑和批判的态度。也正因如此，他才对明治维新后的日本政府奉行的以“文明开化”为口号的全盘西化怀有戒心和危机感。而作为对抗衡策略，他开始“回归东洋”，重新确认东洋审美传统及其诗性价值，以寻求日本人之所以为日本人的文化自证（identity）。这在其首部长篇《我是猫》中始见锋芒，《草枕》全线进击，《虞美人草》在文体上承其余波。

我想，日本民族的一个值得庆幸之处，恰恰在于在明治维新后全盘西化的大潮中有夏目漱石这样的“海归”知识分子寻求和固守日本民族传统和文化自证，在二战后伴随着美国驻军汹涌而来的美国文化面前，有川端康成这样清醒的文人不遗余力地描绘和诉求“日本美”，而最终获得国际性认同，获得诺贝尔文学奖。与此同时，有铃木大拙这样面对西方强势文化而终生以宣扬禅学和日本文化为己任的学者和思想家，并且获得了西方广泛的兴趣和认可（补充一句，夏目漱石也对禅学颇有造诣）。这或许也是《草枕》这部小说留给我们的思考和启示。

最后说两句翻译。翻译匠，老翻译匠，没办法不老生常谈。

二〇二〇年，抗疫的一年，特殊的一年。但就我个人状态来说，倒也谈不上多么特殊。大体照样在书房里看看写写。看得最多的是杂书，写得最多的是讲稿，上半年为线上讲座写讲稿，下半年为线下讲座写讲稿。相对轻闲些的是暑期在乡下。十里清风，一川明月，鸟啼树端，蛙鸣水畔，花草拥径，瓜果满园，依依垂柳，袅袅炊烟。虽非以草为枕，但终日与草相伴，“绿满窗前草不除”。于是我看了亨利·戴维·梭罗的《瓦尔登湖》，想起了夏目漱石的《草枕》。二者都是热爱自然并借助自然思考艺术与人生的杰作。翻阅《草枕》之间，倏然心生一念：翻阅莫如翻译。于是遥望南天，欣然命笔。

据我所知，《草枕》起码有四个译本，出自四位译者之手：丰子恺（译为《旅宿》)、崔万秋、李君猛和陈德文。就译文特色而言，说极端些，可谓四种《草枕》，四个夏目漱石。即使最容易趋同的开头，也有不小的差异：

△丰子恺译：一面登山，一面这样想：依理而行，则棱角突兀；任情而动，则放浪不羁；意气从事，则到处碰壁。总之，人的世间是难处的。

△崔万秋译：我一边在山中的小路行走，一边这样想：用巧智必树敌，用情深必被情所淹，意气用事必陷入绝境。总之，在人世间不易生存。

△李君猛译：一面登着山路，一面如斯想：过重理智，则碰钉子，过重情感，则易同流合污，过重意志，则不舒畅，人世难住。

△陈德文译：一边在山路上攀登，一边这样思忖：发挥才智，则锋芒毕露；凭借感情，则流于世俗；坚持己见，则多方掣肘。总之，人世难居。

△拙译：一面在山路攀登，一面这样想道：役于理则头生棱角；溺于情则随波逐流；执于意则四面受敌，总之人世难以栖居。

以上五种译文，粗看相互仿佛，细看则各具面目。以形式感、节奏感观之，丰译居首，陈译次之。是的，五译五种，五人五面。不过这也正是文学翻译的有趣好玩之处，也是我不揣浅薄斗胆重译的理由。乡下初译大半，青岛终于杀青，大理一校二校。至于译文工拙，不敢自夸，亦不敢自谑，唯望读者诸君，察之谅之。

其实，较之译校，撰写这篇译序更费周章。所幸旅居大理这易居之地，苍山召我以烟景，洱海假我以文章。况终日晴空丽日，明月清风，冬樱娇艳，玉兰飘香，白墙青瓦，山溪琤琮，吟咏其下，徜徉其间，借用《草枕》漱石诗句，“逍遥随物化，悠然对芳非。”大理古城，“山水客栈”，幸甚至哉，记以谢之。

草　枕

［日］夏目漱石

一

一面在山路攀登，一面这样想道：

役于理则头生棱角；溺于情则随波逐流；执于意则四面受敌，总之人世难以栖居。

栖居越来越难，遂想迁往宜居之地。而当悟得迁去哪里都难以栖身之时，就产生了诗，就出现了画。

创造人世的既不是神又不是鬼。终究是对面三轩两邻晃来晃去的普通人。而普通人创造的人世难以栖居，便不可能有可迁之国。有也只能是非人之邦。而非人之邦想必比人世更加难以栖居。

既然无以迁徙的人世难以栖居，就必须把这难以栖居之所多少变得宽松些，使得须臾之命多少住得舒服些——纵使须臾之间——于此产生诗人这一天职，于此天降画家这一使命。所有艺术人士，唯其使人世变得恬适、使人心变得丰富而可钦可敬。

从难以栖居之世剥离难以栖居的烦恼、将难得可贵的世界呈现在眼前的，是诗、是画，或是音乐与雕刻。进一步说来，不呈现也无妨，只要逼近视之，自有诗栩栩如生，自有歌汩汩喷涌。纵然构思不落于纸，也有谬锵之音[1]起于胸间。即使不面对画架涂抹丹青，斑斓五彩也自会映于心眼。只要能如此静观自己所居之世，只要将浇季溷浊[2]的俗界至清至美地收入灵台方寸的镜头，此即足矣。因而，在能够如此观察人世这点上，在如此摆脱烦恼这点上，在能够得以如此出入清静界这点上，在能够建立不同不二之乾坤这点上，在扫荡私利私欲之羁绊这点上，无声的诗人纵无一句、无色的画家纵无尺绢，也比千金之子、也比万乘之君，也比俗界所有宠儿都要幸福。

栖居此世二十年之时，始知此乃值得栖居之世。二十五年之际，得悟明暗一如里表，凡有日光照射之处必有阴影投下。及至三十年之今日，开始这样想道：欢愉深切之时忧虑愈深，快乐愈大则痛苦愈大。而若舍之弃之，则此身不保。如若一一清算，则此生休矣。钱固然重要，而若重要的东西越来越多，想必难以安眠；恋爱固然高兴，而若高兴的恋爱纷至沓来，也许怀念不恋爱的往昔。阁僚之肩支撑数百万人的腿脚，脊梁承担天下重任。美食吃不得令人惋惜，吃一点点意犹未尽，大吃大嚼则余味不快……

余之所思漂流至此之时，余之右脚突然踩在一块不安稳的方石边角，为保持平衡而一下子往前踢出左脚。结果摔倒得以避免，而屁股不偏不倚落在大约三尺见方的岩石上，肩上挎的画具箱从腋下

1　谬锵之音：形容玉磬所奏之音的美妙。

2　浇季溷浊：人情浇薄，道德沦丧，污秽不堪。

一蹿而出，所幸完好无损。

爬起身来往前方一看，路的左边耸立着如倒扣铁桶般的山峰，从山脚到山顶无不郁郁葱葱——看不清是杉树还是丝柏——山樱迤逦曳出淡粉色的彩纹，其接缝处抹下一抹迷离的雾霭。距其不远有一座秃山傲视群雄，直逼眉前。秃的一侧仿佛被巨人之斧一挥削去，陡峭的平面直探谷底。天边孑然独立者谅是一棵红松，甚至从树枝间的空隙也清晰可见。前行还有大约二百多米的路，见得有红毛巾[1]从高处往下移动，预料只要爬上去即可到达那里。路相当难行。

平整一下应该不至于多么费事，可是土里有大块石头。土可以弄平，石却平不了。石可以击碎，岩却奈何不得。它们悠然蹲在土上不动，无意为我等让路。既然对方不听话，我等就只有绕开。就连没有岩石的地方也不易行走。左右凸出，中间凹下，就像把五六尺宽的路面剜成三角形，其尖端从正中间穿过——较之行路，莫如说蹚河底。好在不急于赶路，只管悠悠然七拐八拐。

脚下忽然响起云雀声。俯视山谷，形影皆无，不知在哪里鸣叫，唯独鸣声真切入耳，一声接一声，不屈不挠，让人心慌意乱，就好像方圆几里的空气全都被跳蚤咬了似的。那鸟的叫声片刻不停，仿佛非把悠闲的春日彻底叫尽、叫得晨昏颠倒不可。而且不断飞升、飞升，云雀必在云中死掉无疑。也可能飞升到最后而滑入云层，滑翔之间杳然消失，只有鸣声留在空中。

一下子拐过岩角，再一下子拐过盲人按摩师必定大头朝下跌落

1　红毛巾：此处指搭肩用来防寒的类似红毯的红毛巾的山民。

的地方，而后低头往旁边一看，但见油菜花弥天盈地，料想云雀落到那里去了。不不，很可能从那黄金原野飞出来的。继而，下落的云雀和上升的云雀没准呈十字形擦身而过。最终，下落时也好，上升时也好，或者呈十字形擦身而过时也好，想必都要尽情尽兴地鸣叫不止。

春天昏昏欲睡。猫忘了捕鼠，人忘了还债，有时甚至忘了自家灵魂的居所而人事不省，唯独远眺油菜花时苏醒过来，唯独听得云雀声时真正知晓灵魂的所在。云雀的叫不是用嘴叫，而是用整个灵魂叫。在灵魂发而为声的生灵之中，再没有那么生机勃勃的了。啊，开心！这么想、这么开心即是诗。

倏然想起雪莱的云雀诗[1]，口中默诵记得的地方，但记得的只有两三句。两三句中有这样几行：

We look before and after
And pine for what is not:
Our sincerest laughter
With some pain is fraught;
Our sweetest songs are those that tell of saddest thought.

“瞻前顾后，贪心不足。虽说是发自肺腑的欢笑，其中也有苦楚。须知美妙至极的歌声，也含有无比悲伤的心境。”

是的，无论诗人多么幸福，也不可能像云雀那样专心致志忘乎所以地歌唱自己的欢乐。西方的诗自不待言，中国诗里也常有万斛

1　雪莱的云雀诗：引自英国女诗人雪莱（Percy Bysshe Shelley，1792—1822）的《寄情的雀》（“To a Skylark”）第十八节。

愁[1]等字样。因是诗人，故为万斛;若是一般人，或许一合[2]足矣。如此看来，诗人比常人还要辛苦，神经或许比俗人敏锐一倍不止。超凡脱俗的欢乐固然有，而无量的悲伤也在所难免。果真如此，当诗人也须慎重考虑。

路平坦了一阵子。右边是杂木山林，左边油菜花连绵不断。脚下不时踩上蒲公英。其锯齿状的叶片肆无忌惮地伸向四方，将黄色的珍珠拥在正中。因看油菜花看得出神而一脚踩了上去，踩罢觉得不忍而回头一看，黄色的珍珠仍在锯齿叶中安然不动，满不在乎！于是继续思量。

忧虑之于诗人或许如影随形，不过若有听那云雀的心情，愁苦就荡然无存。即使看油菜花，感到的也只是欢欣鼓舞。蒲公英亦然。樱花也是——樱花不知何时杳然消失。只要来这山中接触自然景物，所见所闻无不兴味盎然。唯其兴味盎然，愁苦也就无从发生。如若发生，无非因了脚力不支和吃不上好东西罢了。

不过，没有愁苦是因为什么呢？无他，盖因将这景色看成一幅画，读作一首诗。既然是画是诗，那么就无意讨来这块地皮加以开发，也没心思架设铁路捞上一把。景色仅仅景色，作为一不能充饥果腹、二不能补贴月薪的景色让我心旷神怡，故而辛劳和忧虑皆不相伴。大自然的力量在这方面弥足尊贵。瞬间陶冶吾人性情使之纯然进入醇厚诗境者，非自然莫属。

想必，爱情美妙，孝行美妙，忠君爱国也无可厚非。而若自身

1 万斛愁：例如苏东坡诗云“万斛闲愁何日尽”。

2 一合：一升的十分之一。

首当其冲卷入利害的旋风之中，美妙也好无可厚非也罢，都要为之头晕目眩，而不解诗在何处。

为求其解，就必须站在有可解余裕的第三者立场。只有这样，看戏才兴味盎然，读小说也妙趣横生。看戏兴味盎然看小说妙趣横生之人，无不将自身利害束之高阁。至少看读之间身为诗人。

甚至，普通的戏剧和小说之中人情也在所难免——愁苦、恼怒、喊叫、哭泣。看的人也不知不觉感同身受——愁苦、恼怒、喊叫、哭泣。好处也许存在于无涉利欲之点，但唯其无涉，其他情绪也就格外活跃。委实令人讨厌。

愁苦、恼怒、叫喊、哭泣，于人世不可或缺。三十年间我也一一领教，早已忍无可忍。既已忍无可忍，而若此外还要通过戏剧、小说反复遭受同样刺激，此生休矣！我追求的诗不是渲染如此世间人情那样的东西，而是能使人放弃俗念而暂且生出离开尘界心情的诗。哪怕再是杰作，也没有远离人情的戏剧。了断是非的小说恐也鲜乎其有。死活离不开人世是其共同特色。尤其西方诗歌，人事乃其根本，即使其诗歌中的精粹之作也不知脱离此境。同情啦爱啦正义啦自由啦——归根结底，只是用这类浮世常情来应付了事。哪怕再有诗意，也是在地面上蝇营狗苟，时刻忘不了数点银两。难怪雪莱听云雀而兴叹。

令人欣喜的是东洋诗歌从中解脱了。采菊东篱下，悠然见南山。此情此景，说明在那一时刻全然忘记这热不可耐的尘世。既非因为院墙那边有邻家姑娘窥看，又不是由于南山友亲友当官。超然出世，心情上得以远离利害得失的万般辛劳。独坐幽篁里，弹琴复长啸。

深林人不知，明月来相照。寥寥二十字别立乾坤。这一乾坤的功德不是《不如归》[1]、《金色夜叉》[2]的功德，而是让人在为轮船、火车、权利、义务、道德、礼义而心力交瘁之后忘却一切酣然入睡的功德。

如果说二十世纪睡眠必不可少，那么在二十世纪这超越尘世的诗意就至关重要。可惜的是，当今无论作诗的人还是读诗的人看上去全都被西洋人迷得神魂颠倒，而无人特意悠然泛舟在这桃花源溯流而上。我原本不以作诗为业，所以无意把王维和渊明的境界向今世广而告之。只是自己觉得这样的感兴好像比演出比舞会于人有益，也比《浮士德》比《哈姆雷特》难能可贵。这么独自一人扛着画具箱和三脚架在春山路上踽踽而行，目的也全在这里。但愿能从大自然中直接汲取渊明、王维的诗境，暂且——纵使片刻——逍遥于"非人情"[3]的天地。实属想入非非。

当然，作为人类的一分子，无论多么喜好，"非人情"也不可能持之以恒。即使渊明怕也不是一年到头目不转睛地盯视南山，王维也应该不是偏要在竹林中吊起蚊帐睡觉之人。私意以为，多余的菊花也还是要卖给花铺，长出的竹笋终究要推销给菜店才是。如此这般的我也不例外。无论对云雀和油菜花如何情有独钟，也不至于"非人情"到在山中露宿的程度。即便这样的地方也会遇上人：短短掖起衣襟头缠毛巾的汉子，一身红色贴身裙的阿姐。有时还会碰上脸比

1 《不如归》：日本作家德富芦花（1868—1927）的长篇小说。

2 《金色夜叉》：日本作家尾崎红叶（1867—1903）的长篇小说。

3 "非人情"：夏目漱石自造语汇，大意为超越人情。另有"不人情"，大意为不讲人情、不近人情、无情。

人脸还长的马。即使被百万株丝柏围在中间吐纳海拔几百尺的空气，也还是横竖去不掉人气味儿。漫说这点，翻过山要落脚的今晚的旅馆，就是那古井温泉[1]。

不过，事物因看法而异。列奥纳多·达·芬奇告诉弟子：听那钟声，钟是一个，但声音听起来各种各样。对一个男人、一个女子也是如此，看法完全因人而异，概无定论。毕竟是非人情之旅，从这一角度看人，较之在浮世小巷第几座房子里过得紧紧巴巴的平时想必有所不同。纵使不能完全超越人情，也至少能在观看能乐剧[2]时怀有恬淡的心情。能乐剧也有人情。《七骑落》[3]也好《墨田川》[4]也好，都无法保证看时不哭。但那终究是表演，三分情七分艺。我等从能乐中体味的宝贵情感并非来自将下界人情现实性表演出来的演艺。这是因为，演艺是往现实上面套几件艺术的外衣，进而做出世间不可能有的慢慢悠悠的举止。

把这段时间旅途中发生的事、旅途中遇见的人比作能乐剧的情节及其角色的所作所为会怎么样呢？尽管不能完全抛弃人情，但毕竟本质是出自诗兴的行旅，很想在抒发“非人情”当中趁机约束情感，尽可能推进到那一境地。这和南山、幽篁当然性质不同，同云雀、油菜花也不能混为一谈，但我要尽量与之接近，在其最大限度内以

1 那古井温泉：虚拟地名。原型为熊本县玉名郡小天村的小天温泉。漱石第五高中任教期间曾旅游至此。

2 能乐剧：日本剧种之一。在笛、鼓的伴奏下唱着谣曲表演，多戴面具。

3 《七骑落》：能乐剧名，作者不详。

4 《墨田川》：能乐剧名，世阿弥作。

同一视角看人。芭蕉[1]那个人就连马往枕角撒尿都视之为雅事而写成俳句。往下我也不妨把所遇人物——庄稼汉也好、城里人也好、村公所的文书也好、老爷爷老婆婆也好——统统假定为大自然的点缀而纳入画中。只是，他们和画中人物不同，势必自行其是为所欲为。可是，若像一般小说家那样就其自行其事寻根问底，深究其心理作用或探讨其人事纠葛，势必落入俗套。动也可以，把画中人视为动态也不碍事。毕竟画中人物怎么动也动不出平面。假如蹿出平面而立体地动起来，难免和我等发生冲突或有了利害关系，事情就很麻烦。越麻烦越不能审美。我要超然物外地从远处打量往下所遇之人，避免双方随意发生人情电流。这样，无论对方怎么动都不至于轻易扑入怀中。好比我站在画前观看画中人在画面中上蹿下跳，二者同一回事。只要相隔三尺，即可冷静观察、等闲视之。换个说法，因为心情不为利害所左右，所以能够全心全意从艺术角度观察他们的动作，能够专心致志地鉴别美与不美。

当决心下到这里时，天空变得诡异起来。拉不开扯不断的云絮，本以为向头顶压来，却不知何时分崩离析，四面八方仿佛全是云海。春雨从中淅淅沥沥落了下来。油菜花早已被我抛在后面，此刻正在山与山之间行走。但雨线密得胜过浓雾，致使间隔不知几许。风不时吹来。吹散高空云层之时，右边偶有浅黑色的山梁现出。似乎隔一条山谷的对面横亘着一道山梁。左边似乎马上就是山麓。雨幕深笼的深处有像是松树的什么晃来晃去，刚刚晃出就隐没不见。雨动？

1　芭蕉：松尾芭蕉（1644—1694），日本著名俳人。所作俳句有“跳蚤哟虱子哟，还有马尿撒枕角”。

树动？梦动？心里总觉得莫名其妙。

路面意外宽敞起来，而且平坦，行走虽不吃力，但因为没有雨具，速度放慢不得。当雨滴从帽子啪哒啪哒淌下的时候，两三丈远的前方响起铃声，马夫从暗处一忽儿闪了出来。

“这一带可有歇脚的地方？”

“再走三四里有一家茶馆。淋透了吧？”

还要走三四里？回头看去，马夫如影画一样被雨包拢起来，又一忽儿消失了。

仿佛米糠的雨滴逐渐变粗变长，此刻就像每一条都被风卷起似的扑入眼帘。外套早已湿透，浸湿内衣的雨水因了身体的温度，感觉温吞吞的。心绪欠佳，歪戴帽子，大步赶路。

茫无所见的浅墨色世界有几条银箭打斜掠过，我在下面只顾冒雨行走——若以为此人不是我的形象，即可成为一首诗，也能吟成俳句。只有彻底忘却本真的我而形成纯客观的眼力之时，我才会作为画中人物与自然景物保持美好的谐调。而在意识到下雨的苦楚和移步的疲劳那一瞬间，我就已经既不是诗中人，又不是画中人。依然只是市井竖子一个。云烟飞动之趣也视而不见，落花啼鸟之情亦不涌上心头。至于萧萧独行于春山的我是何等之美，更是全然不解。起初歪戴帽子行走，继而一味盯视脚趾赶路，最后缩肩弓背走得战战兢兢。雨摇晃满目树梢，从四面逼迫孤客。看来“非人情”得未免过头了。

二

“喂！”我打了声招呼。没有回音。

从檐下往里窥看，被烟熏黑的纸拉门挡在那里，看不见对面。五六双草鞋不无凄凉地吊在房檐，百无聊赖地晃晃悠悠。下面摆着三四个糕点盒，旁边散乱扔着五厘铜币和文久铜币[1]。

“有人吗？”我又招呼一声。靠在裸土房间一角的石臼上有一只圆滚滚的鸡，吃惊地睁开眼睛，咕咕咕、咕咕咕叫了起来。门槛外的土灶给刚才的雨淋湿了，一半变了颜色，上面放着一把黑漆漆的烧水锅。是陶锅还是银锅看不清楚。好在下面生着火。

因为没有回音，就径自走了进去，在帆布凳上弓身坐下。鸡扑棱棱从石臼飞下，这回跑上榻榻米。看样子，如果拉门不是关着，没准一直跑去里面。据说公鸡嗓门粗：喔喔喔；母鸡嗓门细：唧唧唧咕咕咕。看来简直把我当作狐狸或野狗了。帆布凳上随手放着一个烟盆，一升大小。里面有一盘香，以不知日影西移的神气慢悠悠冒着烟缕。雨渐渐偃旗息鼓。

不一会儿，里面传来脚步声，熏黑的拉门一下子开了，从中走出一位阿婆。

原本就以为总会有人出来的。毕竟灶里烧着火，糕点盒上扔着钱，

1　文久铜币：文久永宝。江户幕府于文久三年发行的青铜币。

盘香悠然冒烟。肯定有人出来。不过，即使将自家铺面大敞四开也好像不以为意这点，多少和城里不同。而无人应声就坐在帆布凳上久久等待，也很难认为是二十世纪。这一带是“非人情”，有趣有趣。这还不算，出来的阿婆的长相也合我意。

两三年前在宝生舞台上看过《高砂》[1]。当时心想此乃绝妙的活人画[2]。扛一把扫帚的老爷爷在舞台上走了五六步，而后悄然回身同老婆婆四目相对——那相对的姿势至今仍在眼前。从我的座席上看去，几乎正和老婆婆打照面，心想啊太妙了之时，那副表情啪一下子印在心之镜头。茶馆阿婆的脸庞和那张“照片”像得活灵活现。

“阿婆，在这儿坐一会儿。”

“啊，坐吧，一点儿也不碍事的。”

“雨好大啊！”

“不巧天气不好，让你为难了吧？噢——，淋得好厉害！这就烧火给您烤干。”

“再多少烧旺一点儿，烤火就烤干了。这么坐了一会儿，好像有些冷了。”

“呃，这就烧火。啊，请喝杯茶！”

老太婆说着站起身来，嘘嘘两声把鸡撵走。咕咕咕咕叫着跑开的鸡夫妇，从褐色榻榻米踩上糕点盒，蹿去路面。公鸡逃跑时往糕点盒上拉了一摊屎。

“请请！”不觉之间，老婆婆把茶杯放在镂花盘端了上来。有些

1 《高砂》：能乐剧名，世阿弥作。

2 活人画：模仿名画人物姿势的表演。

焦黑的褐色杯底，印有一笔挥洒的三朵梅花。

“吃馃子！”阿婆接着拿来鸡踩过的芝麻糖和江米条。我看有没有鸡屎沾在哪里，但那已经留在盒里了。

阿婆把系衣袖的带子搭在褂子上，蹲在灶前。我从怀中掏出写生簿，一边画阿婆侧脸一边搭话。

“好安静啊！”

“嗯，您都见到了，山沟。”

“有黄莺叫吧？”

“有，天天叫，这里夏天也叫。”

“想听啊！一点儿也听不到，就更想听。”

“今天不巧……刚才下了阵雨，躲雨躲去哪里了。”

这当口，灶里哔哔剥剥霍一下子卷起红色火苗，蹿出一尺多高。

“好了，烤火吧！够冷的吧？”她说。

看房檐，一团青烟涌到那里，而后四散开来，却又仍缠着檐板不放，留下淡淡的烟痕。

“噢，好舒服，活过来了！”

“雨也正好停了。喏，天狗岩露出来了！”

一阵山风急不可耐地猛然吹过迟迟不肯转晴的天空，使得前山的一角晴得利利索索。老妪指的那边如立柱一般嶙峋耸立的，就是她说的天狗岩。

我先看天狗岩，然后看阿婆，接下去对比看着二者。作为画家，我存在脑海里的老婆婆的面庞，只有《高砂》的老妪和芦雪[1]画的山妖。看芦雪画的画，觉得他理想中的老婆婆实在非同寻常，应该置于红叶中或冷月下才是。及至看宝生的别会能[2]，这才讶然发现原来老妪可以有这般温柔的表情。那假面具想必是名家雕刻的。遗憾的是忘记问作者姓名了。若如此表现，老人看上去也会这般丰盈、平和、温馨。金屏风也好、春风也好，或者樱花也好，都不妨作为配景道具。较之天狗岩，我更觉得将这位伸腰把手抬到额前指着远处的短袖阿婆作为春日山路的配景再合适不过。我拿起写生簿，希望暂且别动那一瞬间，阿婆的姿势崩溃了。

因手闲着，就一边拿着写生簿在火上烘烤一边问道：

"阿婆看上很硬朗，是吧？"

"嗯。难得身体还结实，能拿针，能搓绳，能磨丸子粉。"

很想让阿婆碾石臼看看，但不能说出口来，就转问别的：

"从这里到那古井不出七八里吧？"

"呃，听说有六七里，您是去温泉疗养……"

"如果人不多，想逗留几天，就看心情了。"

"不多。战争开始以来，去的人一个也没有，简直就像关门大吉了。"

"情况不一般啊！那么，怕是不能留宿了。"

"不不，只要提出来，随时都能留宿。"

"旅馆只有一家？"

1　芦雪：长泽芦雪（1755—1799），江户中期画家，擅画"山妖图"。

2　别会能：每年举行一次或两次的临时能乐剧演出会。

“呃，打听志保田马上就知道的。村里的财主，是开温泉疗养所还是开养老院倒是不清楚。”

“所以没有客人也不在乎。”

“您是第一次？”

“不，很久以前去过一次。”

交谈停了一会儿。我打开本子，开始悄悄画刚才那只公鸡。这时，沉静下来的耳底听得叮铃叮铃的马铃声。声音自然而然打着拍子在脑袋里谱出一种调子，感觉上就像在睏倦当中被旁边的石臼声带入梦乡。我不再画鸡，在同一纸页的边角写道：

春风惟然[1]耳　阵阵马铃声

上山后碰上了五六匹马。碰上的五六匹马全都围着肚兜摇着铃铛，不像是这个世上的马。

不久，哼哼呀呀的马夫歌声惊醒“春深空山一路梦”。感伤之中带有欢快的余韵——无论怎么想都是画上的声音。这回打斜写了一行：

铃鹿[2]马夫谣　悠悠春雨中

1　惟然：广濑惟然（？—1711），松尾芭蕉的门生，芭蕉死后曾将芭蕉俳句配曲吟唱。

2　铃鹿：铃鹿山，位于三重县铃鹿郡与滋贺县甲贺郡之间。

写罢，发觉这不是自己的俳句[1]。

“又有谁来了。”老婆婆自言自语地说。

因为只此一条春路，来往的人都近在身旁。在这老婆婆心中，刚才碰上的五六匹铃声叮叮的马也全都属于“又有谁来了”——如此下山而去或如此爬上山来。寂寞路贯古今春，厌花则无立足地——在这样小山村里，想必阿婆从许多年前就开始数这叮铃声，一直数到今日白头。

我往下一页写道：

暮春马夫谣　白发正苍苍

这也不能道尽自己的感觉，多少还有推敲的余地，我盯着铅笔尖心想。好像应该加上白发字眼，加上古来曲调之句，加上马夫谣标题，再加上春之季语，如此这般凑出十七字[2]——正这么斟酌之间，现实中的马夫停在店前大声喊道：

“噢，你好啊！”

“哎哟原来是阿源，又要进城？”

“有什么想买的，只管吩咐！”

“对了，经过锻冶町时，请给我女儿讨一张灵严寺护身符。”

“好，讨来就是。一张？阿秋嫁到好地方，福气！是吧？伯母。”

“眼下有幸过得去，这能说是福气吗？”

1　日本俳人正冈子规《寒山落木》有此俳句。

2　十七字：日本俳句形式为五、七、五，共十七字（音）。

“当然是福气，还用说！和那古井家的小姐比比看。”

“真够可怜的啊，长得那么漂亮！近来多少好些了？”

“哪里，一个样！”

“伤脑筋啊！”老婆婆长叹一声。

“伤脑筋哟！”阿源摸着马鼻说。

枝繁叶茂的山樱，无论叶还是花，都湿漉漉吸足了从深空中径直落下的雨滴。但此时被阵风劫掠了阵脚，再也稳不住了，从暂居之处哗啦啦滑落下来。马吃了一惊，上下抖动长长的鬃毛。

“混账！”厉声训斥的阿源的语声连同叮铃叮铃声打破我的冥想。

阿婆说：“阿源，我么，小姐出嫁时的样子还在眼前一晃一晃的，长袖和服下摆的花纹，高岛田发髻，骑着马……”

“不错，不是坐船，是骑马。也是在这里歇一下才走的，伯母。”

“对了，小姐的马站在那棵樱树下的时候，樱花扑簌簌落了下来，好不容易梳起来的高岛田发髻有了斑点。”

我又打开写生簿。这一景色能入画，也能入诗。我的心间浮现出新娘的形象，想象她当时的样子，得意扬扬地写道：

但见樱花路　好马配新娘

奇怪的是，衣裳、发式、马、樱花无不历历在目，唯独新娘脸庞怎么也想不出来。那张脸、这张脸——如此久久冥思苦索之间，米莱斯画的奥菲莉亚[1]面影倏然闪现出来，不偏不倚嵌在高岛田发髻下面了。这可不成！好歹想出的构图当即支离破碎。衣裳也好发式也好马也好樱花也好，全都一瞬间同我心中的道具彻底分离，只有奥菲莉亚合掌在水上漂流的姿影依稀留在心底。就像用棕榈扫帚驱烟，久久挥之不去，让我无端地想起夜空中曳出长尾的彗星。

“那么，谢谢了！”阿源寒暄道。

“回来时再到这儿来。雨下得不巧，羊肠小道怕不好走的。”

“是啊，会有些吃力。”阿源开始迈步，阿源的马也迈步前行，叮铃叮铃。

“那人是那古井的？”

“嗯，那古井的源兵卫。”

“就是他让那里的新娘骑在马上翻山越岭？”

“志保田家的小姐嫁去城里时，他让小姐骑着青马，他牵着缰绳经过这里来着。时间过得真快，到今年已经五年过去了。”

只在对着镜子的时候抱怨自己头白的，属于幸运之人。屈指算来得知“五年流光转轮疾”之趣的阿婆，作为人莫如说近乎仙人。

我这样应道：

“想必够漂亮的。来看一眼就好了。”

“哈哈哈马上就能看到的。去泡温泉，肯定出来寒暄。”

“噢，眼下在娘家？但愿还是身穿下摆带有花纹的长袖和服梳着高岛田发髻……”

---

1 米莱斯画的奥菲莉亚：米莱斯（John Everett Millais，1829—1896），英国画家，《奥菲莉亚》（《哈姆雷特》中的女主人公）为其代表作。

“如果相求，会穿给您看的。”

我想不至于。但老婆婆的神情意外认真。非人情之旅要有这个才有趣。阿婆说：

“小姐长得和长良少女很像。”

“五官？”

“不，身段。”

“哦，那长良少女是什么人呢？”

“以前这村里有个叫长良的少女，有钱人家的漂亮姑娘。”

“噢。”

“不料有两个男人同时看上了她，跟你说。”

“原来是这样。”

“是跟这个男人呢？还是跟那个男人呢？姑娘从早到晚愁得不行。结果哪个都不好跟，最后吟完两句诗投河自尽了：秋来雄花闪露珠，我身我情亦如露。”

真没想到，来到这样的山村会从这样的阿婆口中听得这么古雅的语句。

“从这儿往东走一里多下坡路，路旁有座五轮塔。顺路看看长良少女塔也好。”

我暗下决心，一定去看看。阿婆继续下文：

“那古井家的小姐也在两个男人身上出了麻烦。一个是小姐去京都上学时遇上的，一个是这城里数一数二的大财主。”

“唔，小姐跟哪个来着？”

“小姐本人横竖非跟京都那位不可，但那里边怕也有种种样样的情由，双亲大人硬是定在这边……”

“所幸结局不是投河。”

“不过，毕竟对方也是看中她的美貌娶她的，所以也许很疼爱来着，但本来就是被迫出嫁的，总好像不大合得来，亲戚们也好像很担心。正当这时候，因战争的关系，夫君工作的银行倒闭了。不久小姐又回到那古井的娘家。人们说法很多，什么小姐不讲人情啦、心狠啦。原本是非常内向温柔的，可这阵子脾气变得很糟，让人放心不下——源兵卫每次来都这么说。”如果再往下打听，好歹形成的计划就要泡汤。感觉上就像终于快成仙人之时有人催促快还羽衣[1]。一路七拐八拐好不容易来到这里，这就被一把拉回俗界，翩然离家的意义就没有了。闲话若超出一定程度，浮世味儿势必沁入汗毛孔，污垢致使身体变重。

“阿婆，去那古井是一条路吧？”我把十钱银币嗵一声扔在帆布凳上，站起身来。

“从长良五轮塔右拐，还有一里多一点点。这是近路。路是不好走，但对年轻人应该还是这条路好。……给这么多茶钱……路上小心！”

三

昨晚心情很是奇妙。

1　羽衣：以谣曲《羽衣》作比。渔夫白龙在三保松原发现一件羽衣，随即天女现身求他还回羽衣，而后舞蹈升天以示感谢。

到旅馆是晚间八点左右。房子结构、庭院布局自不用说，甚至东西区别都稀里糊涂。总好像在回廊那样的地方不断转来转去，最后被领进六张榻榻米大小的小客厅。和上次来时截然不同。吃罢晚饭，泡完温泉，回房间正喝茶时，小女佣来问可不可以铺被褥。

不可思议的是，刚到旅馆时的接待也好、晚饭的服侍也好、泡温泉的向导也好、帮忙铺被褥也好，全都由这小女佣一手包办。她很少开口，而又不土气，规规矩矩系一条红衣带。点燃一只古雅的小灯笼，领着我在既不像走廊又不像楼梯那样的地方一个劲儿转来转去。或者系同样的衣带以同样的油灯领着我在既不像走廊又不像楼梯那样的地方一次又一次上上下下，这才把我领到温泉浴池——这种时候，连我自己都觉得像是在画布上来回走个不停。

端饭来的时候，对我说近来没有客人，别的房间没有打扫，让我在平时用的房间忍耐一下。铺被褥时说请慢慢休息——这倒像句人话——说完离开。她的脚步声沿着那条拐来拐去的走廊渐渐往下远离之后，岑寂随之而来，没有人的声息。这让我有些忐忑不安。

有生以来同样的体验只有一次。过去曾从馆山经房州一路急行，又从上总沿海滩走到铫子。那时候某日傍晚在某处投宿——只能说是某处。如今地名旅馆名都已忘个精光。不说别的，在没在旅馆投宿都是个问题。高大的房子里只有两个女人。我问能不能投宿，年纪大的说可以，年轻的说这边请。尾随当中，经过好几间凄凄凉凉的大房间，最后跟她走到尽头处的二楼。迈上三阶正要从走廊进入房间时，朝檐板倾斜的一丛修竹迎着晚风轻抚我的肩头和脑袋，让我心里一惊。檐板开始腐朽了。我说来年竹笋可能穿过檐板，客厅里长满竹子。年轻女子一声不响，笑嘻嘻走了出去。

那个晚间，那丛竹子在枕边姿影婆娑，无法入睡。打开纸拉门一看，院子里整个一片草场，夏夜月光，朗朗生辉。放眼看去，树篱院墙踪影皆无，直接连向满是青草的大山。草山的另一侧就是大海，涛声隆隆，惊世骇俗。以致我到天亮也没合眼，在莫名其妙的蚊帐里苦苦忍耐，心想这简直是草双纸[1]发生的事。

后来也这里那里去了好多地方，但这种心情的产生，在今晚投宿那古井之前从未有过。

我仰脸躺着，偶然睁眼一看，楣窗那里挂有朱红色画框字幅。即使躺着也分明读得出：竹影扫阶尘不动。落款“大徹”也不会有误。在书法方面我虽然毫无鉴赏眼光，但一向热爱黄檗[2]高泉和尚[3]的笔致。对隐元[4]、即非[5]和木庵[6]也觉得各有情韵。高泉的字最为苍劲工稳。现在看这七个字，从笔法到运腕，无论如何都出自高泉之手。不过，既然实际落款“大徹”，那么理应另有其人。说不定黄檗真有“大徹”这个和尚。话虽这么说，纸色非常之新，只能认为是当今之物。

往旁边看去，壁龛挂的若冲[7]《仙鹤图》闪入眼帘。出于职业特性，一进房间我就已认定此乃逸品。若冲的画，虽然大多设色精巧，但这仙鹤则无所忌惮一挥而就。单腿直立，卓然不群，卵形胴体轻居

---

1 草双纸：江户时期供妇幼阅读的小册子，内容多是男情女爱和鬼怪故事。

2 黄檗：日本禅宗三派之一。明代黄檗山万福诗隐元 1654 年赴日传入。

3 高泉和尚：高泉性潡（1633—1695），黄檗高僧，1661 年赴日，振兴宇治万福寺。

4 隐元：隐元隆琦（1594—1673），黄檗高僧，建宇治万福寺。

5 即非：即非如一（1616—1671）明代黄檗高僧，1657 年应隐元之邀赴日。

6 木庵：木庵性瑫（1611—1684），隐元弟子。与隐元、即非合称“黄檗三笔”。

7 若冲：伊藤若冲（1716—1800），江户中期画家，号斗米庵，擅画动植物。

其上，形态甚合吾意。飘逸之趣甚至直贯长嘴。壁龛省略两块高低搁板，与普通壁橱连在一起。壁橱里有什么则无从得知。

很快酣然入睡，做了个梦。梦见长良少女身穿长袖和服，骑着青马翻过山梁。突然，那个男人和这个男人一跃而出，左右拽她。女子当即变成奥菲莉亚爬上柳树，跳入河中。一边随波逐流一边以悠扬的声音歌唱。我想救她，遂拿长竿追去向岛。女子毫无痛苦表情，边笑边唱顺流而下，不知流往何处。我扛着长竿，喂——喂——喊个不停。

于此睁眼醒来，腋下出了汗。心想居然做了个雅俗混淆的梦。往昔宋代大慧禅师[1]其人，悟道后没有任何事不知意，唯独梦中有俗念冒出，为此苦闷了很长时间。理所当然。以文艺为生命的人倘不多少做做美梦，那是难成气候的。而这样的梦自是几乎成不了画成不了诗——如此想着一翻身，月光不知何时照在纸拉门上，两三树枝，疏影横斜。月华如水的春夜。

或许神经过敏，觉得有谁小声歌唱。莫非梦里的歌跑到现实世界上来了？抑或现实世界的声音活活混进遥远的梦乡了呢？我竖起耳朵细听。的确有谁歌唱。声音诚然又细又小，但在这昏昏欲睡的春夜持续保持着微弱的律动。奇异的是，调子倒也罢了，而歌词——不是在枕边唱的，歌词不可能听清——本应听不清的歌词也听得一清二楚：秋来雄花闪露珠，我身我情亦如露——长良少女的歌声如此周而复始。

1　大慧禅师：痴兀大慧（1089—1163），南宋禅僧，弟子慧然集其语录，是为六卷本《正法眼藏》。

起初似乎近在檐廊的声音，渐渐变细远去。对于突然中止的东西固有突然之感，但惋惜之情不多。听得戛然而止声音之人的心里，自有戛然而止的感触发生。而对于没有断句而自然变细于不觉之间消失的现象，我的担忧也分分秒秒变得愈发细微。一如将死未死的病夫，又如将熄未熄的灯火，那危危乎即将消失而让我心烦意乱的歌声，其深处自有将天下春怨一网打尽的旋律。

本来我一直在被窝里忍着倾听，而随着所听声音逐渐远去，尽管明知自己的耳朵已然中计，但还是想追赶那声音。声音越是变细，我越恨不得一跃而起，哪怕整个人变成耳朵。不管怎么焦躁耳朵也似无声音传来那一瞬间到来之前，我实在忍无可忍，不由自主地钻出被窝，一把打开拉门。旋即，自膝盖往下有月光斜射下来。睡衣上也有树影摇曳不止。

打开拉门时没有觉察出来。那声音呢？顺着耳朵朝向看去，原来在那边。一个人影背靠海棠树干——若是开花树——刻意避开月光,显得朦朦胧胧。就连是那个这一认知也还没有真切掠过心间之时，黑乎乎的人影踩着斑驳的花荫向右拐去。与我这房间相连的一座房子拐角，当即遮掩了轻快移动的高挑女子的身姿。

我身穿旅馆的睡衣，手抓拉门茫然注视有顷。而后回过神来，得知山村的春天是相当冷的。不管怎样都得返回自己爬出的被窝。从扎口枕头底下拿出怀表一看，一点十多分了。重新塞回枕头底下后我想起来了,那不可能是妖怪。若非妖怪即是人。若是人即是女人。或是这家的小姐也未可知。但作为出嫁回来的小姐，深更半夜走到和山坡相连的院子，多少有失稳重。无论如何也睡不着。就连枕头下面的怀表都咔嚓咔嚓响个没完。迄今从未觉察怀表的动静，唯独今夜就像催我快想快想、就像劝我别睡别睡似的絮絮叨叨。混账！

可怕之物如果视为可怕之物的本来面目，那即是诗。非常之事如果抛开自己而仅仅认为非常，那即是画。失恋成为艺术题目也是同一道理。忘却失恋的痛苦，而将其温柔之处、赖以同情之处、含忧带愁之处、进一步说来，将失恋痛苦本身漫溢之处纯客观地在眼前推想出来，就会成为文学和美术的素材。有人制造世间根本没有的失恋，自己强迫自己苦闷不堪，又从中奢求快乐。常人斥为愚蠢，谓之歇斯底里。然而主动描绘不幸的轮廓而执意于中坐卧，在获得艺术立足之地这点上，同自行刻画乌有山水为壶中天地喜不自胜相比，必须说二者毫无二致。就此而言，世间不知有多少艺术家作为艺术家（作为常人另当别论）比常人还要愚蠢，还要歇斯底里。穿草鞋旅行之间我们从早到晚苦啊苦啊怨天怨地，而在向别人介绍自己曾到此一游之时，却丝毫没有怨天怨地的样子。趣事快事自不消说，甚至对往日的抱怨也扬扬得意地喋喋不休，一副踌躇满志的神气。这绝非出于自欺欺人的心机。因为旅行期间是常人心情，讲述曾游之时已是诗人姿态，所以产生这样的矛盾。如此看来，从四角形世界中磨去被称为常识的一角而住进三角世界之人，不妨称之为艺术家。

因此，天然也好人事也罢，大凡俗人畏畏缩缩不敢靠近的地方，艺术家都会从中发现无数琳琅，探知天上宝璐[1]。通常取个名字叫美

1 宝璐：美玉。琳琅亦然。

化。其实并非什么美化。灿烂的光彩自古以来即赫然存在于现象世界。只因在一翳眼空花乱坠[1]，唯其俗累羁绊牢牢难断，但为荣辱得失相逼而念念急切，故而透纳[2]直到画火车才解火车之美，应举[3]在画幽灵之前，不知幽灵之美而虚度时光。

我刚才目睹的人影也不例外。若仅仅视为一时的现象，则无论谁看、无论谁听都诗趣盎然。孤村温泉，春宵花影，月前低吟，暗夜丽姿……无一不是艺术家的好题目。尽管这好题目近在咫尺，而我却徒然思来想去，枉费心机刨根问底以致这难得的雅境泛起是非风波，求之不得的风流毁于惊悚的践踏。如此这般，"非人情"也不具有标榜的价值。倘不进一步修行，便没有向人吹嘘自己又是诗人又是画家的资格。据说往昔意大利画家萨尔瓦托·罗萨[4]一门心思研究毛贼而冒着生命危险深入山贼团伙。而我既然翩然怀揣画簿离家旅行，那么也要有这个程度的决心才不蒙羞。

若说这种时候如何回归诗性立场，其实只要把自己的感觉、把那物象置于眼前，再从感觉后退一步自然而然放松下来，留出以他人眼光予以审视的余地即可。诗人有义务自己解剖自己的尸骸并将病情通告天下。手段固然多多，但最方便最好的，是统统随手凑成十七个字。作为形体，十七字再轻便不过。洗脸时也好、如厕时也好、乘电车时也好都能手到擒来。这意味着，诗人很容易当成。成为诗

1　在一翳眼空花乱坠：语出《传灯录》，大意为囿于烦恼不得开悟。
2　透纳：Joseph William Turner（1775—1851），英国画家，尤工风景画。
3　应举：圆山应举（1733—1795），江户后期画家。所画幽灵图藏于京都王藏院。
4　萨尔瓦托·罗萨：Salvator Rosa（1615—1673），意大利画家。亦是歌手、诗人、制版师，擅长描绘激情场景。

人是一种悟，故而轻而易举，但无须轻蔑。私意以为，因为越是轻而易举越能成为功德，所以反而值得尊重。假定生气。生气之处即可马上弄成十七个字。而弄成十七个字时，自己的气恼即已变成他人。生气、作俳句，这不是一个人能同时进行的。假定流泪，将泪弄成十七个字。于是立马高兴起来。将泪归纳成十七个字时，痛苦的泪就离开自己，留给自己的只有我还能哭这一欣喜。

此乃我平生一贯的主张。今夜也要把这个主张实行一次，为此在被窝里就刚才的事件如此这般鼓捣俳句。鼓捣出来倘不写下，难免散乱不见，于是打开写生簿置于枕边。这种事马虎不得。

“歇斯底里啊，摇动海棠露。”

当即写下这两句。读之，尽管意思不大，却也不至于令人惧怵。接着写的是：“花影美人影，两影两朦胧。”季语重叠[1]。不过无所谓。释然悠然可也。再往下，“朦胧月下女，正一位[2]变来。”不成，乱套了，自觉好笑。

无所谓！我兴致上来，把鼓捣出的俳句一一记下：

捅落春星了？ 夜半的头簪。

弄湿云絮了？ 春宵洗秀发。

春日丽人影，今宵的歌声。

月夜徘徊啊，海棠的精灵。

1 季语重叠：一首俳句不能含有两个及两个以上季语（表示季节之语）。而这里的“花”和“朦胧”俱为春之季语。

2 正一位：“稻荷大明神”，狐仙。此处作“狐狸”意。

时远时近啊，歌动月下春。

断然远去啊，留春春不住。

如此尝试之间，不觉睡意上来。

所谓“恍惚”，我想正是这种场合用的形容词。酣睡当中，许多人都认不得自己；苏醒之时，谁都不会忘记外界。两域之间隔着一缕幻境。若说醒来，则过于朦胧；若说睡着，则略有生气。这一状态犹如将起卧二界装入同一瓶内，只管用诗歌彩笔搅来搅去。将自然之色融于梦境之前，让本真宇宙进入迷雾之乡。借睡魔的妖腕打磨所有实相的棱角。同时以迟缓的脉搏将打磨圆滑的乾坤和我等连在一起。一如烟气欲飞离地面而飞离不得，我们的灵魂欲脱离我们的躯壳却又不忍。想抽身而去却又逡巡不已，逡巡之间却又想抽身而去。最后，我们很难罔顾道德而保有灵魂这一个体，氤氲之气不离不弃地纠缠四肢五体，导致依依恋恋的心境。

正当我在似醒非醒的境界中如此逍遥之时，入口的纸拉门轻轻开了，门开处倏然闪出如梦如幻的女人身影。我一不惊二不恐，只管欣然观望。说观望有些言重——女子幻影不由分说地滑进我闭合的眼帘。幻影晃晃悠悠进入房间，如仙女凌波一般，榻榻米上全然没有仿佛有人走动的声响。毕竟是从闭合的眼中注视人世，看不真切，但看得出女子玉颈细长，肤色白皙，秀发浓密。感觉就像对着灯影看近来流行的晕映照片。

幻影在壁橱前停住。橱门开了，白嫩的臂腕滑出衣袖在黑暗中时隐时现。橱门重新关上。榻榻米波浪自然渡回幻影。入口的纸拉门自动闭合。我的睡意逐渐变浓。人死后投生为牛马途中，料想就是这种状态。

在人与马之间睡到什么时候我不知晓。耳畔那嘻嘻嘻女子的笑声，当即使我睁眼醒来。一看，夜幕早已撤去，天底下整个大放光明。明媚的春日阳光把圆窗的竹格子照成了一道道黑影——由此看来，人世间似乎并不存在所谓怪物的藏身余地。神秘谅已返回十万亿土[1]，渡到三途川[2]的对岸。

我仍一身睡衣下到澡堂，偶尔在浴池中把脸浮出五分左右。不想洗，也没心思出去。不说别的，昨晚怎么会产生那样的心情呢？天地居然昼夜颠倒，妙！

懒得擦身子。差不多到时候了，就湿着爬上来。从内侧打开澡堂门时，又吃了一惊。

“早上好！昨晚睡得可好？”

这句话几乎与开门同时。始料未及——甚至没以为有人——的劈头寒暄，使得我甚至来不及回应。

“请，请穿上！”

对方马上绕到后面，把软绵绵的衣服披在我的后背。我好歹说了声“谢谢”而转身那一瞬间，女子退了两三步。

自古以来小说家就无一不对主人公的容貌极尽描写之能事。倘以古今中外的语言列举品评佳人的例句，其数量或许可与《大藏经》一争高下。如果让我从那令人生畏的海量形容词中拾用恰如其分的

1　十万亿土：佛教用语。从人世至净土之间佛的总数。转指极乐净土。
2　三途川：冥河。佛教认为人死后归西要过的河。

字眼描述和我隔两三步扭着身子斜着眼睛欣欣然打量我惊愕不已的狼狈相的女子，不知需要多少数量。有生以来至今三十余年，迄未见过如此表情。依美术家之说，希腊雕刻的理想，可归结为端肃二字。在我看来，端肃乃是人之活力欲动而未动的姿势。动起来如何变化？风云还是雷霆——余韵缥缈于如此莫衷一是之间，故而可将含蓄之趣传于百世之后。世上几多尊敬几多威严，无不潜伏于这无限可能性的内面。动则现，现则非一即二，非二即三。一也好二也好三也好，必然都是特殊才能。然而一旦成为一、成为二、成为三，则势必尽情展示拖泥带水之陋，而无法回归本来圆满之相。是以大凡名之为动者必然鄙俗。无论运庆[1]的仁王还是北斋[2]的漫画，都因这动字而一败涂地。动还是静？此乃决定我等画家命运的重大问题。事关美人形容，古来也大体不出这两大范畴，非此即彼。

可是，看这女子表情，我很难做出非此即彼的判断。嘴巴闭成一字，安安静静。眼睛也只能觅出五分间隙。脸形为上窄下宽的瓜子脸，两颊丰盈优雅，额头则相反，狭窄局促，带有所谓富士额[3]的俗气。不仅如此，眉毛从两侧相逼，中间如点有几滴薄荷油[4]，频频抽动，显得焦虑不安。唯独鼻子既不轻薄而尖锐，又不迟钝而浑圆。画出来想必好看。如此这般，各自为政的道具都有一个毛病，乱七八糟吵吵嚷嚷扑入我的双眼，我困惑也情有可原。

---

1 运庆：生卒年不详，镰仓时期代表性佛教艺术家，有佛像名作存世。

2 北斋：葛饰北斋（1760—1849），江户浮世绘画师。代表作有《北斋漫画》《富岳三十六景》。

3 富士额：富士山形状的额头。

4 点有几滴薄荷油：形容显得甚为神经质的眉间。

本来平静的大地一角有了缺陷，整体不由得动了起来。我知晓动有违本性，力图使之恢复往昔姿态。却受制于失去平衡的态势而不得已动来动去——当下这因了自暴自弃而就差没说偏偏动给你看的状态——假如有此状态——正好用来形容这个女子。

因此之故，轻蔑之中似有求助于人的表现，瞧不起人的神情后面隐约闪出深思熟虑的辨别。倘任才负气，上百男子亦全然不在话下——如此气势之下不由自主地涌出体恤的柔情。表情无论如何都有欠谐调，仿佛醒悟与迷惘同居一室而又争吵不已。这个女子面庞的不协调之感，证明其心的不协调。心的不协调，想必是因为此女处境的不协调。受困于不幸而又想战胜不幸，便是这样一副面庞。无疑是个不幸福的女子。

“谢谢！”我点了下头，一再致谢。

“呵呵呵呵，房间已经收拾好了，请过去看看。一会儿见！”

话刚一出口就扭一下腰，轻盈地顺走廊跑去。头上梳着银杏叶式发型，后颈闪出白色衣领，衣带的黑缎子想必只限单面。

四

怔怔返回房间，果然打扫得干干净净。到底有些放心不下，出于慎重，打开壁橱查看。下面有个不大的木箱，上面搭着一半友禅宽幅腰带，不妨解释为有人来取衣服什么的又匆忙离开。宽幅衣带的上半端掩在花花绿绿的衣服里看不见端头。木箱另一侧塞了几本书。最上面是白隐和尚[1]的《远良天釜》[2]和一卷《伊势物语》。昨晚的梦境或许实有其事。

漫不经心地往榻榻米坐垫上一坐，唐木[3]矮脚桌上那本写生簿已小心打开，铅笔夹在中间。我拿了起来——梦中随手写的俳句早上看起来会是怎样的呢？

“歇斯底里啊，摇动海棠露”的下面，不知谁写道“清晨乌鸦啊，摇动海棠露”。因是铅笔，字体难以确定。不过作为女人，未免过硬；作为男人，有些偏软。哦，又是一惊。往下看去，“花影美人影，两影两朦胧”下面补充道：“花影女人影，影影复影影”。“朦胧月下女，正一位变来”之下写的是：“御曹子[4]之女，朦胧月变来”。我歪头沉思：意在模仿？存心修改？风流交往？傻瓜？被当作傻瓜？

既然说是一会儿见，那么很可能一会儿开饭时出来。来了，情况就多少清楚了。几点了呢？不时看一眼表。十一点已过。真能睡啊！这样，还是只用午饭应付一顿对胃有好处。

打开右侧纸拉门观望。昨晚的遗痕在哪里呢？以为是海棠的倒真是海棠，但院子比想的还要窄。青苔满满覆盖着五六块踏脚石，光脚踩上去，感觉想必舒坦。左边和山相连的悬崖有一株红松从岩缝里打斜伸在院子上方。海棠后头有一小片灌木，再往后，高大的竹丛把十丈苍翠展示在春天的阳光下。右侧被房顶挡住看不见。以

1 白隐和尚：白隐慧鹤（1685—1768），江户时期高僧，有临济宗中兴祖师之誉。

2 《远良天釜》：一般写作“远罗天釜”。收有白隐书简六通。

3 唐木：经中国（唐）进口的黑檀、紫檀等热带木料。

4 御曹子：意为深居简出的贵公子。一般用为日本平安末期名将源义经的别名。

地势推测，肯定缓缓向下通向澡堂那边。

山尽处是丘陵，丘陵尽处是三百多米宽的平地，平地尽处则潜入海底，往前伸展一百多里再度高高隆起，是为方圆四五十里的摩耶岛。此即那古井的地势。温泉旅馆从山岗底端尽最大限度伸向悬崖，将半边悬崖景致圈进院中。因此，就算前面是二楼，后面也是平房。把脚从房檐伸出一晃悠，脚后跟马上就能碰上青苔。怪不得昨晚一个劲儿上楼下楼，心想房子结构真是奇怪。

接着打开左侧窗扇。岩石自然凹出约有两张榻榻米大小的洼坑里不知何时积满了水，山樱的枝影静静浸在水中。两三株毛竹给岩角涂上了色彩。再往前有仿佛枸杞的树篱。篱外山路时而传来从海滩爬往山岗的人们的说话声。道路对面是长拖拖的南下斜坡，上面长着橘子树。山谷尽头处又有高大的竹丛闪着白光。竹叶从远处看去闪白光，这还是第一次得知。从竹丛往上是山，山上有很多松树，从红松树干间可以清楚看见五六阶石阶，想必有座寺院。

打开入口隔扇走到檐廊。栏杆弯成方形，在方位上应是可以看见海的地方，隔着中院有一间正面为二楼的屋子。若凭依栏杆，我住的房间也是同样高度的二楼,这点引起我的兴致。因浴池位于地下，所以从入浴地方算起，我是在三楼起卧。

房子相当宽敞。对面二楼一间、顺着我这间的栏杆右拐有一间，此外所有可能称为客厅的房间——起居室和厨房不晓得——基本上关门闭户。大概除了我几乎没有客人。关闭的房间白天也不打开木板套窗。而一旦打开，夜间也好像不关。看这情形，就连正大门关不关都不知道。对于“非人情”之旅实在是再好不过的强势场所。

时针即将指向十二点，但全然没有让人吃饭的意思。想到诗中有“空山不见人”之句，哪怕节省一顿也无遗憾。作画嫌麻烦，作俳句也已进入俳句三昧之境，“作”乃俗事。看书吧，又懒得解开和三脚架捆在一起的两三本书。这么着，在檐廊里让和煦的春日阳光晒着脊梁骨与花影共眠，实乃天下至乐。有所思即堕外道，有所动即有危险。如果可能，甚至不想从鼻孔呼吸。但愿像从榻榻米上长出的植物那样两三个星期一动不动。

不久，走廊响起脚步声，有人从楼梯上来。听得渐渐临近，似乎是两个人。一人在房间前止步，一人不声不响地折回原处。隔扇开了。本以为是今天早上那个人，不料仍是昨晚的小女佣。不免觉得有些失落。

“饭晚了！”对方放下食盘，一句也没解释何以晚了。烤鱼上点缀着青菜叶。掀开碗盖，幼蕨里面沉有两条染成红白色的对虾。啊，好颜色！我定定注视碗中。

“不中意？”女佣问。

“哪里！这就吃。”说是这就吃，但吃了觉得可惜。曾在一本书读得一则趣闻：透纳在某日晚餐席间，一边盯视盘子里的色拉，一边对邻座说颜色好爽，正是我用的颜色！此刻我恨不得让透纳看看这对虾和幼蕨的色调。说到底，西洋食物根本就没有颜色好看的。有也不外乎色拉和红萝卜罢了。从营养这点来说自是不懂，而若以画家眼光观之，则是颇不发达的菜肴。这方面看看日本的食谱好了，无论清汤还是拼盘抑或鱼生，全都那么漂漂亮亮。往宴会桌上一放，即使一筷也不动而看完回去，从养眼角度来说也没白来一趟。

“家中有年轻女子吧？”我边放碗边问。

“嗯。”

“什么人呢？”

“年轻的太太。”

“另有年老的太太？”

“去年去世了。”

“老爷呢？”

“有的。那是老爷的女儿。”

“那个年轻女子？”

“嗯。”

“可有客人？”

“没有。”

“只我一个？”

“嗯。”

“年轻太太每天都做什么？”

“针线活儿……”

“另外？”

“弹三弦。”

让人意外。有意思。于是又问：

“此外？”

“去寺院。”小姑娘说。

这又意外。寺院和三弦，妙。

“去上香？”

“不，去找和尚。”

“和尚学三弦什么的？”

“不。”

“那么去做什么？”

“去大彻大人那里。”

原来如此。所谓大彻，必是写这幅字的无疑。从语句推察，似乎是禅师。壁橱里的《远良天釜》，绝对是那女子读的。

“这房间平时有人住？”

“平时太太住。”

“那么说，昨晚我来之前就住这儿的？”

“嗯。”

“对她不起。那，去大彻先生那里做什么呢？”

“不知道。”

“除此以外？”

“以外什么？”

“此外还做什么？”

“此外，这个那个……”

“这个那个，哪个？”

“不知道。”

交谈就此中断。饭终于吃完了。撤食盘时，小姑娘一开入口隔扇，但见隔着中院树丛，对面二楼栏杆一个银杏叶式发髻女子手托香腮，以当世杨柳观音姿态盯视下面。和今早相反，样子甚是娴静。低着头，眸子够不到这边，那会给表情带来明显变化不成？古人说“存乎人者，莫良于眸子”[1]。的确,“人焉廋哉”？人身上没有比眼睛更活泛的道具。悄然凭依的亚字栏下，两只蝴蝶忽即忽离飞了出来。就在这时，我的房间隔扇开了。随着那一声响，女子猝然把眼睛从蝴蝶转到我这边来。视线如毒箭一般从空中穿过，不由分说地落在我的眉间。我心里一惊,只见小姑娘啪哒关合隔扇离开。之后便是悠哉游哉的春光。

我又咕噜一声歪倒。倏然浮上心头的是下面的句子：

Sadder than is the moon's lost light,

Lost ere the kindling of dawn,

To travelers journeying on,

The shutting of thy fair face from my sight.[2]

假如我苦苦思恋那银杏叶式发髻女子、即将为见她而决心万死不辞之际见得这么一瞥，并为之欣喜、为之怅惘以至荡神销魂，那么我也必定写出如此意味的诗。而且可能补充这样两句：

Might I look on thee in death,

With bliss I would yield my breath.

所幸，我已经过了普通平常的恋啦爱啦那种境地，就算想感受也感受不到那样的痛苦。不过，这一瞬间发生之事的诗趣已充分表现在这五六行之中。即使我不认为自己和银杏叶式发髻女子的关系

1　“存乎人者，莫良于眸子”：语出《孟子·离娄篇》，大意为人所拥有的东西中，再没有比眸子更好的了。下句“人焉廋哉”，哪里隐藏得了呢？廋，隐藏。

2　英国作家乔治·梅瑞狄斯（George Meredith，1828—1909）模仿《天方夜谭》创作的小说《沙格帕的修面》（*The Shaving of Shagpat: An Arabian Entertainment*）中的诗。大意为：较之黎明天光前月光的消失，对于漂泊的旅人的我，你那娇美的面影从眼前消失更让我悲伤。接下去的两行大意为：假如死了能见到你，我将无比高兴地一死了之。

没有这般要死要活，将其套用在这诗中也够有趣。或者用这诗意解释我们的身世也很开心。诗中出现的境遇一部分，由于因果的细线而在两人之间成为事实，将两人捆在了一起。若线这般纤细，因果也不会成为痛苦。何况不是一般的线，而是横贯天空的彩虹，是野外迤逦的雾絮，是露珠闪闪的蛛丝。如要切断，即刻断开。观看之间美不胜收。而观看之间此线变粗而硬如井绳可如何是好？不存在那样的危险。我是画家，对方也不同于普通女子。

忽然，隔扇开了。翻身往入口一看，作为因果对象的银杏叶式发髻女子站在门槛不动，手中托盘放着青瓷碗。

“您还在睡？昨晚想必添麻烦了，打扰了好几次。呵呵呵呵……”对方笑道。畏缩的样子、躲藏的样子、羞赧的样子当然没有。只是抢先自己一步而已。

“今早谢谢了！”我再次致谢。想来，这次已是第三次就棉袍致谢了。而且都只说谢谢了三个字。

我刚要起身，女子一屁股坐来枕边：

“算了，躺着好了！躺着也能说话的。”她爽爽快快地说。

这成了什么样子！我心里想道。姑且趴下，双手支颐，臂肘往榻榻米上支了一会儿。

“估计你会觉得无聊，就把茶端来了。”

“谢谢了！”我又重复一遍。往糕点盘里一看，足够好的羊羹摆在上面。所有糕点之中我最喜欢羊羹。倒也不是特别想吃，但那珠滑玉润、细腻丰实的肌肤被光线照得半透明的状态，无论怎么看都是一件美术品。尤其略带青色的熬炼方式，宛如美玉和蜡石的混合物，看上去委实赏心悦目。不仅如此，盛在青瓷盘上的这青色的炼羹，宛如从青瓷中刚刚诞生一般闪着温润的光泽，恨不得伸手抚摸一下。西洋糕点给人如此快感的，一个也没有。奶酪的色调固然不无柔和，但多少有些沉闷滞重。果冻一眼看去仿佛宝石，但摇摇颤颤，不具有羊羹这样的重量感。至于白砂糖和牛奶制作的五重塔，简直一塌糊涂。

“唔，漂亮漂亮！”

“源兵卫刚买回来的。这样子，您是可以吃的吧？”

估计源兵卫昨晚在城里住下了。我也没怎么回应，只顾看着羊羹。谁在哪里买的都无所谓。只要好看且觉得好看，别无他求。

“这青瓷的器形非常好，色调也无可挑剔。比之羊羹几乎毫不逊色。”

女子噗噗噗笑了，嘴角微微漾出轻蔑的涟漪。大概把我的话理解为打趣了。若真是打趣，活该遭受轻蔑。缺乏智慧的男人勉强打趣时每每这么说话。

“是中国的？”

“什么？”对方根本没把青瓷放在眼里。

“总好像是中国的。”我拿起瓷盘细看盘底。

“这种东西如果喜欢，给您看好了！”

“嗯，请一定让我看看！”

“我父亲特别喜欢古董，形形色色相当不少。我跟父亲说一下，找时间请您品茶！”

听得品茶，我有些惧怵。世上再没有比茶人更能装腔作势的了。

把广大诗界煞有介事地拉条绳搞个小圈子，极为自尊地、极为刻意地、极为小气地、毕恭毕敬地喝那泡沫而自我感觉良好的，即是所谓茶道中人。如果那般烦琐的规矩之中有什么雅趣，那么麻布的联队[1]势必给雅趣折腾得透不过气。"向右转""齐步走"那伙人统统非是茶人不可。什么商人啦艺人啦，一些全然没受过趣味教育的家伙分不清怎么做才叫风流，于是把利休[2]以后的规则机械性地囫囵吞枣，以为这大概就是风流，对真正的风流人反而不屑一顾——茶道要的便是这种把戏。

"你说的品茶，就是有那种做派的茶道吧？"

"不不，做派什么的一概没有。那是若不喜欢不喝也没关系的茶道。"

"既然那样，顺便喝喝倒也可以。"

"呵呵呵呵。父亲最喜欢请人看那些茶具。"

"不夸几句不合适的吧？"

"年纪大了，夸几句他会高兴的。"

"呃，多少夸两句好了！"

"多多益善，您委屈一下。"

"哈哈哈哈。我说，你说的话不是乡下的。"

"人是乡下的？"

"人还是乡下的好。"

---

1 麻布的联队：当时东京的麻布驻有日本陆军第一师团第三联队，乃规矩严厉的显例。

2 利休：利休千宗易（1521—1591），安土桃山时期茶人，千家流茶道的创始人。

“这让我脸上有光。”

“可你在东京住过吧？”

“嗯，住过。京都也住过。候鸟，到处住来住去。”

“这里和京城，哪个好？”

“一回事。”

“这么安静的地方，反而让人放松吧？”

“放松不放松，取决于心情。世界随着心情变。讨厌跳蚤国，搬去蚊子国也无济于事。”

“若是去跳蚤蚊子都没有的国有多好！”

“如果有那样的国，拿来这里看看！快，快拿来嘛！”女子逼上前来。

“既然你要，就拿给你好了。”我拿起那本写生簿。画一个女子骑着马看山樱——因是兴之所至随手画的，当然不成其为画，只是三笔两笔勾勒心情罢了。

“喏，请进到这里面去！跳蚤蚊子都没有。”我把画册捅到她鼻前。

不知是惊讶还是难为情，反正瞧那样子，不至于为之难受。我观察她的反应。

她扫了一眼，一口气说道：

“噢，没什么意思！那么窄小的地方，光是横宽，不是吗？喜欢那样的地方？简直是螃蟹。”

“哈哈哈哈”我笑了起来。靠近房檐鸣叫的黄莺一下子变了声调，飞到远处树枝去了。两人特意中止交谈，侧耳听了一会儿。一度失声的嗓子很难再叫。

“昨天在山上见到源兵卫了吧？”

“见了。”

“长良少女五轮塔可看了？”

“看了。”

“秋来雄花闪露珠，我身我情亦如露。”不知何故，女子随口道出歌词，一不解释二无曲调。

“歌在茶馆听了。”

“阿婆告诉的吧？她本来我家做工来着，我还没出嫁……”说到这里，打量我一眼。我佯作不知。

“那是我还年轻的时候，她每次来都把长良的故事讲给我听。只是歌词难记得很，但一遍遍听的时间里，终于原原本本背了下来。”

“怪不得知道不一般的事。不过歌是好可怜的歌啊！”

“可怜吗？若是我，才不唱那种歌呢！不说别的，投什么河呢，那有什么意思！”

“的确没什么意思。换上你，你怎么做？”

“怎么做？那还不容易！那个男的、这个男的，弄成男妾就是嘛！”

“双双？”

“不错。”

“厉害啊！”

“谈不上厉害，理所当然。”

“是的是的，这样子，什么蚊子国跳蚤国，都用不着自投罗网。”

“不像螃蟹那样憋屈也能活下去吧？”

啾——啾啾——，忘记鸣叫的黄莺，不知何时卷土重来，意外发出不合时宜的高叫。一度恢复过来,往下一路顺畅。黄莺身子反转，露出胀鼓鼓的喉节底端，把小嘴张得几乎裂开，一个劲儿鸣叫不止：

啾——啾啾——，啾——啾啾——

“那才是真正的歌。”女子告诉我。

五

“恕我冒昧，您到底是东京的吧？”

“看上去是东京？”

“看上去？一眼看上去……首先，听说话就知道的。”

“知道是东京哪里？”

“这个嘛，东京大得不得了啊！感觉不像是下町。山手？山手在麴町吧？哦？那么，小石川？不然就是牛込或四谷。”

“也罢，差也差不多少。知道的可不少啊！”

“别看我这样，我是江户哥儿[1]呢！”

“难怪这么爽快！”

“嗳嘿嘿嘿嘿。谈不上！人嘛，到了这步田地，可就惨了哟！”

“怎么流落到这种乡下来了呢？”

“不错，如您所说，完全是流落。生活彻底没了着落……”

---

1 江户哥儿：江户っ子。江户仔，江户哥儿，东京人。东京旧称江户。

“本来是梳发店[1]老板吧？”

“不是老板，是匠人。哦？地点，地点是神田松永町。其实只是猫额头大小的脏兮兮的小街，您怕是不知道的。那里有座叫龙闲桥的桥吧？嗯？那东西也不知道？龙闲桥，很有名的桥。”

“喂，再帮我抹一点香皂可好？痛得不行。”

“痛？我么，神经质，如果不把剃刀刃朝上将一根根胡须茬都剜出来，心里就不安然。可现在的匠人呢，不是剃，而是揉摩。马上就好，再忍耐一下。”

“忍耐好一阵子了。求你了，再多抹点儿香皂！”

“忍无可忍了？不至于那么痛嘛！说到底，你的胡须实在长过头了！”

他不无遗憾地松开狠狠抓起脸颊肉的手，从板架上拿下一片薄薄的红色香皂，在水里稍蘸一下就往我脸上大致整个抹了一遍。很少被光溜溜的香皂直接抹到脸上。这且不说，蘸香皂的水是几天前打来存放的。想到这里，不由得打个寒战。

既是理发店，那么作为顾客的权利，我应对着镜子才是。然而我一开始就考虑放弃这一权利。镜子那玩意儿，若不是平整的并能平整地照出人脸来，则说不过去。倘挂的镜子不具备这一性质，而又强迫人家与之面对，那么必须说强迫的人一如蹩脚的照相师故意损害对方的长相。摧毁虚荣心在修养上或许不失为权宜之计，却也不必把在下的脸弄得低于真实价值而侮辱说这就是你的脸！此刻我

1 梳发店：江户时期为男性梳发的专门店。

不得不面面相觑的镜子从一开始就侮辱我。转看右侧，满脸都是鼻子；递上左侧，嘴巴裂到耳垂；仰面朝天，就好像从正面注视癞蛤蟆，五官被压得瘪平；约略低头，脑门儿向前探出，如同拜求福禄寿[1]的小儿。如此这般，面对镜子当中同一人必须兼任各种妖魔鬼怪。就算是我能姑且忍受所照自家容颜缺乏美术性，而若综合考虑镜子的构造、光色、剥落的银箔、通光状况等等，这玩意儿本身也奇丑无比。被小人谩骂时，谩骂本身自是觉不出痛痒，但若必须在小人面前行止坐卧，任何人都难免不快。

况且这理发师并非普普通通的理发师。从外面窥看，但见他盘腿而坐，用长烟袋不断往日英同盟国旗玩具上喷云吐雾，一副百无聊赖的神气。及至进来托其处理自家脑袋之时，不禁吃了一惊：剃头当中不知脑袋的所有权整个在对方手中，还是有一小部分留在我自己身上，——其毫不留情的处理方式，足以让我不由得产生如此怀疑。即使我的脑袋牢牢钉在自家肩头，这样子也长久不了。

而当他挥舞剃刀的时候，全然不解文明法则为何物。触及脸颊时啪啪作响，剃到鬓角则动脉怦怦有声。利刃在下巴一带闪烁之际仿佛践踏霜柱咔嗤咔嗤发出的诡异动静。而本人却以日本第一高手自居。

最后要说的是他已酩酊大醉。每次唤我都有一股怪味儿，时不时把那臭气往我鼻梁喷来。瞧这情形，不知剃刀何时如何失误朝何处飞来。既然操刀的本人都心无章法，那么把脸交给他的我如何推

1　福禄寿：七福寿之一，特征是脑袋长，大脑门儿。

测得出！毕竟脸已同意托付于他，若干轻伤本来无意抱怨。问题是万一他心血来潮削掉喉结什么的，那可如何是好！

“要抹香皂沫儿刮胡子喽！手法固然不到火候，不过您的胡子也不是一般胡子嘛！”说着，他把那光溜溜的香皂一手扔去板架，香皂违背他的命令而滚下地面。

“贵客，好像没怎么见过您，是不是最近来的？”

“刚来两三天。”

“哦，住在哪里？”

“住在志保田家。”

“唔，是那里的客人，估计是那么回事。说实话，我也是奔那位老爷子来的。在东京住的时候，我就住他附近，那么认识的。好人啊，通情达理。去年夫人死了，眼下只摆弄老物件。听说有的好像非同一般，卖了，肯定卖好大一笔钱。”

“不是有个漂亮千金吗？”

“不让人放心啊！”

“指什么？”

“什么？在贵客面前才说，嫁出去又回来了。”

“是吗？”

“那可不是‘是吗’那么简单的事啊！说起来，本来是可以不回来的。银行关门了，好日子过不成了，就回娘家来了。情理上说不过去的嘛！老爷子总那样还好，万一有什么，可就走投无路了。”

“那是的吧！”

“那还用说。和老家哥哥，也关系不好。”

“有老家？”

“老家在山岗上。请去看看好了，风景很美的地方。”

“喂，再抹一遍香皂好吗？又开始痛了。”

“动不动就痛的胡须啊！太硬的关系。您这胡须，三天不刮就不成。如果我这剃刀都让您痛，不管去哪里都受不了的。”

“往下三天刮一次好了！如果方便，天天来都行。”

“打算逗留那么久？危险，赶快算了，有害无益！给不三不四的人缠上，不知会触什么霉头！”

“何以见得？”

“那个女子，模样不差，可实际上精神错乱。”

“为什么？”

“什么为什么？村子里的人都说她是疯子。”

“那怕有什么误解吧？”

“可确有证据。算了，大意不得。”

“我无所谓。不过有什么证据？”

“说起来很滑稽的。也罢，您吸支烟，慢慢聊好了。洗头吗？”

“免了。”

“至少把头垢除掉吧？”

理发店老板把积满污垢的十个指甲不管不顾地在我头盖骨上排开，前前后后径自开始迅猛运动。每一根头发都从根部分开，巨人钉耙以疾风速度在不毛之境左冲右突。我的脑袋上生有几十万根头发自是不知，反正所有头发都从根到梢被抓挠起来，剩下的地面整整鼓起一片蚯蚓似的肿痕。这还不算，其余威穿过地表而从头骨直捣脑筋，感觉就像脑震荡一般势不可挡——他便是这样来回抓挠我的脑袋。

“怎么样，好受的吧？”

“铁腕出类拔萃。”

“哦？这一来，谁都畅快淋漓。”

“只差脑袋没掉。”

“就那么懒洋洋的？全是时令的关系。春天这个家伙啊，总是让人浑身乏力。也罢，吸支烟！一个人住在志保田家，没什么意思吧？来说说话好了！不是江户哥儿和江户哥儿之间，话是说不投机的。怎么样？还是那位小姐接待的吧？到底是个不着边际的女人，伤透脑筋。”

“那位小姐再怎么着，也不至于让人头皮横飞脑袋险些掉了！”

“那倒是。咣咣啷啷的空水桶，说话根本不靠谱……结果那个和尚血冲头顶……”

“那个和尚、哪个和尚？”

“观海寺的伙头僧……”

“伙头僧也好住持也好，和尚都还一个也没出场嘛！”

“是吗？太心急是不行的。是个长相端庄、懂得情事的和尚。跟您说，那家伙招架不住，终于写了情书。哦，且慢，找上门来着？不，情书，肯定是写情书。这么着……这一来……前后顺序总好像不大对头。唔，是的，到底是这样的。结果，那家伙吃惊不小……”

“谁吃惊了？”

“女的嘛！”

“女的收到情书吃惊了？”

“如果是能吃惊那样的女人，倒也可敬可佩，问题是根本谈不上吃惊。”

“到底谁吃惊来着？”

“求爱的那个嘛！”

“不是没有上门求爱吗？”

“噢，一着急，说错了，是接到情书之后。”

“那么说，到底是给女的喽？”

“哪里，男的。”

“男的，是那个和尚？”

“嗯，和尚。”

“和尚怎么会吃惊？”

“什么怎么？在大殿里正和师父念经，忽然蹿进一个女的……嗬嗬嗬，无论如何都神经不正常吧？”

“后来呢？”

“既然那么可爱，就在佛前来一觉好了——说着冷不防搂住泰安君的脖子。”

“哦——？”

“魂飞魄散啊，泰安。给神经错乱的人塞了情书，又受了奇耻大辱，以致那天晚上偷偷寻死去了……”

“死了？”

“想死，没法儿活了。”

“这可怎么说！”

“就是嘛！对方鬼迷心窍，死了也唤醒不过来。所以，或者还活着也不一定。”

“实在太有意思了。”

“有意思啊没意思啊——全村人整个笑倒。只有当事者本人从容淡定满不在乎——毕竟神经错乱——当然像您这样镇定自若倒也罢了。不过对象到底是不同，开玩笑开得不对头，可要倒大霉的哟！”

“小心就是。哈哈哈哈。”

夹带咸味的春风从温乎乎的海滩轻轻吹来，懒洋洋掀起理发店的半截门帘。从帘下打斜穿过的燕子身影一忽儿落进镜子。对面房子里，一个六十光景的老伯蹲在檐下闷头剥贝壳。喀嗤，小刀每捅一次就有红色贝肉躲进笊篱，贝壳则一晃儿穿过两尺多的地气落往对面。堆得如小山一般高的贝壳是牡蛎？马鹿贝？马刀贝？塌落的一小部分掉进砂河底，从浮世的表面葬入幽暗的王国。而后马上有新的贝壳堆到柳树下。老伯甚至没工夫考虑贝壳的去向，兀自把空贝壳扔到地气上方。他的笊篱似乎无底承受,他的春日仿佛无限悠长。

砂河从不足四米长的小桥下流过，将春水注入海滩那边。春水和春海碰头的那里，参差晾晒着渔网，让人怀疑是它把腥味和温煦给予穿过网眼吹往村子的和风。从中可以见到大海的颜色——看上去像要溶化钝刀似的从容不迫，此起彼伏。

这光景同理发店老板到底不相协调。假如他的人格将强烈得足以同四周风光抗衡那样的影响给予我的脑袋，那么介于二者之间的我将深有圆枘方凿之感。所幸他并非那般伟大的豪杰。哪怕再是江户哥儿、脾气再大，也比不上这浑然骀荡的天地气象。力图通过喋喋不休来打破这种状况的理发店老板，早已化为一粒尘埃飘浮在怡然自得的春光中。所谓矛盾，只有存在于在力上、在量上，或者在意气和体魄上水火不相容且程度相当的物或人之间才能表现出来。而二者的间隔极为悬殊之时，矛盾很可能渐见消泯，反而化为强大势力的一部分开始活动。是以才子作为伟人的手足活动，愚者作为才子的股肱活动，牛马作为蠢人的心腹活动。当下理发店老板正以无边春色为背景表演一种滑稽剧。本来有损春日闲适之感的他，反而刻意增添这一情韵。我不由得产生阳春三月亲近快活的弥次[1]那样的心情。这分文不值的牛皮大王乃是这充满太平气象的春日中一道最为谐调的色彩。

这么一想，觉得此人也可成为画成为诗，以致本应告辞的时候仍故意稳坐不动，东拉西扯谈天说地。这当口，一个小和尚头滑进门帘：

“对不起，给我剃一下好吗？”

小和尚身穿白布衣服，系一条同是白布的拧圆腰带，外面披着蚊帐一般粗糙的袈裟，看上去相当开朗。

“了念君，怎么样，近来东游西逛给师父训斥了吧？”

“哪里，夸奖了。”

“夸你跑腿办事路上逮到鱼了很了不起？”

“师父夸我说年纪轻轻就寻欢作乐，厉害厉害！”

“怪不得脑袋上鼓了个包。那么不三不四的脑袋，剃起来很费事

1　弥次：江户后期滑稽剧《道中膝栗毛》中的上场人物，旅途中洋相百出。

的，今天不成，下次捏弄平了再来。”

“捏弄平了就去比你这儿手艺好的理发店了。”

“哈哈哈，脑袋凹凸不平，嘴巴却横冲直撞。”

“手艺稀松平常，喝酒却无人可比，是你吧？”

“浑小子，居然说我手艺稀松平常……”

“不是我说的，师父说的。别发那么大的火，一把年纪了！”

“哼，不像话！您说呢？贵客。”

“哦？”

“说到底，和尚那东西住在高高的台阶上，无忧无虑，自然学得能说会道。就连这小和尚都满口大话！噢，脑袋放低平些，低平些！不听话割掉！知道吗？要出血的。”

“痛，别胡闹！”

“这点痛都忍受不了还能当和尚！”

“已经当上了。”

“还不够格。对了，泰安君怎么死了呢？小家伙。”

“泰安君根本没死。”

“没死？哦，应该是死了……”

“泰安君后来发奋图强，去了陆前的大梅寺，埋头修行，现已成了开悟名僧，可喜可贺！”

“什么可喜可贺？就算是和尚，也没有道理夜里逃跑吧？你嘛，要当心才是！动不动就坏事的女人……说起女人，那个狂印[1]到底找

1　狂印：きじるし。神经错乱，神经病，狂人，疯子。

你师父去了？”

“没听说哪个女人叫狂印。”

“言语不通，你这个磨酱和尚[1]！去了？还是没去？”

“狂印没来，志保田家的姑娘倒是来了。”

“光靠和尚念经，再念也好不了的。全都是原先的夫君作祟。”

“那个姑娘了不起，师父常夸她。”

“一登上那台阶，凡事都拉横车，毫无办法。老和尚说什么都不管用。疯子就是疯子。好了，剃完了，快去找老和尚挨训去！”

“肯定夸我，我要多玩儿一会儿，好让师父夸我。”

“随你的便，油嘴滑舌的浑小子！”

“咄，干屎橛[2]！”

“什么？”

青脑袋瓜早已钻出门帘，沐浴春风去了。

六

傍晚，面对矮脚桌坐着。隔扇和拉窗全都大敞四开。旅馆人不多，房子又较宽敞。曲曲弯弯的回廊，把我住的房间同那边人不多且举止文雅的空间隔了开来，由于有几曲回廊相隔，甚至声响也不至于干扰思考。今天更加安静。主人、姑娘、女佣、男仆，仿佛全都不

1　磨酱和尚："味噌擂"。在寺院厨房打杂儿的低层小和尚。谩骂和尚用语。

2　咄，干屎橛：禅语。哼，臭东西。

知何时弃我而去。弃我而去的地方，不可能是普普通通的地方，不是雾霭之国就是云霞之乡。或者在云水自然相接、舵都懒得掌的海面上漫不经心地随波漂流。漂流之间，漂到白帆与云水依稀莫辨的地方，最后白帆自己也不知如何同云水区分开来——想必退去了那般遥远的地方。若不然，就倏然消失在春光之中，以前的四大[1]此时化为眼睛看不见的灵气，即使借助显微镜之力也无法在无边无际的天地间找出任何痕迹。或者化为云雀在啼尽油菜花的黄色之后去了暮色苍茫云絮迤逦的水边亦未可知。或者化为牛虻，整整忙碌长长的一天之后尚未吸足凝于花蕊的甘露即伏身于落椿之下香甜入睡也有可能。总之寂无声息。

空落落穿过空落落院落的春风的行踪，既非对迎接之人的情义，又不是对拒绝之人的刁难。此乃自来自去的公平宇宙的意志。手托下巴的我的心也如所住房间一般空空落落，春风虽未应邀，也将无所顾忌地穿堂而去。

正因以为脚踏大地，才担忧脚下裂开。唯其知晓头戴长天，才生怕闪电在太阳穴炸响。倘不与人相争，便无立锥之地。因浮世如此相逼，故难免火宅之苦。作为住在有东西之分的乾坤，便不得不通过利害的钢丝。对于如此之人，现实爱情乃是仇敌。看得见的财富是土，握得住的名声和抢得到的名誉，一如耍小聪明的蜜蜂酿出的花蜜，看上去甘甜，却有它扔下的针刺。所谓快乐无不附着于物，故含有所有痛苦。但，诗人和画家因有所恃，因而能无限咀嚼这相

1 四大：佛教用语，指构成所有物体的地、水、火、风四大元素，亦转指人体。

对世界的精华，知晓彻骨彻髓的清趣。餐霞咽露，品紫评红，至死不悔。他们的快乐不附着于物，而是同化于物。而在同化于物之时，纵然找遍茫茫大地也找不见足以树立自我的余地。于是自在地放下泥团肉身，盛无限青岚于破笠之中。之所以擅自拈出这一境界，并非为了装神弄鬼吓唬市井铜臭竖子和刻意抬高自己。而仅仅为了陈述个中福音，引导有缘众生。如实道来即谓诗境，所谓画境也是人人具足之道。虽是屈指春秋、呻吟白头之徒，但回顾一生、依次点检所历荣辱之时，必能唤起曾泻臭骸微光、忘我拍手之兴。而若说不能，即是虚度此生之人。

但我不说唯有即一事化一物是诗人的感兴。有时化为一枚花瓣，有时化为一对蝴蝶，有时如华兹华斯[1]化为一丛水仙而让此心放纵于熏风之中。但有时候也会任凭四周风光劫掠我心，却又意识不到劫掠我心的是何物。有人说触得天地之耿气，有人说于灵台听得无弦琴，又或许有人徘徊于难知难解故而无限之域，而形容其为彷徨于缥缈之巷。无论说什么，俱是各人的自由。凭依紫檀木矮脚桌而茫然若失的我之心理状态恰恰如此。

我显然什么也不考虑，或者确实什么也不看。因为我的意识舞台没有东西以显著的色彩移动，所以不能说自己已同化于任何事物。然而我在动。没在世上动，也没在世外动。仅仅不由自主地动。不是为花动，不是因鸟动，不是对人动，只是恍惚动。

若硬要我说明，我想说自己的心和春天一起动。将所有的春色、

1　华兹华斯：William Wordsworth（1770—1850），英国十九世纪浪漫主义诗人，诗作有《喇叭水仙》。

春风、春物、春声混合在一起，使之变硬练成仙丹，溶入蓬莱灵液。以桃花源的日光将其蒸发取得的灵气，不知不觉之间渗入毛孔，心在不知不觉之间充盈饱和。一般同化需要刺激。有刺激才有愉悦。我的同化，因为不明了和什么同化，所以毫无刺激。因为没有刺激，所以有窈然无可名状的快乐。这和风吹哗然浪起、轻薄喧嚣之趣不同。它可以形容为从大陆到大陆在目不可视深不可测的海底运动着烟波浩渺的沧海，只是没有那样的活力罢了。但其中反而有幸福。伟大活力的发现，其中含有对于这活力迟早耗尽的忧虑。平常状态不伴有担心。比平常还淡的我的心之当下状态，不仅没有巨大活力是否耗尽的担忧，而且脱离之无可无不可的平常心境。所谓淡，仅仅是难以捕捉之意，不含有过弱之忧。冲融、澹荡等诗人之语切实表达了这一境界。

我想，将此境界画入画中将会如何呢？肯定不会成为普通画。我们通俗称为画的东西，不过是把眼前的人事风光作为原原本本的状态或者经我等审美眼光过滤之后移植到画绢上的而已，以为只要花看上去是花，水映入眼帘为水，人作为人物活动，画之能事即告结束。假如在这上面穿过一头地，就会将自己感觉的物象赋以自己感觉的情趣使之在画布上变得栩栩如生。这种技术家的主意，在于将某种特殊感兴寄托在自己捕得到的森罗万象之中。因此，他们心目中的物象观若非明确迸发于笔端，便不能说是作画。而我，若非将如此这般的事像如此这般看待、如此这般感受，进而将其看法和感受立于前人篱下和受古来传统支配，而且，若非显示此乃自己主张的最为正确最为美丽之物的作品，便不敢说是自家之作。

也许这两种创作家有主客深浅之别，但等到有外界明确的刺激之后才动手这点则双方不约而同。可是，现在我想画的题目并不那般分明。纵使发挥最大限度的感觉将其物色于心外，形之方圆、色之红绿自不消说，就连影之浓淡、线之粗细也难以辨析。我的感觉并非来自外界。即使来自外界，也不是确定的景物，所以无法指出原因而明示于人。有的东西只是心情。如何表现这心情使之成为画呢？不，问题是借以何种具象将这心情表现得让人心领神会。

普通画，即使没有感觉而只要有物象即可脱手。第二层次的画，物象和感觉两立并存即可。及至第三层次，存在的只有心境。作画无论如何都必须选择与心境相得益彰的对象。然而，这一对象不易出现。即使出现了也不易把握。即使把握了有时也和自然界存在之物迥异其趣。因而在普通人眼里很难得到认同。就连作画的本人也不认为自然界的局部得以再现。而觉得只要感兴之余传达几分当下的心境、赋予恍惚迷离的氛围以些许生机即大功告成。在这至难事业上，古往今来不知有没有取得卓著功勋的画家。若列举在某种程度上可以跻身于这一流派的作品，有文与可[1]的竹，有云谷[2]门下的山水。其后有大雅堂[3]的风景，有芜村[4]的人物。至于西洋画家，大多注目于具象世界，而不为神往气韵所倾心。以此种笔墨传达物外神韵者，不知果有几人。

1　文与可：文同（1018—1079），中国宋代画家，工山水，尤以竹画闻名。

2　云谷：云谷等颜（1547—1618），安土桃山时期画家，画风豪放，富于个性。

3　大雅堂：池大雅（1723—1776），江户画家，画风自成一格。

4　芜村：与谢芜村（1716—1783），江户中期俳人，作家，亦以画家知名，与池大雅并称为南画大家。

令人惋惜的是，雪舟[1]、芜村等极力绘出的一种气韵，委实过于单纯且过于缺少变化。从笔力这点言之，很难与这些大家相提并论。而此刻我想作画的心境多少有些复杂。唯其复杂，故难以将感受收纳于一枚纸页之中。我不再支颐，在桌面上抱臂思考，但还是出不来。色、形、调子出来了，问题是必须画得让自己忽然认识自己：啊，自己心原来在这里！好比为寻找生别吾子巡回六十余州而朝思暮想的某一天，在十字街头不期而遇，于迅雷不及掩耳之间心想：啊！原来在这里——非这么画不可。很难。只有出来这一势头，别人看了说什么都无所谓。即使斥责不是画也别无怨恨。假如色调的调和能够代表这一心境的一部分、线的曲直足以表现这一气势的几分、整体构图堪可传达这一风韵的若干程度，那么诉诸形的，无论是牛是马，乃至是牛也好是马也好，什么也不是的也好都不嫌弃。尽管不嫌弃，却怎么也画不出来。我把写生簿置于桌面冥思苦索——眼珠险些掉进纸页——依然一无所获。

放下铅笔思考。想要把这般抽象的兴趣画成画本身就是个错误。人差别不大，多数人身上肯定有触发与自己同样感兴趣的东西，并尝试以某种手段将这兴趣永久化。果真尝试，其手段会是什么呢？

忽然，音乐二字赫然闪入眼帘。不错，音乐是在这种时候迫于这种需要产生的自然之声。我这才意识到音乐是应该听、应该学的东西。不幸的是，对于那方面的消息我一窍不通。

其次，能否成为诗呢？我试着踏入第三层次。记得莱辛[2]那个人

1　雪舟：（1420—1506）室町时期画家，曾赴明留学三年，水墨画独辟蹊径。

2　莱辛：Gotthold Ephraim Lessing（1729—1781），德国诗人、剧作家、批评家。

似乎把以时间过程作为条件发生的事件视为诗的领域，确定了诗画各所不一这一根本定义。这样看待诗，我刚才急于表现的境界也似乎不是诗所能胜任的。我感到欣喜的心境中或许有时间，但没有理应沿着时间河流次第展开的事件。我并非由于一去二来、二消三生而感到欣喜。而一开始就为扑朔迷离而同时又能掌控的妙趣觉得乐不可支。既然能同时掌控，那么纵然译之为普通语言，也未必需要时间性安排材料。仍然只要像绘画那样空间性配置景物即可。问题是将何情何景纳入诗中来描写这廓然无依的状况。既然将其捕获在手，那么即使不遵从莱辛之说，作为诗也能成功。荷马[1]怎么样维吉尔[2]怎么样都无所谓。如果适于表现一种情调（mood），则情调即使不受时间制约、不依赖依次推进之事件的帮助，而只要单纯满足空间性绘画条件，那么也能以语言描绘出来。

议论怎么都无妨。拉奥孔[3]等等，差不多忘了，如若细查，自家想法也许变得匪夷所思。总之，画作不成就尝试作诗——我把铅笔按在写生簿上，前后摇晃身子。好半天都很想把笔的尖头部位动一动，却只是想，全然没能动。感觉就像陡然忘了朋友名字——名字都来到嗓子眼了，偏偏不肯出来，只好作罢，欲出未出的名字随即落回腹底。

搅拌葛粉汤时，最初沙沙拉拉，筷子没有触感。而忍耐一会儿，

1　荷马：Homer，古希腊（约公元前九世纪）诗人。相传是史诗《伊利亚特》《奥德赛》的作者。

2　维吉尔：Virgil（公元前70—前19），古罗马诗人，以史诗《伊尼特》闻名。

3　拉奥孔：Lāokōon，希腊神话中的特洛伊王子、阿波罗的祭司。因识破希腊人的木马攻城计而被女神雅典娜派巨蛇缠死他和他的两个儿子。

就渐渐出了黏性，搅拌起来有些费力。如果不管不顾地不停筷继续搅动，接下去就很难搅动了。结果锅里的葛粉汤无须强求便争先恐后附到筷子上。作诗正是这么回事。

无着无落的铅笔开始一点点移动，如此得势二三十分钟后，写出以下六句：

青春二三月，
愁随芳草长。
闲花落空庭，
素琴横虚堂。
蟏蛸挂不动，
篆烟绕竹梁。

重读之间，似乎句子皆可入画。早知如此，一开始就作画多好！为什么作诗比作画容易呢？作到这里，往下似可一挥而就。但我想把不能作画的情愫接着吟咏一番。左思右想，抓耳挠腮，终于得句如下：

独坐无双语，
方寸认微光。
人间徒多事，
此境孰可忘。
会得一日静，

正知百年忙。
遐怀寄何处，
缅邈白云乡。

从头到尾重读一遍，读出些许情趣。不过若写的是自己刚刚进入的佳境，那么就有些兴味索然。顺便再作一首好了！我手握铅笔，漫不经心地往入口一看，隔扇开了，那三尺宽的空间翩然闪过美丽的身影。哦?

当我转眼看门口时，倩影已有一半被隔扇遮挡住了。而且似乎在我看见之前就有了动静，此刻稍纵即逝。我不再作诗，盯视门口。

一分钟还不到，身影又从相反方向闪了出来。一个身穿宽袖和服的高挑女子悄无声息地沿着对面檐廊悄然独行。我不由得丢下铅笔，将从鼻子吸入的空气陡然屏住。

樱花时节微阴的天空正一刻刻从高处压来，暮色即降临——宽袖和服倩影轻轻走去暮色迫近的栏杆，又轻轻折回。我从客厅隔着十多米宽的中庭，目睹她在滞重的空气中怅怅地时隐时现。

女子概不出声，目不转视，走得十分安静，静得就连裙裾在檐廊里拖曳的声音也无从听得。从腰部往下有颜色陡然一闪。至于裙裾花纹染的什么图案，则远远看不清楚。只是觉得，素地与花纹相连的部位自然模糊下来，仿佛昼夜的分界线，女子原本就在分界线上走来走去。

她身穿长袖和服要在这走廊里来来回回走多少次，我自是无从知晓。就连她是从什么时候开始以这匪夷所思的打扮开始这匪夷所思的行走的，我也浑然不觉。至于其用意，更是无由得知。将如此莫名其妙的景况如此郑重、如此肃然、如此不屈不挠周而复始之人的身影在门口忽而消失忽而出现——目睹此情此景的我的感觉，委实异乎寻常。倘是诉说伤春之情，那么何以如此旁若无人？既然旁若无人，那么何以如此身着盛装？

天色向晚，春色缠绵。少顷，门外暮色沉沉，其间闪烁的光彩，莫非是衣带斑斓的金色？光鲜亮丽忽来忽往的丝织品被包拢在苍茫的暮色中，一分又一分往寂寥的彼岸、辽远的境地消隐而去。颇有满天璀璨的春星沉入黎明前深紫色穹隆深处之感。

太玄之阖[1]自行打开、即将把这华丽的姿影吸入幽冥之府[2]的时候，我产生了这样的感觉：理应背依金屏面对银烛、朗声吟咏"春宵一刻值千金"的盛装女子，既无厌烦的神色、又没有抗争的表现而从色相世界渐渐淡去。从某一点看来此乃是超自然情景。透过时刻逼近的暗影看去，女子似乎肃然淡然，不焦躁，不狼狈，以同一程度的步调于同一地方徘徊不已。假如不知晓头上降临的灾祸，可谓纯真之至；如果知晓而不认为是灾祸，委实非同一般。想必正因为黑暗的地方是其本来的居所，那一时的幻影即将被纳入原来的冥漠之中，她才以如此贤淑姿态逍遥于有无之间。而当女子身上宽袖和服的缤纷花纹彻底消失而融入不容分说的墨黑夜色之时，其本来面目自会隐约显露出来。

此外还有这样的感觉：美人一旦开始美睡，就无暇从中醒来。当

1　太玄之阖：天上的门，天门。

2　幽冥之府：大地深处的黑暗世界，冥土。

她就那样在幻觉中停止这人世的呼吸之时，在枕边守护的我们的心情应该很不好受。倘若痛苦万状地死去，没有生存意义的本人自不消说，在旁边看着的亲人也可能索性心想杀死才是慈悲。然而，甜甜入睡的幼儿有什么过错非死不可呢？假如在安睡中被领去阴曹地府，那无异于在其没有死亡心理准备之间突然终结一条宝贵生命。既然终有一死，那么最好还是让对方明白死乃在劫难逃，使其死心塌地，并为其念佛。在尚未具备应死条件之时而只有死之事实确凿无误，那么较之反复出声念阿弥陀佛祈冥福，莫如用那声音将已然踏进另一世界之人尽力召回为好。对于尚未从小睡状态转入长眠的本人来说，被召回来也许像是硬要自己连接刚刚断开的烦恼之索，为之感到痛苦。很可能心想求你发发慈悲,就别召回了,让我安睡吧！尽管如此，我们仍想召回。如果女子身影再次出现在门口，我一定招呼一声，把她从半睡半醒之中解救出来。然而当我一眼看见那身影如梦幻一般倏然闪过三尺宽的空间时，却又觉得好像开不了口。下次必定！刚刚下定决心，女子又轻快地一晃儿而过。为什么又没能说出口呢？如此思考那一刹那，女子再次通过。看那样子，女子一丝一毫也没在意这边有人窥看，没在意那个人为自己何等焦躁不堪。从一开始就没对我这样的存在有什么顾忌，既没厌烦也未心有不忍。此其时也！正这么想着，忍无可忍的云层将无法担负的雨丝悄然洒落下来。女子的身影被雨萧萧封住。

七

冷。我拎着毛巾走去下面的浴池。

在三张榻榻米大的房间脱掉衣服，往下迈四个台阶，来到八张榻榻米大小的浴池。这地方似乎石头绰绰有余，池底满满铺着花岗岩。正中间挖出大约四尺深的凹坑，放有豆腐铺里的那种浴槽。虽说是槽，但同样是用石头砌的。既然名为矿泉，那么理应含有各种成分。但因为颜色是纯透明的，进去感觉很舒服。我甚至不时把水含入口中，别无异味。据说对治病有效，但因为没打听，不知道对什么病有效。我本来就没什么毛病，脑袋里从未浮现出实用价值四个字。每次下水想起来的只是白乐天的诗句："温泉水滑洗凝脂"。每次听得温泉一词，心情必像此句表现的那般愉快。同时想道不能让人产生这种心情的温泉，作为温泉毫无价值可言。此外概无理想的温泉标准。

整个下水后，水淹到乳房。泉水从哪里涌出自是不知，反正总是漂漂亮亮地溢出槽沿。春日的石头不等干就被浸湿，暖暖的，脚踩上去，心里充满温馨和欣喜。正下的雨悄然掠过夜幕，不声不响地滋润着春天。房檐的雨滴渐渐密集，啪哒啪哒传来耳畔。蒸蒸腾腾的水汽从地板向天花板弥漫开去，稍出现空隙就赶紧钻入，再细的小孔也不放过。

秋雾隐隐生凉，云霞悠悠逶迤，炊烟青青升腾，我把无常的形体托付给万里长空。尽管有种种样样的哀愁，但至少春夜的温泉水气温柔地包拢着浴者的肌肤，让我怀疑自己是古代之人。挥之不去的水气倒也不至于浓得几乎看不见眼前物象，却也没有淡如轻纱，只要捅破一层，即可毫不费力地看见下界的人和我自己。捅破一层、捅破两层……无论捅破多少层，脸也不会从这水气中露出，温暖的彩虹从四周将我一个人笼罩起来。虽有醉酒之说，但迄未听得醉烟之语。若有，于雾当然不能用，于霞也嫌勉强。我觉得，唯独将此霭冠以春宵二字始得妥当。

我仰面头枕浴槽边缘，让这清澈泉水中的轻盈身体尽可能漂去阻力少的地方。漂呀漂呀，灵魂仿佛水母飘飘忽忽。人世若是这般感觉可就太开心了。打开分别之锁，拔除执着之栓。悉听尊便！只管在这温泉中与之彻底同化。再没有比漂流物更无生存痛苦的了。如果能把灵魂也付诸漂流物中，那比成为基督弟子还值得庆幸。不错，如此考虑起来，土佐卫门[1]是风流的，记得斯温伯恩[2]的一首什么诗写过一个女子在水底溺死的欣喜之感。以此观之，我向来为之忧心忡忡的米勒的奥菲莉亚也相当美丽。以前我不理解他何苦选择那般不快的题材，原来那到底是能入画的。浮在水面或沉入水下，抑或时沉时浮——以那自然而然的姿态尽情随波逐流的样态，必是美的无疑。这样，只要选取两岸五颜六色的花草使之与水色、随波逐流之人的脸色、服色取得优雅的平衡，笃定成为一幅画。不过，如若随波逐流之人的表情过于平和，势必近于神话或寓言。痉挛式痛楚当然要毁掉全副精神，而若纯然一张没有情欲、满不在乎的面孔，也

1　土佐卫门：成濑川土佐卫门，江户时期力士，肤白体肥，如溺水之人，后转指溺水者、淹死者。

2　斯温伯恩：Algernon Charles Swinburne（1837—1909），英国诗人、批评家，诗风热情奔放，富于韵律美。

传达不出人情。画怎样的面孔才会成功呢？米勒的奥菲莉亚也许是成功的，但其精神是否和我同在一处则可怀疑。米勒是米勒，我是我。我想以我的兴味画一下风流的土佐卫门。然而设想中的面容总好像很难浮上心来。

浴池中漂浮的我，这回作了一首土佐卫门赞歌：

下雨了会不会淋湿？
下霜了会不会发冷？
泥土里会不会黑暗？
浮起来就在波上，
沉下去即为浪底。
若是春水，当不足虑。

正当我一边口中低吟，一边漫然漂浮之间，传来某处弹三弦的声音。被人称为美术家尚且诚惶诚恐，而乐器方面的知识，其实更是少得好笑。第二弦声高也罢，第三弦声低也罢，我的耳朵从未受其影响。不过，在这寂静的春夜，甚至雨也能助兴。何况在这山村浴池中，一边任灵魂漂浮于春之温泉，一边似听非听地听远处三弦，实在觉得欣喜莫名。至于远处唱的什么、弹的什么，当然无由得知。其中总好像有某种情趣。从音色的优雅沉稳来推断，可能是京都的检校[1]所弹地方歌谣时使用的太棹[2]。

1 检校：室町时期官授予男性盲人的最高职位（职称）。
2 太棹：用于“义太夫小调”伴奏的三弦。

小时候，家门前有一家名叫万屋的酒馆，那里有个叫阿仓的姑娘。安静的春日，每天一到偏午时分，这阿仓必定练唱三弦曲。每次开始练唱，我都到院子里去。前面隔着十多坪[1]茶园，客厅东侧排列着三棵松树。松树是树围一尺多的大树。有趣的是，三棵凑在一起，树形才别有情致。每当看见这松树，虽是小孩子也觉得心旷神怡。松树下有个生锈发黑的铁灯笼立在一块不知名的红石头上，什么时候看都像是顽固不化的老脑筋阿爷端坐不动。我非常喜欢细看这灯笼。灯笼前后满是深色青苔，从中冒出来的不知名的春草以不知浮世之风的神气独放其香独享其乐。我在这草地上找出一块仅能容膝的位置一动不动地蹲着，此乃我那时的习惯。在这三棵树下盯视这石灯笼、闻这草地的清芬、同时听远处传来的阿仓的三弦曲，是我当时每天必不可少的“功课”。

阿仓想必也要送走红头巾[2]时代，将一张为生计所累的疲惫面孔暴露在账房里。不知道她和丈夫是否情投意合，不知道燕子是否年年归来，嘴上衔泥匆匆劳作。无论如何我也无法把燕子和酒香从想象中分离出去。

三棵松莫非仍以好看的姿势留在那里？铁灯笼肯定已经坏了。春草会记得往日蹲着的人吗？就连那时也过于沉默寡言的人，现在见了不可能相识。阿仓每天唱的那句“游子身穿悬铃衣”[3]，也不敢说自己仍然记得。

1　坪：日本土地面积单位，约3.3平方米。

2　红头巾：赤い手絡。日本当时风俗，新婚妻子头扎一块红布。

3　游子身穿悬铃衣：三弦曲《劝进帐》开头一句。

那三弦声在我眼前展开一幅全景立体画，我站在令人怀念的往昔面前，彻底回归二十年前的那个年幼无知的小男孩——正当这时，浴池门忽然闪开。

有人来了！我身体依然浮在水面，只把视线投去门口。因为我头枕距门口最远的浴槽边缘，所以向下通往浴槽的台阶隔有两丈远斜着闪入我的眼帘。但朝上看的我的眸子还是一无所见。好一会儿只有四周房檐的雨滴传来耳畔。三弦不知何时已经停止。

少顷，台阶上有什么出现了。照着宽大浴场的只有一盏不大的吊灯，以这个距离，空气再清澄也很难看得真切。何况蒸蒸腾腾的热气在细密雨滴的压抑下已失去逃路，就更难断定何人出现在今晚的浴场。若非走下一阶而踏上二阶时迎面对着下射的灯光，是男是女都认不出来。

黑乎乎的人影往下移了一步。脚下的石板看上去如天鹅绒一般柔软，倘依据足音判断，说没有移动也无妨。但轮廓约略浮现出来。我毕竟是画家，视觉对人体骨骼分外敏感。当无从判断的存在再动之时，我得知这浴场有我和女人两个人。

提醒还是不提醒呢？漂浮着思考之间，女子身影早已整个出现在我面前。在每一分子都含有四下弥漫的热气那柔和的光线而呈现为温馨浅红色的浴场深处，但见飘散的秀发如流云一般散开，苗条的后背尽情伸展无余——目睹如此女子身姿之时，什么礼仪啦、规矩啦、风化啦等感觉统统离开我的脑袋，只剩下一个念头：自己发现了娇美的画题！

古希腊雕刻倒也罢了，而每当看见当今法国画家视为生命的裸体的时候，由于力图将赤裸裸的肉体之美画得淋漓尽致的痕迹触目皆是，以致总觉得有些缺乏气韵——这种心情迄今一直弄得我苦不堪言。但也只是每每斥之为下品。至于何以是下品则不理解，故而只能回答我不知晓，进而为求其解而烦闷至今。若遮蔽肉体，则美丽存在隐而不见；倘不遮蔽，则沦为下流。所谓今世裸体画，只在不遮蔽的下流上面穷尽技巧。如若仅仅如实描绘剥衣之姿，未免意犹未尽，而竭力将裸体推向衣冠之世。忘记着衣乃人世常态，试图赋裸体以所有功能。原本十分足矣，却要十二分、十五分无限向前推进，百般强调此乃裸体之感。当技巧登峰造极之时，势必强加于观者，于是人皆予以鄙视。对美人美物一再急于表现其美，结果反而减却美的程度，此即一例。人事也不例外，故有“满招损”之谚语。

放心[1]与无邪指的是余裕。于画、于诗或于文，余裕无不是必须条件。今世艺术的一大弊病在于，所谓文明潮流胡乱驱使艺术之士，使之变得蝇营狗苟龌龊不堪。裸体乃其显例。都市有艺妓，以卖色献媚为生意。面对嫖客时，除了在意自己的姿容如何映入对方眸子，就再也做不出任何表情。每年所见沙龙目录，俨然艺妓的裸体美人充斥其间。他们不仅一分一秒也忘不得自己的裸体，而且竭尽全力将自己的裸体展示给观者。

此刻我面前出现的娉娉婷婷的身姿，一丝一毫也不带有遮蔽尘俗眼珠之物。那一举脱去常人缠身衣裳的举止，已然堕入人界。那举止一开始就自然而然，足以将不知应着之服应挥之袖为何物的神

1　放心：此处意为不受任何制约的自由之心，心无挂碍。

话时期的形象唤来云间。

笼罩浴场的热气在无孔不入之后，仍不断喷涌不止。春夜灯光随之隐约扩散，满目虹霓浓墨重彩摇摇颤颤，看上去黑乎乎一团的秀发变得依稀莫辨，唯独雪白的身姿从云层底端逐渐浮现出来。且看那轮廓！

秀发从两侧轻拂玉颈，轻松自如地滑向双肩的线条是那般丰盈、那般圆滑，其末梢想必分为五指。圆鼓鼓浮出的一对乳房的下面，刚刚后退的水波又顺势折回，将小腹的丰腴安然展示出来。丰腴张力向后释放，从其力尽之处，两分的雪肌为保持平衡而约略前倾。反向承之的双膝这回重新竖起，长长的起伏抵达两踵之时，扁平的双脚将所有的藤葛轻轻拨去脚底。人世间再也没有比这更复杂的配合，再也没有比这谐调的配合，再也找不出比这更自然、更柔和、更顺畅、更轻松的轮廓。

而且，这一形象并未像普通裸体那样露骨地闯到我的眼前，而只是将其若隐若现地置于虚无缥缈的神秘氛围中，使得赫然入目的美变得古朴优雅扑朔迷离，好比将片鳞只爪点缀于淋漓酣畅的泼墨之间，将虬龙妖怪想象于笔锋之外，从而具备了以艺术角度观之无可挑剔的气韵、温馨与冥邈的氛围。如果说将六六三十六片龙鳞仔细绘出未免沦为笑谈，那么模模糊糊观赏一丝不挂的肉体自有令人神往的余韵。值此轮廓落于眼帘之时，那样子就像逃离桂都的月宫嫦娥在彩虹追兵的包围下一时不知所措。

轮廓逐渐白莹莹浮现出来。只要向前踏出一步，终于逃离的嫦娥即可堕于俗界——就在我这么想的刹那间，绿发如劈波斩浪的灵龟尾巴一般卷起阵风，纷然披散开来。团团旋转的烟雾随之裂开，雪白的身影跳上台阶。呵呵呵呵，女子尖锐的笑声在走廊四下回响，将安静的浴场渐渐抛去身后。我咕嘟呛了一口水，在浴槽中伫立不动，惊起的波浪拍击我的胸口。溢出槽沿的泉水哗哗发出响声。

八

主人请我品茶。另有一僧一俗。僧人是观海寺的和尚，名叫大彻。俗人是二十四五岁的年轻男子。

老人的房间位于沿我房间走廊向右走到底再往左拐的尽头处。约有六张榻榻米大小，宽大的紫檀矮脚桌安放在正中间，比预想的逼仄。再看让我坐的座位，没有坐垫，铺一张花毯代替，当然产自中国。花毯中央围出一个六角形，织有奇妙的房子和奇妙的柳树。外围是近似铁青的蓝色，四角阴文染出褐色圆圈，饰以唐草[1]花纹。我猜测在中国是铺在客厅地上的，而这么用来代替坐垫，看上去也颇有情调。一如号称印度丝绸、波斯挂毯等物在不无傻气之处有其价值，这花毯也在显得大气之处有其雅趣。不仅花毯，大凡中国器物无不异乎寻常，无论如何都只能认为是古板而有耐性之人发明的。注视之间，那恍惚忘我之处令人敬畏。日本则以投机取巧的态度制作美术品。西洋呢，大而精细，却怎么也去不掉庸俗气——我这么

1　唐草：中国（唐）式花草图案。

想着坐下身来。年轻男子和我并坐，占了花毯的一半。

和尚坐在虎皮上。虎皮的尾巴从我膝旁伸过，头则垫在老人臀下。老人就好像把头发统统拔除移植到两颊和下颚，白胡须乱蓬蓬长势茂盛。他小心翼翼把茶托里的茶碗摆在桌面上。

“家里好久没来客人了，今天就想待以茶道……”说着，老人往和尚那边看去。

“啊，谢谢招待！我也有些日子没问候了，今天正想来看看。”和尚说道。他年近六十，长着一副草草几笔勾勒出的达摩圆脸。看样子平时和老人很熟。

“这位是客人吧？”

老人一边点头一边从朱泥茶壶往茶碗底分别滴出两三滴含绿的琥珀色玉液，似有清香微微袭来鼻端。

“穷乡僻壤，一个人够寂寞的吧？”和尚马上向我搭话。

“啊哈”模棱两可的回答。若说寂寞，乃是虚伪；若说不寂寞，又颇费唇舌。

“哪儿话，高僧！这位是来作画的，好像忙着咧！”

“噢，是吗？那好！也还是南宋派[1]吧？”

“不是的。”这回我明确回答。若说是西洋画什么的，和尚可能不懂。

“呃，是那种西洋画。”老人以主人角色替我回答一半。

“噢——，西洋画！那么说，就是你久一君画的那种喽？最近我

1　南宋派：王维开创的一个水墨画流派，亦称南画、文人画。江户中期传入日本，以池大雅、与谢芜村最负声望。

才见得，画得相当漂亮，是吧？”

“哪里，没有意思的。”年轻男子这时终于开口。

“你这家伙给老法师看了？”老人问年轻人。无论从语言上还是从态度上看，两人都像是亲戚。

“哪里，不是请老法师看的，是我正在镜池写生的时候被老法师发现的。”

“唔，是这样！好了，茶沏好了，来一碗！”老人把茶碗放在每人面前。虽然茶的分量不过三四滴，但茶碗相当不小。土墙色[1]底子施以赭红色、浅黄色。画很蹩脚，一时看不出是画还是纹路抑或鬼脸模样，画得满碗都是。

“杢兵卫[2]的。”老人简明扼要。

“这个有意思。”我简要赞道。

“杢兵卫好像赝品很多。看一下碗底，有款识的。”老人说。

我拿起来对着纸拉门那边看。门纸上暖暖地映出盆栽兰叶的影子。弯下脖子细看，看出是小小的杢字。我虽不认为款识在鉴赏上多么重要，但据说好事者十分在意。我没把茶碗放下，直接递到嘴边。将浓浓的甜甜的不凉不热的沉甸甸的玉露一滴滴掉在舌尖上品尝，乃是闲人适意的风流韵事。普通人以为茶是喝的，那是误解。应该啪哒一声滴在舌头上，使之清香四溢，避免直下咽喉而仅仅让馥郁的气味从食管整个沁入胃中。用牙则鄙俗。水太轻，玉露则太浓。

1　土墙色：“生壁色”，土墙干后的原色，深灰，泛蓝。

2　杢兵卫：青木大米（1767—1833），江户末期京都陶工，有茶碗名作存世。曾师从池大雅，亦有书画作品。

此乃脱离淡水之境而无须下颏之劳的恰到好处的饮料。倘有人抱怨睡不着觉，我就想劝其用茶，即便睡不着觉。

不觉之间，老人拿出青玉馃子盘。把一大块玉挖得这么薄、这么中规中矩的匠人手艺，足以让人惊讶。对光看去，春天的日影射满整个盘子，仿佛射下后再也无处可去了。盘内以空无一物为宜。

“贵客称赞了青瓷，所以今天就想让你再看一件别的，已经拿出来了。”

“什么青瓷……唔，是那馃子盘？那个么，我也喜爱。对了，西洋画是不能画隔扇什么的吧？如果能画，想求你画一幅。”

若有此要求，也不是不能画。只是不知道能否让这和尚中意。好不容易画出来，若给他说西洋画不行，等于白忙活一场。

“对隔扇怕不合适。”

“是不合适吧！跟你说，像近来久一君画的，可能有点儿太时髦了。”

“我的不行，简直是恶作剧。”年轻人有些羞赧，一个劲儿表示谦虚。

“那个叫什么的池子在哪里呢？”出于慎重，我向年轻人问道。

“观海寺往后一些的山谷，是个幽邃的场所。其实在学校的时候学过画，就为了消遣试了试。”

“说起观海寺……”

“说起观海寺，就是我在的地方。大海尽收眼底。……逗留期间请来看看！其实离这里也就五六百米远。从那走廊，喏，能看见寺院石阶吧？”

“迟早打扰一下可以的？”

“当然可以，随时都在。这里的千金也来的。说起千金，今天那美好像没出来……怎么回事，老先生？”

“去哪里了吧！久一，没去你那里？”

“没有，没看见。”

“又是一个人散步？那美脚力强得很。前不久因为法事去了蛎并，在姿见桥那里觉得有人很像，结果真是那美！掖起衣后襟，脚穿草鞋，问我晃晃悠悠往那里去，听得我猛然吃了一惊，哈哈哈。我问那么一副打扮到底去哪儿了。她说刚去采芹菜回来，也给你一点儿吧！说着，忽一下子把上下全是泥的芹菜往我袖口塞来，哈哈哈哈……”

“这可真是……”老人苦笑了一下。旋即起身，“其实是打算让您看看这个。”再次把话岔到古物上来。

老人从紫檀书架上毕恭毕敬取下一个古旧的花缎袋子，看上去似乎有些重量。

“老法师，这个可给您看过？”

“什么呀，到底？”

“砚。”

“哦，什么砚？”

“据说是山阳[1]的珍藏……”

“噢——，这还没见到。”

1　山阳：赖山阳（1780—1832），江户末期儒学家，主要著作有《日本外史》。诗画也自成一家。

“带有春水[1]换的盖子……”

“这也好像未见。啧啧！”

老人不胜怜惜地解开缎袋口，一块小豆色四方石器闪出一角。

“好色调啊，端砚？”

“端砚。有九个鸲鹆眼。”

“九个？”和尚显然大受触动。

“这是春水换的盖子。”老人出示用绫子包的薄盖。上面以春水字迹写有七言绝句。

“果然。春水写得好、写得好。不过书法方面还是杏坪[2]上乘。”

“还是杏坪更好吧！”

“山阳像是最差。才子型，有俗气，了无情趣。”

“哈哈哈，老法师您讨厌山阳，所以今天把山阳的挂轴换了下去。”

“果真！”和尚回头看去。壁龛下面的平台擦得镜面一样干净，除掉锈气的古铜瓶里插着两尺高的木兰花。挂轴以带底光的古锦精心装裱而成。这是物徂徕的大幅书法。虽不是绢质，但因为多少有了年代，字的巧拙另当别论，看上去纸色与用料相得益彰。在织工上，古锦也不见得有多么优雅，但因彩色褪了，金线下沉，华丽之处藏而不露，古朴之处水落石出，所以感觉恰到好处。焦褐色砂土墙壁上，白象牙轴分外显眼，直挺挺朝两侧伸出。除了眼前这枝木兰花翩然浮现出来以外，壁龛整体情致过于古雅，莫如说近乎抑郁。

“是徂徕吧？”和尚转过头来说。

1　春水：赖春水（1746—1816），江户末期儒学家，山阳之父，有诗文存世。
2　杏坪：赖杏坪（1756—1834），江户末期儒学家，赖春水之弟。

“虽说徂徕您也未必喜欢，但总比山阳好吧？我想。”

“徂徕遥遥领先。享保年间的学者，就算字糟糕，某处也自有品位。”

“若称广泽[1]为日本书家，则我仅见绌于汉人——这么说的是徂徕吧，老法师？”

“我不知晓。也并非值得那么狂妄的字，啊哈哈哈。”

“不过，老法师您是跟谁学的呢？”

“我？禅宗和尚一不读书，二不习字。”

“可是，总要跟谁学吧？”

“年轻时候多少练过高泉的字，如此而已。尽管这样，若有人相求，随时都写。啊哈哈哈。好了，把那端砚给我看一眼。”和尚催促。

终于除掉缎袋。一座视线尽皆落在端砚上面。厚度几近二寸，比常规砚厚了一倍。四寸宽六寸长的幅度大体不妨说不出常规。盖子用的是打磨成鳞片状的松树皮，上面用朱漆写着两三个莫名其妙的字。

“这盖子，”老人说，“这盖子不是一般的盖子。如您所见，固然是松树皮……”

老人的眼睛看着我。不过，无论这松树皮盖子有什么说道，作为画家的我也很难佩服。

“松树盖有点儿俗啊！”我说。

老人险些怒形于色似的抬起手来。

---

1 广泽：细井广泽（1658—1735），江户中期儒学家。对朱子学、阳明学尤有研究，亦精通天文与兵法。作为书法家也见称于世。

“如果只说松树盖，说俗也俗，但你看这是什么！这是山阳在广岛居住时把院子里长的松树剥了皮亲手制作的。”

我心想难怪山阳是个俗人，于是毫不客气地一吐为快：

“既然自己动手，索性做得古拙些才是。即使不刻意把鳞片磨得光闪闪也蛮好嘛，我以为。”

“啊哈哈哈。是的，这盖子像是太廉价了！”和尚马上向我表示赞成。

年轻人有些不忍地看着老人。老人以多少不耐烦的手势掀开盖子，砚终于从下面现出本真面目。

假如这砚上有引人注目的特异之点，即是其表面呈现的匠人雕刻。正中间一块怀表大小的“圆肉”，被紧贴边缘雕了出来，形状仿佛蜘蛛背，八只爪从中央弯曲着向四面伸展，其尖端各抱一个鸲鹆眼，剩下的一个位于脊背正中，看上去宛如滴了一滴黄汁一样洇开。脊背、爪和边缘以外的部分挖出深约寸余的凹坑。积墨的部位未必是这堑壕之底。即使注入一合水，也不足以填满这一深度。想必是从水盂中将一滴水用银勺滴于蜘蛛脊背，而后磨成尊贵的墨汁。如若不然，纵然其名为砚，实际也纯属书房饰物。

老人以险些垂涎之口说道：

“请看这肌肤、这眼！”

果不其然，越看颜色越好。冷冷带有润泽的肌体上，仿佛猛呼一口气即会凝为一朵云。尤其令人惊异的是眼的颜色。较之眼的颜色，莫如说眼与“地盘”相交之处的颜色渐次变换。至于何时变换的，几乎找不出吾眼被欺的痕迹。让我形容一下，就好像紫色蒸羊羹之中有一粒扁豆嵌于隐约可见的那个深度。若说是眼，即使一两个也弥足珍贵。而若说是九个，几乎无与伦比。况且九个以同等距离排列得井然有序。及至那被误以为是人工炼乳的工艺，不能不承认实乃天下逸品。

“果然名不虚传。不仅看着心旷神怡，这么摸起来也妙不可言。”我一边说一边把砚递给身旁的年轻人。

“久一你能懂这个吗？”老人笑着问道。

“完全不懂。”久一以不无自暴自弃的语气扔出一句。但仍把不懂的砚放在自己面前看了看。而后大概意识到自己不配，就拿起来还给我。我再次上下好好抚摸一遍，最后恭恭敬敬地传给禅师。禅师拿在掌心细细端详，而仍好像不够尽兴，将鼠灰色棉布衣袖毫不怜惜地在蜘蛛背上擦了又擦，久久观赏现出光泽的地方。

“老先生，这颜色真是好啊！用过吧？”

“没有，没正经用过，还是买回来的样子。”

“倒也是啊！这样子的，在中国想必也不多见吧，老先生！”

“是的。”

“我也想要一个。如果可能，托久一君可好？怎么样？能给买来？”

“嘿嘿嘿嘿。也许砚没找到我先死了。”

“根本谈不上买砚啊！对了，什么时候动身？”

“两三天内。”

“老先生，请送到吉田。”

“一般说来，因为上了年纪，就不送了。可这回说不定再也见不着了，所以打算送送。”

“伯父不送也可以的。”

看来年轻人是老人的侄儿，难怪哪里长得像。

“不，还是送送好。坐河船去很容易的。是吧，老先生？”

“呃，翻山越岭是很吃力，若是绕路坐船……”

年轻人这回也没特别推辞，只管默不作声。

“到中国去吗？”我试探道。

“嗯。”

仅这个嗯有点儿不尽兴，但又没必要刨根问底，于是打住。看纸拉门，兰影位置稍有改变。

“唉，跟你们说，到底是这场战争的关系。他本来就是志愿兵，所以要应征入伍。”

老人替当事人向我讲了不日将出征中国东北这个青年的命运。在这如梦如诗的春日里，一门心思以为只有鸟鸣、花落、泉涌是错误的。作为现实世界，要翻山，要渡海，要逼近唯有平家后裔[1]居住的古老孤村。也许染红朔北旷野的血海的几万分之一，便是从这青年动脉中逆射出来的。这青年腰间挎的长剑，其尖端有硝烟喷出亦未可知。然而，这青年坐在除了做梦并不认为人生有某种价值的一个画家身边。而且坐得这么近，近得甚至侧耳即可听见他的阵阵心跳。他的心跳，或许现在就已同席卷百里平野的浪潮声两相呼应。命运只是猝然将我们两人聚于一堂，此外无所见告。

---

1 平家后裔：日本“源平合战”中失败的平家残部。为躲避源氏追杀而藏身于荒郊野岭。

九

“用功呢？”女子说。回到房间的我，从三脚几上的一捆书中抽出一本读了起来。

“请进！一点儿也不碍事的。”

女子没有顾虑的意思，几大步跨进房间。形状娇好的玉颈肤色从深色和服衬领中活色生香地探了出来。坐在面前时，玉颈与衬领的对比最先闪入我的眼帘。

“西洋书？写的东西很难懂的吧？”

“哪里！”

“那么写的什么？”

“是啊，其实我也不很明白。”

“呵呵呵呵，所以用功？”

“不是用功。只是这么在桌子上翻翻，翻到哪里就看几眼。”

“有意思的？”

“有意思。”

“为什么？”

“为什么？小说这东西，还是这么读有意思。”

“相当与众不同啊！”

“嗯，多多少少。”

“从头读为什么就不好呢？”

“如果必须从头读，就必须读到尾吧！”

“歪理！读到尾不是也很好吗？”

“当然没什么不好。若是想读情节，我也那样做的。”

“不读情节读什么？除了情节还有什么可读的？”

我心想到底是女人啊，就有意考她一下。

“你喜欢小说吗？”

“我？”女子略一停顿，随后含糊其词：“这个嘛……”看样子不很喜欢。

“喜欢还是不喜欢，是不是连自己都不知道？”

“小说那玩意儿，读也好，不读也好……”心目中压根儿不承认小说的存在。

“那么，从头读也好，从尾读也罢，随便从哪里读不都无所谓吗？不像你这样觉得不可思议也是可以的吧？”

“可您和我不一样的。”

“哪里不一样？”我盯视女子的眼睛。考试考的就是这里。女子瞳仁一动不动。

“呵呵呵呵，你不明白？”

“不过年轻时读了不少的吧？”我不再步步紧逼，稍稍往里迂回。

“现在我也以为自己年轻，可怜啊！”

放出的鹰又扑空了。全然大意不得。

“在男人面前说那种话，就已不再年轻了哟！”我好歹把话拉回。

“那么说的你不也老大不小了？到了那把年纪，还什么迷恋啊、鼓包啊、长酒刺啊——有意思的？”

"嗯，有意思，有意思得要死。"

"嗬真的？所以才能当画家喽？"

"一点不错！因是画家，所以用不着把小说那玩意儿从头读到尾。不过，读哪儿都有意思。和你说话也有意思，在这里逗留时间里恨不得天天说。如果可能，迷恋你也无妨。那一来更有意思。只是，哪怕再迷恋，也没必要和你成为夫妻。如果迷恋了就要成为夫妻，那期间就有必要把小说从头读到尾。"

"那么说，以不人情[1]方式迷恋就是所谓画家了？"

"不是不人情，是非人情迷恋方式。小说也是，若以非人情方式来读，情节就怎么都无所谓。这就像算卦抽签似的，啪一下子打开，漫不经心看打开的地方——有意思有意思。"

"真好像很有意思。那么，把你现在读的地方讲一下可好？想听听里面出来什么有意思的事了。"

"讲不得的。画也一样，一讲就一文不值了，不是吗？"

"呵呵呵，那就请你念一下。"

"用英语？"

"不，用日语。"

"用日语念英语，够受的啊！"

"有什么可够受的，来个非人情！"

我想，这也算是一兴吧，于是应女子乞求，把这本书用日语断断续续念了起来。设若世界上有非人情念法的话，那么正是这个。

---

1 '不人情'："不人情"（ふにんじょう）。无情，不近人情，不讲人情。与"非人情"同为《草枕》关键词。

无须说，听的女子也是以非人情方式听。

“慈悲的风从女子身上吹来。从语声、从眼睛、从肌肤吹来。在男子搀扶下走到船尾的女子，是为了眺望夕晖中的威尼斯？扶她的男子是为了让自己的脉管掠过闪电的血？……毕竟非人情，适可而止吧！也许漏掉了不少地方。”

“可以的可以的。你酌情添上也没关系。”

“女子和男子并排偎依船舷。两人的距离比被风吹动的飘带还要窄。女子和男子同时对威尼斯说再见吧！威尼斯德乌地[1]宫殿此刻如第二个落日，红色越来越淡，最后消失不见……”

“德乌地是什么？”

“是什么都无所谓。古时统治威尼斯的人的名字。延续了多少代呢？那座宫殿至今仍留在威尼斯。”

“那么，那男子和女子指的是谁呢？”

“谁？我也不知道。所以才有意思嘛！那以前的关系什么的，怎么都无所谓。只要像你和我这样在一起——这就足够有意思的吧？”

“也就算是吧！总好像是在船上。”

“船也好山也好，怎么写怎么是。若问为什么，那就成侦探了。”

“呵呵呵呵，那就不问了。”

“一般小说全都是侦探发明的。因为没有非人情的地方，所以了无情趣。”

---

1 德乌地：Doge's Palace，古代威尼斯、热那亚等共和国统治者的称号。主人公念的这两段和下面几段均引自英国作家乔治·梅瑞狄斯的小说《伯夏的一生》。

"那么，请继续非人情好了。往下？"

"威尼斯正在下沉、下沉，成了空中划出的一抹淡淡的线。线断了。断而为点。蓝色玻璃球般的空中，到处有圆柱竖起，这里、那里。最后，最为高高耸立的钟楼沉了下去。女子说沉下去了。离开威尼斯的女子的心如风行空中一般自由。可是，隐没的威尼斯在不能不重新归来的女子的心里留下羁绊之苦。男子和女子把目光投向幽暗的海湾方向。星星越来越多。轻轻摇荡的海面没有浪花飞溅。男子握住女子的手，感觉像握着奏鸣不已的琴弦……"

"好像也不是多么非人情，是吧？"

"哪里，听起来足够非人情的哟！不过若不满意，多少省略一些？"

"我无所谓的。"

"我比你还无所谓。下面，噢——，有些难起来了。很难翻译……不，很难念。"

"难念就省略！"

"嗯，适当省略好了。……这一夜，女子说。一夜？男子问。仅限于一夜，太薄情，须一夜又一夜才好。"

"是女子说的，还是男子说的？"

"男子说的。女子不是好像不愿意回威尼斯吗？于是男子安慰她——安慰她的话。在深夜甲板上头枕帆缆躺着的男子记忆中，那一瞬间、那类似一滴血的瞬间、那紧紧握住女子手的瞬间如巨浪一般摇晃。男子一边仰望漆黑的夜空，一边打定主意：无论如何也要把这女子从强迫婚姻的深渊中解救出来。如此打定主意后，男子闭上眼睛……”

“女子呢？”

“女子像是迷了路，不知迷在何处。如同被劫掠到空中行走之人，但觉匪夷所思感慨万千——往下有点儿不好念，不成句子——但觉匪夷所思感慨万千……不能有个动词？”

“哪里需要什么动词？足够了。”

“哦？”

轰隆一声，山上所有的树一片哗然。不由得对视那一瞬间，桌上插的一枝山茶花来回晃动。“地震！”低声叫道的女子身体一歪靠上我的桌子，两人的身体几乎贴在一起。唧唧——，一只野鸡尖叫着从树丛中扑棱棱飞了出来。

“野鸡？”我看着窗外说。

“在哪儿？”女子把扭歪的身子靠了过来。我的脸和女子的脸就差没贴上，从细小鼻孔呼出的气触及我的胡须。

“非人情的哟！”女子很快坐好断言。

“当然！”我当即应道。

石坑里积的春水受到惊动，慢悠悠此起彼伏。地震使得一泓积水从水底摇动，因此只是表面不规则地勾勒曲线，破碎的部分却哪里也没有。倘有“圆满运动”之语，理应用在这一场合。把影子静静蘸在水里的山樱，和水一起时伸时缩，忽弯忽曲。但不管怎样变化都仍明显保持樱树的姿影，这点非常有趣。

“这家伙好玩！漂亮，多变，不这么动是没有意思的。”

“人如果也这么动——只要这么动——无论怎么动都大可放心，

是吧？”

“若不是非人情，是不可能这么动的。”

“呵呵呵呵，您可是太中意非人情了！”

“你也并不讨厌吧，昨天那宽袖和服……”

没等我说完，女子马上撒娇似的接道：

“您得夸一夸！”

“为什么夸？”

“因为您说要看，才特意穿给您看的，不是吗？”

“我说了？”

“听人说了，翻山越岭而来的绘画先生特意求茶馆的阿婆来着。”

我不知怎么回答，一时语塞。女子不失时机：

“忘性这么大的人，无论对他多么诚心诚意，也是耗费心机啊！”女子既像嘲讽又像抱怨，也像是迎面射来的第二支箭。战况渐渐变得不妙，却又不知在何处反攻。一旦被拔得头筹，就很难找到可乘之机。

“那，昨天晚上的浴场也完全出于好意喽？”岌岌可危之际终于重整旗鼓。

女子默然。

“实在对不起了，让我用什么表达一点儿谢意吧！”我尽可能表示主动。可再主动也无济于事。女子若无其事地注视大彻和尚的那幅匾额。

“竹影扫影尘不动。”

少顷，女子静静念道。而后转向我，忽然想起似的大声问道：

“您说什么？”

我不吃这一套。

“刚才见了那位和尚。”我像因地震摇荡的池水那样来个圆满运动。

“观海寺的和尚？够胖的吧？”

“让我用西洋画方式画隔扇来着。禅僧那种人居然说这种莫名其妙的话。”

“所以才那么胖吧！”

“另外还见到一个年轻人……”

“是久一吧？”

“是久一君。”

“知道得不少嘛！”

“哪里，只知道久一君，此外一无所知。人不大愿意开口啊！”

“啊，那是客气。还不过是个孩子……”

“孩子？不是和你不相上下吗？”

“呵呵呵呵，是吗？那是我的堂弟。马上要上战场，这次前来告别。”

“住在这里？”

“不，住哥哥家。”

“那，是特意来喝茶的了？”

“比喝茶更喜欢喝白开水。父亲特意叫来的，纯粹多此一举。想必忍无可忍了的。若是我在，肯定让他中间退场回去……”

“你去哪里了？和尚可是问了哟！说怕是又一个人散步去了。”

"嗯，去镜池那边转了一圈。"

"镜池？我也想去。"

"去去好了！"

"适合画画的地方？"

"适合投水。"

"我可没有投水打算。"

"过几天我可能投水。"

作为女人实在是够决绝的玩笑。我不由得抬起脸。女人是意外有主意的。

"把我投水又浮起来的场景——不是拼命挣扎浮起来的时候——轻轻松松赴死的场景画成好看的画！"

"哦？"

"吓一跳、吓一跳、吓一跳吧？"

女子倏然起身，三步跨到房间门口——在那里回头莞尔一笑。茫然事多时。

十

来看镜池。从观海寺后路穿过杉树林下到谷底而尚未爬往对面山坡，路就分成两股，自然把镜池拥在中间。池畔有许多山白竹。有的地方左右交叉，不弄出声响很难通过。从林木间看去，可以看到池水。至于始于哪里终于何处，若不大致绕过去则判断不出。走过去一看，意外之小，方圆可能不到三百米。只是，形状极不规则，点点处处有岩石原模原样横在水边。波浪起伏不定，池岸也高低错落，与池形同样难以名状。

池的周围杂木很多，数不清有几百棵。其中有的尚未发出春芽。枝条不很繁茂的地方，同样沐浴着和煦的春日阳光，树下甚至有刚刚萌芽的小草。东北堇菜淡淡的花影在小草间时隐时现。

感觉上，日本的紫花地丁仍在安眠。形容它“如天外奇想”这一西洋人的句子根本不相吻合。正这么想着，脚突然停住。脚若停住，就要等到不耐烦的时候。能等的人是幸福的。若在东京这么做，马上会给电车压杀。倘电车不压杀，就会给巡警赶走。城市这种地方，一向把太平游民误为乞丐，而向作为毛贼头目的侦探支付高薪。

我以草为茵，一下子落下太平屁股。若是这里，即使五六天这么不动，谁也不至于抱怨什么。大自然的难能可贵之处就在这里。不仅没有危急关头的毫不留情毫不留恋，看人下菜碟的轻薄态度也全然不见。不把岩崎[1]和三井[2]放在眼里的人任凭多少都有，而将古今帝王冷冷视为和自己风马牛不相及的，想必唯独大自然。自然之德高高超越俗界，树立绝对平等于无垠天地。较之率天下群小而一味招致泰门[3]的愤怒，滋兰九畹、树蕙百畦[4]而独坐其间远为上策。世人

1 岩崎：岩崎家。由岩崎弥太郎奠定基础，后来以海运业为主发展成为三菱财阀。

2 三井：三井家。江户时期以来以金融业为主形成三井财阀。每每被夏目漱石用为大富豪的代名词。

3 泰门：Timon，五世纪希腊人，以讨厌人闻名。莎士比亚创作的悲剧《雅典的泰门》将其塑造为憎恶忘恩负义之人的典型。

4 滋兰九畹，树蕙百畦：语据《楚辞》。

称为公平，谓之无私。果真那般值得推崇，那么最好日戮小贼千人，在其尸体上培育满圃花草。

思考若落于义理，难免枯燥无味。特意来这镜池，总不至于是为了归纳这种中学程度的观感。我从袖口取出香烟，擦燃火柴。有手感，却不见火。递上敷岛[1]端头一吸，从鼻子冒出烟来。终于意识到了自己果然在吸烟。火柴在短短的草丛中吐了一会儿雨龙[2]般的细烟，旋即熄了。我慢慢挪到水边观看。在我坐着的绿茵很可能自行淹没于池中而双腿即将浸入温水之际，我赶紧停住，打量水面。

目力所及之处，似乎没有多深。水草无奈地沉在水底。除了无奈，我不知道可用来形容的语词。若是山冈芒草，我知道披靡一词。若是藻草，我晓得其等待波浪引诱之情。而等待百年也不可能动的沉在水底的水草，摆出所有可动的姿势朝夕等待被拂之机——等到日暮、等到天明——将几代情愫凝于草尖，但至今似乎既动不得，又死不得，就这样苟且偷生。

我站起身来，从草中拾来大小正好的两个石子。心想就算是功德之举吧，遂将一个往眼前抛去。咕嘟嘟泛起两个水泡，转眼消失。转眼消失、转眼消失——我在心中重复。透过水面看去，三四条长发懒洋洋摇曳起来。浑浊的水就像在说被人发现可不成，赶紧从池底泛其将水草掩住。南无阿弥陀佛。

这回我咬牙切齿地往水中央抛去。隐隐发出砰一声响。对方喜静，绝不动容。我再没心思抛掷。放下画具箱和帽子不管，往右拐去。

1　敷岛：一种过滤嘴香烟商标名，当时的高档烟。

2　雨龙：类似蜥蜴的无角龙。

向上爬了二十多米。大树遮蔽头顶，身上忽然变冷。对岸幽暗的地方山茶花开了。山茶树的叶片实在太绿，即使白天看，在朝阳坡看，也无轻逸之感。尤其这棵山茶树，在从岩角往里后退二三十米的地方，森森然悠悠然抱团开放——那里除了花看不出有别的什么——你看那花！多得数一天也肯定数不过来。然而花是那么艳丽，看见就想一数为快。问题是仅仅艳丽，而且全然没有欢畅之感。起火一般啪一声开了，不由得目注神驰，而后总觉得心有余悸。再没有那么骗人的花了。每次看见深山里的山茶花，我都想起女妖形象。以黑漆漆的眼睛把人勾引过来，不觉之间就把妖冶的毒血注入人的血管。察觉上当即为时已晚。对面的山茶花闪入眼帘之时，我心想若不看见就好了！那花不仅仅是红。那光彩夺目的娇美深处带有无可言喻的沉郁色调。悄然枯萎的雨中梨花，只给人以哀怜之感；冷艳的月下海棠，只让人心生怜爱之情，二者与山茶花的沉郁判然有别。它看上去发黑有毒、含带恐惧感——深层有如此基调，表层却装得那般娇美。而且既无媚人之态，又别无迷人之姿。忽一下开了，啪一声落了；啪一声落了，忽一下开了，如此躲在人所不见的山阴里送走几百年星霜。只看一眼就再不想看！看的人根本无法摆脱她的魔力。那颜色不是普普通通的红色，而是一种异样的红，红得如同就刑囚徒的血自行惹人的眼、自行扰人的心。

注视之间，红色家伙啪哒落在水上。安静的春日里动的仅此一朵。片刻，又啪哒一声落了。那种花决不散开。较之分崩离析，更是抱作一团离枝而去。离枝时一举落下，显得毅然决然。但落了也抱作一团这点，未免有些暗藏杀机。又啪哒一声落下。我想，如此不断落下之间，池水有可能变红。花朵静静漂浮的那里，现在都好像有些红了。又一朵落下。落在地上了？还是落在水上了？静得无法区分。再次落下。我思忖有时会沉下去的。年年一落而光的几万朵山茶花，浸在水中，浸出红色，腐烂变泥而渐渐沉入水底亦未可知。几千年过后，这座古池说不定在神不知鬼不觉时间里被落下的山茶花埋上而回归原来的平地。又一大朵如涂着鲜血的某人灵魂一般落下。又一朵落下。啪哒啪哒落了又落，无尽无休。

如果画一个漂浮在这种地方的美女会怎么样呢？我一边想着一边折回原来的地方，又吸一支烟，怔怔陷入沉思。温泉浴场的那美昨天开的玩笑卷着波纹涌来我的记忆。我的心如冲上大浪的一块船板摇来摆去。我想以那张脸为原型使之浮在那棵山茶树下，从上面投下几朵花来。山茶花久久落个不止，女子久久浮在水面——我想表现这样的感觉。可是那能画出来吗？那个拉奥孔什么的怎么都无所谓。违背原理也好不违背也好，只要表现出那种心情即可。问题是不离开人而表达超越人的永恒之感并非易事。首先脸就不好办。就算借得那张脸，那副表情也不行。倘痛苦占了上风，会把一切彻底摧毁。而若盲目乐观，就更伤脑筋。索性换一张脸如何？那张？这张？屈指数点起来，好像都不理想。还是那美的脸最为合适。却又总好像美中不足。虽然觉得美中不足，但哪里美中不足，自己也不清不楚。因而不能以自己的想象任意调整。如果为其加入嫉妒会怎么样呢？加入嫉妒，不安之感势必过多。憎恶如何？憎恶则过于强烈。气恼？气恼将整个毁掉和谐。恨？若是说春恨等诗性的恨，自是另当别论，而若单纯是恨，就太俗了。如此思来想去，最后终于恍然大悟——诸多情绪之中，忘了有哀怜二字。哀怜是神所不知的情感，且是最接近神的人的情感。那美的表情中全然没有哀怜之念。美中不足就在这里。某种心血来潮使得这一情感掠过这个女子眉宇的瞬间，想必就是我的画成功之时。然而，那不知何时才能出现。那女子脸上平时充满的，不外乎瞧不起人的微笑和争强好胜的八字。仅仅这样，无论如何也成不了画。

哗啦哗啦有脚步声传来。胸间图案的三分之二土崩瓦解。一看，身穿短褂的男子背一捆柴，穿过山白竹从朝观海寺这边赶来。估计是从相邻山头下来的。

“好天气啊！”他解下毛巾寒暄。弯腰的刹那间，别在腰带里的柴刀倏然闪出亮光。一个四十光景的壮汉，似乎在哪里见过。他像老朋友一样毫不见外。

“先生您也画画吗？”我的画具箱早已打开。

“啊。我想画一画这池子什么的，就来看看。好个凄清的地方啊，没人路过。”

“是是，深山老林……在这岭上挨了浇，怕是够受的吧？”

“哦？你是上次的马夫？”

“是是。这么砍了柴，拿去城里卖。”源兵卫放下东西，坐在上面，拿出烟口袋。很旧，看不出是纸的还是皮的。我把火柴递给他。

“天天翻越这样的地方，够受的吧？”

“哪里，习惯了。再说也不是天天翻山越岭。每三天一次，有时四五天。”

“就算四天一次，那也够受的。”

“啊哈哈哈。马怪可怜的，所以四天一次。”

“那可真是……马比自己还贵重啊！哈哈哈哈。”

“那倒也算不上……”

“不过这池子相当有年头了吧？到底什么时候开始有的呢？”

“自古就有。”

“自古？有多古？”

“好像很古很古了。”

“很古很古就有了？难怪。”

“听说志保田家的千金投水时就有了。”

“志保田家？那座温泉旅馆？”

“是是。”

“千金投水了？不是实际活得好好的吗？”

“不不，不是那位千金，是很久很久以前的。”

“很久很久以前的千金？久到什么时候呢？那……”

“反正是很久很久以前的千金……”

“以前那位千金为什么要投水呢？”

“听说那位千金和现在的这位千金同样漂亮，先生！”

“唔。”

“那么说，一天来了一个游方僧……”

“游方僧，说的是化缘和尚？”

“是的，那是个吹箫的游方僧。游方僧在村长志保田家逗留期间，那位漂亮的千金一眼看上了他——怕是命运吧——死活非要跟他不可，都哭了。”

“哭了，唔——。”

“可是村长不答应，说游方僧怎么能当女婿呢！最后把他撵走了。”

“撵那个化缘和尚？”

“是是。这么着，千金追游方僧一直追到这里，从那边那棵松树那儿投水了。结果闹出好一场轰动。传说她什么时候都随身带一面镜子，所以这池子现在也叫镜池。”

“呃——，居然真有投水自尽的啊！”

“实在是再奇怪不过的事。”

“多少代以前的事呢？这个。”

“像是很久很久以前的事了。还有……这话可是只跟你说，先生。”

“什么呢？”

“那志保田家，代代都出疯子。”

“哦？”

“完全是报应。现在的千金，大家都一哄声说近来有点儿反常。”

“哈哈哈哈，没有那回事吧！”

“真没有？不过老夫人到底有些怪的。”

“在家呢？”

“不，去年谢世了。”

“唔。”我看着从香烟头升起的一缕细烟，缄口不语。源兵卫背起柴捆离去。

我是来画画的，如果总想这种事、总听这种话，多少天也一张都画不出来。既然好不容易把画具箱拿到这里，那么今天出于情理也要弄出一幅草图才是。所幸对面景色已大体有了设想，姑且把那里画下来再说吧！

一丈多高的苍黑的巨石从池底拔地而起，在深色池水拐角处巍然耸立。其右侧，山白竹从断崖一直长到水边，密密麻麻，略无间隙。崖上长着一棵三抱粗的巨松，将爬有小爬山虎的大半树干斜扭着伸向水面。怀揣镜子的女人，想必是从那石崖上跳下来的。

我支起三脚架，扫视可以入画的素材。松、竹、岩、水，但不知水在何处打住为好。岩若高达一丈，那么影也有一丈。山白竹不止于长在水边，简直像要长到水里似的将影子鲜明地映入水底。及至松，其凌空而起的高度，由于需要仰视，影子也就相当长。以肉眼所见的尺寸显然收纳不了。索性放弃实物而画影子倒也别有兴味。画水，画水中影子，画完出示于人说这就是画，对方想必诧异。可是，只令人诧异是没有意思的。必须让对方惊讶原来这就是画才有意思。怎么构思才好呢？我一心一意凝视池面。

说来也怪，光看影子是全然成不了画的。于是想和实物比较着构思。我把眸子从水面收起，视线慢慢往上方移动。将一丈高的岩石从影尖看到水边相接处，再由相接处渐渐往水面看去。从润泽的气韵到皴皱的纹路逐一加以体味，视线一点点向上攀升。越攀越高而当我的双眼到达危岩顶端之时，我就像被蛇盯住的蟾蜍，画笔从手中啪一声掉了下去。

夕阳从透过青枝绿叶照射下来，前面的悬崖在行将逝去的晚春中影影绰绰五彩斑斓——那当中鲜明地浮现出来的女子脸庞，正是于花下吓我、以幻影吓我、用宽袖和服吓我、在浴池吓我的女子的脸庞！

我的视线像被钉在女子苍白脸庞正中一样再也动不得。女子也尽情伸展那婀娜的身段，在高高的悬崖上纹丝不动。就在那一刹那！

我不由自主地一跃而起，女子翩然转身而去。衣带间那红如山茶花的红色物件刚刚一闪就已飞下远方。夕晖掠过树梢，隐约染红松树干。山白竹更加苍翠。

我又吃了一惊。

十一

乘着山村朦胧月色漫步。登观海寺石阶当中我吟得一句：仰数春星一二三。没什么事要见和尚，也没心思见面闲聊。只是偶然走出旅馆信步而行之间，不知不觉来到这石阶下。手抚写有“不许荤酒入山门”的石头伫立有顷，而后忽然来了兴致，开始登山。

《项狄传》[1]那本书中有这样一句：“再没有比这本书的写法更符合神的旨意的了”。最初一句不管怎样也是自己写的，往下只管念神运笔。至于写的什么，当然自己也稀里糊涂。写的人是自己，但写的事是神的事。所以据称责任不在作者。我的散步也是继承这一做派的与责任无关的散步。唯其无求于神，就更加与责任无关。斯特恩在免除自身责任的同时将其转嫁于天上的神。我不拥有为我承担责

---

1 《项狄传》:《绅士特里斯特朗姆·项狄的生活与意见》(*The Life and Opinion of Tristram Shandy, Gentleman,* 1760—1767）之略。英国小说家劳伦斯·斯特恩（Laurence Sterne，1713—1768）的代表作，全九卷。

任的神，弃之于脏水沟中就是。

若登石阶也吃力，不登就是。与其为此吃力，莫如马上打道回府。登一阶伫立片刻，心情相当不坏。于是又登一阶。登第二阶想作诗。默看吾影。因有方块石挡着，故截为三段，妙。因为妙，又登一阶。登罢仰首望天。扑朔迷离的深处有一颗小星星不停地眨眼，可为诗句。又登了一阶。如此这般，终于登到顶端。

在石阶顶端想起来了。以前去镰仓游玩，围绕所谓五山[1]转来转去的时候，想必是在圆觉寺的塔中[2]吧，也是如此一步一步登上石阶顶端，但见从门内走出一个身穿黄色法衣的大脑袋和尚。我上，他下。擦肩而过时，和尚以尖锐的语声问我去哪里。我回答只在院内参观，同时止住脚步。和尚当即抛下一句什么也没有哟，而后大踏步下山去了。和尚太洒脱了，使得我多少有被抢先之感，站在石阶上目送和尚。和尚不断摇晃着他那颗大脑袋，最后消失在杉树之间。那时间里一次也没有回头。禅僧果然有趣。雷厉风行啊！想着，我慢吞吞走进山门。一看，宽大的禅房、大殿全都空空荡荡，了无人影。那时我由衷感到欢喜。想到世上有这么洒脱的人这么洒脱地对待别人，心里不由得豁然开朗。并不是说我懂了禅，禅的禅字还不知晓，只是中意那大脑袋和尚的做派。

人世间到处都是拖泥带水、阴险歹毒、蝇营狗苟、寡廉鲜耻的讨厌家伙。有的家伙甚至自己何以来世上腆脸活着都不明不白。而且，

1　五山：此处为临济宗镰仓五山，即位于镰仓市区的建长寺、圆觉寺、寿福寺、净妙寺、净智寺。

2　塔中：原为弟子在圆寂高僧的舍利塔旁建造的房舍，现指禅寺院内的小寺院。

越是那种家伙脸越大。以其承受浮世之风的面积大而觉得无上荣光。一连五年十年侦探别人的屁股，数点其放屁的数量，以为这就是人生。不仅如此，来到人前还一个劲儿告知——本来求也没求他——你放了多少个屁、放了多少个屁。若是当面说的，那么作为参考也未尝不可。问题是还在背后说你放了多少个屁、放了多少个屁。叫他别啰唆了，他更加絮絮不止；叫他算了，他愈发嗷嗷不休。说知道了，也还是口口声声说你放了多少个屁、多少个屁。还说这是处世方针。方针各所不一。别说放屁放屁而默默制定方针去好了，避免制定打扰别人的方针乃礼仪所需。倘说不打扰则方针无以成立，那么人家也只能以放屁作为自己的方针。而这样一来，日本也就气数将尽。

如此这般，什么方针也不制定而只管在这美好的春夜悠然漫步，其实才够高尚。兴来，以兴来为方针；兴去，以兴去为方针。得句，方针立于所得之处；不得，方针立于不得之处。且不给任何人添麻烦。这才是真正的方针。数点屁数乃人身攻击方针。放屁为正当防御方针。如此登临观海寺石阶是随缘放旷[1]方针。

得“仰数春星一二三”之句而登罢石阶之时，但见春海如带，扑朔迷离。进得山门，已经无心拼凑绝句，当即制定作罢方针。

一条小路通往石砌禅房。右侧是山杜鹃花墙，花墙对面大约是墓园。左侧是大殿。房瓦在高处闪着幽光。往上看去，几万片顶瓦仿佛落有几万个月亮。鸽子在某处频频啼叫，似乎栖居梁下。或许神经过敏，房檐那里有点点白斑，谅是鸽粪。

1 随缘放旷：凡事随缘，豁达自在。语出《大慧普觉禅师书》。

滴雨檐的下面有一溜奇怪的影子。不像是树，当然也不是草。从感觉上说，样子像是岩佐又兵卫[1]画的鬼念佛[2]不再念佛而正在跳舞。从大殿这头到那头整齐列成一队迈着舞步。其影子又从正殿的此端至彼端同样舞姿翩翩。想必在这朦胧月色的诱惑下，钲也好槌也好捐献簿也好都不要了，不约而同来这山寺跳起舞来。

近前一看，原来高大的仙人掌。高达七八尺，看上去就像把丝瓜大小的黄瓜压得扁扁的，压成了勺子状。勺柄朝下，一片又一片往上接合，不知那勺子要接多少才算完事。今夜有可能捅破房檐，蹿到房瓦上面。那勺子形成之时，说不定忽然从哪里出来，啪一声黏接在一起。我不觉得老勺子会生出小勺子，小勺子会经年累月渐渐长大。勺子和勺子的连接实在过于离奇。这般滑稽的树绝不可能有。而且过于装模作样。据传或问如何是佛，有僧答曰庭前柏树子[3]。若接触同样问话，我会不假思索地应道月下霸王树。

小时候读得名叫晁补之那个人的纪行文，至今仍有句子记得：

于时九月，天高露清，山空月明，仰视星斗皆光大，如适在人上。窗间竹数十竿相摩戛，声切切不已。竹间梅棕，森然如鬼魅离立突鬓之状。二三子又相顾魄动而不得寐。迟明，皆去。[4]

1　岩佐又兵卫（1578—1650），江户初期画家。尤以风俗画独具一格。

2　鬼念佛："大津绘"画题之一，构图为身披法衣、颈悬铜钲的鬼醉酒弹拨三弦。始创者据传为大津又平，每误为岩佐又兵卫。

3　庭前柏树子：语据《碧岩录》。原话为："问：如何是祖师西来意，师云庭前柏树子"。

4　晁补之（1053—1110），宋代诗人，学者，亦工诗画。此段引自《新城游北山记》。

重新在口中吟咏之间禁不住笑了。根据时间与场合，这仙人掌也会使我魄动，一看见就把我赶下山去。试着用手碰刺，火辣辣刺痛手指。

沿石板路走到头往左一拐就是禅房。禅房前有一棵高大的白玉兰树，几乎有一抱粗。高度超过禅房顶。仰面看去，头上即是树枝，树枝上还是树枝。重叠的树枝上方是月亮。一般情况下，树枝如此重叠起来，从下面看不见天空。倘若有花就更看不见。而白玉兰树枝哪怕再重叠，枝与枝之间也还是有疏朗的空隙。白玉兰不胡乱伸展细枝干扰树下之人的眼力。甚至花也朗然。即使远远地从下面仰视，一朵花分明是一朵花。至于这一朵和哪一朵相互簇拥和开到什么时候则无从知晓。尽管如此，一朵终究是一朵。一朵与一朵之间能够明显望见淡蓝的天空。花色当然不是纯白。一味发白，感觉未免过冷。白而又白，表现的是特想夺人眼球的心计。玉兰花的颜色不是那样的。有意避免极度的白，而呈现为温馨的淡黄色，显得庄重和谦恭。我站在石板路上，仰望这诚恳的花朵累累伸向天空而不知其所止，为之茫然有顷。映入眼睛的无不是花，叶子一片也没有。于是得一俳句：

仰首望天空　唯见玉兰花

鸽子不知在哪里娓娓合鸣。

走进禅房。禅房大敞四开。俨然无贼王国。当然没有犬吠。

“有人吗？”

我招呼一声。

寂无声息。

“打扰了。”我求人引路。

咕咕咕咕，传来鸽子的叫声。

“打——扰——了！”我加大音量。

“噢噢噢噢噢噢”很远的对面有人应道。到别人家访问从未听得这样的回应。少顷，走廊响起足音，纸灯笼的光影随之照来屏风对面。一个小和尚一闪出现。是了念。

“师父出去了？”

“在。有何贵干？”

“请转告一声，就说温泉那个画家来了。”

“画家先生？请进！”

“不通报也可以的？”

“可以的吧！”

我脱掉木屐上去。

“不懂规矩啊，画家先生！”

“怎么？”

“要把木屐摆好。请看那里！”他凑上纸灯笼。黑柱子正中在离裸土地板高约五尺的位置，一分为四的半纸[1]上写着什么。

“喏，认得吧？写的是看脚下……”

“果然。”我认真摆正自己的木屐。

1　半纸：八开日本白纸。

老和尚房间位于走廊拐角的大殿旁边。了念毕恭毕敬打开纸拉门，毕恭毕敬跨过门槛伏身说道：

“那个——，志保田家来了一位画家先生。”完全一副诚惶诚恐的样子，让我觉得不无好笑。

“是吗？这边请。”

了念出来，我进去。房间相当狭窄。中间有个地炉，水壶发出响声。老和尚在对面看书。

“啊，请这里坐！”他摘下眼镜，把书放在一旁。

“了念，了念——”

“我在我在……”

“拿坐垫来！”

“是是是是……”了念在远处连声应道。

“嗬，真来了。够无聊的吧？”

“月亮太好了，就晃晃悠悠跑来了。”

“月亮好？”他打开纸拉门。两块踏脚石、一棵松树，此外一无所有。庭院对面似乎紧邻悬崖，迷蒙的海面当即在眼下展开，心情豁然开朗。渔火星星点点，闪闪烁烁，溶入遥远的天际，莫非要化为星星？

“好景色！师父，关着门岂不可惜？”

“那是。不过毕竟每晚都看。”

“看多少晚都看不够啊，这景色。换我，看个通宵！”

“哈哈哈。可你是画家，和我略有不同。”

“您觉得漂亮之时您就是画家！”

“那或许是的。达摩画像之类，我也画的。喏，这里的挂轴就是上一代师父画的，画得极好。”

果不其然，达摩画像挂在不大的壁龛里。但作为画相当拙劣，只是没有俗气。力图藏拙之处一概没有。无邪的画。想必上代高僧也是这幅画这样的豁达之人。

“好个无邪的画啊！”

“我等画的画这样足矣。只要气象表现出来……”

“比画得巧而有俗气的好。”

“哈哈哈哈，这样子也能得到夸奖！对了，近来画家方面也有博士的？”

“没有画家博士。”

“啊，是吗！最近我遇见一个博士。”

“哦——”

“说起博士，很厉害的吧？”

“呃，厉害的吧！”

“画家也应该有博士嘛，为什么没有呢？”

“那么说来，和尚方面也应该有博士吧！”

“哈哈哈哈，那怕也是。那个人叫什么来着，最近遇见的人……名片应该在哪里放着才是……”

“在哪里遇见的？东京？”

“不，在这里。东京，二十年没去了。听说近来有电车什么的了，很想坐一下试试。”

“没有意思的，轰轰隆隆。”

“是吗？所谓蜀犬吠日、吴牛喘月，我这样的乡巴佬，可能反而受不了的。”

“不至于受不了，只是没有意思。”

“是不是呢……”

茶壶嘴冒出好多气。老和尚从茶具箱里取出茶具，给我倒茶。

“普通茶，来一口吧！不是志保田老先生那种好茶。”

“哪里，很不错了。”

“看样子你这么四处跑来跑去，到底是为了画画？”

“呃。倒是带着画具，不过不画也没关系的。”

“噢，那么说是半玩半画了？”

“是啊，那么说怕也可以的。毕竟不愿意给人数屁。”

就算是禅僧也至少像是不解此语。

“数屁指什么？”

“在东京住久了，就会被人数点屁数。”

“怎么回事？”

“哈哈哈哈，单单数屁倒也罢了，还分析人的屁股，什么屁股眼是三角形的啦、四方形的啦，没事找事。”

“噢，那怕是出于卫生起见吧？”

“和卫生无关。侦探！”

“侦探？原来如此。那就是警察喽？警察啦公安啦，到底有什么用？没有不行？”

“是啊，画家是不需要的。”

“我也用不着。我从未给警察找过麻烦。”

“想必。”

“不过，就算给警察数点屁数也无所谓吧，佯作不知就是。自己没做坏事，多少警察也奈何不得的。”

“屁大个事，给他们抓住不放如何吃得消！”

“我是小和尚的时候，上一代大和尚这么说来着：一个人，只有做到在日本桥正中掏出五脏六腑都不以为耻，才算修行到家了。你也这么修行好了。旅行什么的，即使放弃也不碍事。”

“如果真当上画家，随时都能做到。”

“那就真当上好了。”

“给人数屁是当不成的。”

“哈哈哈哈。你看你看！你住的那家、志保田家的那美也是，出嫁回来之后，总是觉得这也不顺眼那也不开心，结果就来我这里问法。想不到近来大有长进，喏，你看那样子，成了开通女子。”

“呃呃，难怪我觉得她不一般。”

“机锋锐利得很。来我这里修行的那个叫泰安的小家伙，因了那个女子，从一件意外小事遭逢不得不究明大事的因缘……现在成了不错的开悟僧。”

松影落在静寂的院落。远处的大海既像呼应天光又不像呼应天光——在如此模棱两可之间发出微弱的光闪。渔火明灭不定。

“看那松影！”

“漂亮啊！”

“只是漂亮？”

“嗯。”

“不仅漂亮，而且，风吹也不以为苦。”

我一口喝干茶碗里的涩茶，底朝上扣在茶托上，站起身来。

“送到山门吧！了念，客人要回去了！”

两人送我走出禅房。鸽子咕——咕咕叫着。

“再没有比鸽子更可爱的了。我一拍手，全都飞来。试一下？”

月光愈发皎洁。四下悄无声息。白玉兰将几朵云华擎向空中。寥廓春夜的正中，高僧啪一声击掌。声音在风中消逝，一只鸽子也没落下。

“不落啊，本该落下才是。”

了念看我的脸，微微一笑。老和尚可能以为鸽子的眼睛夜里也看得见东西——心无挂碍的人。

在山门那里我向两人告别。回头看去，大的圆影和小的圆影落在石板路上，一前一后消失在禅房那边。

十二

记得奥斯卡·王尔德[1]说基督具有最高境界的艺术家气质。基督不晓得，而如观海寺和尚者，我认为恰恰具有这一资格。这么说不意味他趣味高尚，也并不是说通晓时势。挂一幅几乎不能以画称之的达摩画像，为之自鸣得意。他由衷觉得画家应有博士，他认为鸽

1　奥斯卡·王尔德：Oscar Wilde（1854—1900），英国诗人、小说家，提倡艺术至上主义。代表作有《莎乐美》《狱中记》等。

子眼睛夜间也好使。尽管如此，我想说他有艺术家资格。他的心如无底行囊一样通透，了无滞碍。随处而动，任意而为，肺腑毫无尘渣沉淀。假如他的脑袋里粘得一点趣味，那么他立即与之同化，行屎走尿之际也可作为完全的艺术家而存在。而如我者在被侦探数点屁数之间，绝然成不了画家。可以面对画架，可以手拿调色板，然而成不了画家。如此来到名都不晓得的小山村将五尺瘦驱埋没于行将逝去的春色之中，我才得以将吾身置于真正艺术家所应采取的态度。一旦进入这一境界,美之天下即归我有。即使不染尺素不涂寸绢,我也是第一流的大画家。即使技不如米开朗琪罗[1]、巧逊于拉斐尔[2],而在艺术家人格上也堪与古今大家并驾齐驱，毫无逊色之处。来这温泉旅馆之后还一幅也没画。背来画具箱甚至有心血来潮之感。或许有人笑我那也算是画家？不管别人怎么笑，现在的我也是真正的画家、像样的画家。得此境界之人，未必画出名画，但画出名画之人必然知此境界。

吃罢早餐，美美吸一支敷岛喷云吐雾之时的我的感想如上所述。太阳离开雾霭高高升起。打开纸拉门往后山看去，苍翠的树木显得玲珑剔透，分外亮丽。

我总是把空气与物象与色彩的关系视为宇宙间最有兴味的一项研究。以色彩为主表现空气？还是以物为主描绘空气？或者以空气

1　米开朗琪罗：Michelangelo Buonarroti（1475—1564），意大利文艺复兴时期代表性画家、雕刻家，尤以《最后的审判》名闻遐迩。

2　拉斐尔：Raffaello Santi（1483—1520），意大利画家、建筑家，文艺复兴时期的巨匠。

为主来衬托色与物？气势稍有不同，画的意境就各所不一。而意境又因画家本身的嗜好而千差万别。此乃自明之理。另一方面，自身受时间和场所的限制也是理所当然。英国人画的山水，欢快的东西一概没有。也许他们讨厌欢快的画，纵使喜欢，采用那种空气也是完全无可奈何的。即便同是英国人，戈达尔[1]的设色也截然不同。理应不同。他虽是英国人，但从未画过英国风景。他的画题不是他的乡土。同其本国相比，画的空气透明度非常出色。相比于本国，他只选择埃及或波斯一带的风景。因此最初看他的画，谁都感到惊讶，甚至怀疑英国也有人画出这般明丽的色彩。

个人嗜好是奈何不得的。不过，如果意在描绘日本山水，那么我们也必须表现日本固有的空气和色彩。纵然把法国画说得再好，而若原封不动用那种色调，也不能说是日本的风景。我们还是要正面接触大自然，朝夕研究云容烟态，最后心想正是那一颜色之时马上扛起三脚架飞奔而出。颜色须瞬间移植。一旦错失良机，同样颜色就断难入目。我此刻仰视的山边，正带有这一带极少能见到的理想颜色。特意赶来却失之交臂委实可惜。画一下好了！

我拉开隔扇，走到檐廊，只见那美正背倚对面二楼隔扇站着。下巴掩在衣领里，只能看见侧脸。我正想打招呼，只见女子左手照样下垂，而右手如旋风一样挥动。发光的莫非闪电？在胸前飞快地折闪了两三道，旋即咔嚓一声，闪电即刻消失。女子左手握有九寸五分长的白色刀鞘。身姿转眼隐在隔扇影中。我以一大早就窥得歌

1　戈达尔：Frederick Goodall（1822—1904），英国维多利亚时期画家，尤工风景画、肖像画。

舞伎的心情走出旅馆。

出门往左一拐，很快顺一条陡路爬上山坡。黄莺到处鸣叫。左侧缓缓往山谷倾斜，满坡都是橘树。右侧排列着两座不很高的山冈，也好像种满橘树。这地方几年前来过一次。懒得屈指计算，似乎是寒冷的十二月间。那时第一次看见满山遍岭全是橘树的景色。我对采橘人说卖给我一枝，对方应道随便给你多少，只管拿好了！说着，在树上唱起调子奇妙的民歌。在东京，就连橘皮都必须去药店买。夜里不断有枪声传来。一问，回答说是猎人打野鸭子。那时连那美的那字都不晓得。

如果让那个女子当演员，肯定是一个出色的女角。普通演员一上舞台就装模作样，而那个女子天天在家中表演，而且没意识到是在演戏。演得自然而然。想必那才能称为美的生活[1]。托她的福，绘画修养颇有进展。

若不将那女子的所作所为看作演戏，未免心里发怵，一天也住不下去。倘以义理啦人情啦等寻常套路为布景、以普通小说家那样的视角研究那女子，刺激势必过于强烈，很快厌弃。在现实世界中，假如说我和那女子之间形成一种缠绵的关系，那么我的痛苦恐怕是语言所难以道尽的。我的这次旅行，用意就在远离俗情、彻头彻尾成为画家。大凡入眼之物，都必须统统作为画来看待，都只能作为能乐、戏剧或诗中人物来观察。从这一觉悟的眼睛窥看那女子，她的所作所为在我迄今见过的女子当中就是最美丽的，唯其自己并没

1　美的生活：文艺评论家高山樗牛（1871—1902）在《美的生活论》中提倡的生活态度。

做美丽表演的意识，因而比演员的举止还要美丽动人。

请别误解具有如此想法的我。若批评说作为社会公民不够得当，那是最为片面的。善难行，德难施，节操不易守。为义而舍身未免可惜。不惜做这等事，对任何人都是痛苦。要想冒犯这种痛苦，内心的某处必须蕴含战胜痛苦的欢愉。所谓画也好，所谓诗也好，或者某种戏剧也好，不过是包含在酸楚中的快感的别名罢了。只有悟得个中此趣，吾人所作方能成为壮烈、成为风雅。恨不得战胜所有艰难困苦来满足胸中一点无上趣味，方能将肉体的痛苦置之度外，对物质上的不便不屑一顾，驱动勇猛精进之心，为人道而视烹于鼎镬为乐趣。若立于人情之狭小天地而给艺术下定义，那么艺术倘不蕴含于我等富有教养士人之胸间，进而避邪就正、斥曲护直、扶弱挫强，则无论如何也不堪忍受——艺术乃此一念的结晶，灿然反射光天化日。

我们有时嘲笑人的行为有演戏气，嘲笑为了贯彻美好趣味而不惜付出不必要牺牲的罔顾人情表现，嘲笑不静等自然发挥美好性格的良机而勉强炫耀自己趣味的愚蠢。真正了解个中消息的嘲笑者可谓仍得其意。及至不懂趣味为何物的凡夫俗子以自身卑劣根性而蔑视他人的做法，委实难以原谅。往日有留下岩头吟[1]而从五十丈飞瀑纵身跳入急湍的青年。依我之见，那个青年是为一个美字而舍弃了不应舍弃的生命。死本身确是壮烈的，但导致死的动机则不易理解。然而，甚至不解死本身之壮烈的人，如何能嘲笑藤村子的行呢？我要强调的是，他们因为不懂壮烈赴死的情趣，故而即使有正当情由

1　岩头吟：一九〇三年（明治三十六年），十八岁的高中生藤村操跳入日光华严瀑自杀，岩头吟为其遗书。

他们也不能壮烈赴死——在这一局限性上，作为人格，他们无疑比藤村子低劣，没有嘲笑的权利。

我是画家。正因为是画家，所以作为注重趣味之人，纵然沦落于人情世界，也比东西两邻“没风流汉”高尚，也作为社会一员卓然处于教育他人的地位，也比没有诗情、没有画意、没有艺术爱好之人能有美好作为。身在人情世界，美好作为是正、是义、是直。将正、义、直在行为上予以显现之人，乃是天下公民的楷模。

已然离开人情界一些时日的我，至少在这次旅行当中无须回归人情界。否则，这难得的旅行就成了徒劳。必须从人情世界拂去粗粗拉拉的沙尘，只注视底部美丽的金子。我也必须以社会一员自居。作为纯粹的专业画家，就连我也已经斩断利害的缠绵僵索，昂然往来于画布之中，何况山、水、他人！虽说是那美的行为动作，但也只能视之为本真面目。

爬了三四百米，对面闪出一座白墙房子，谅是橘林中的住宅。路不久分成两股。沿着白墙左拐时，蓦然回头，下面有个身穿红裙的少女往上爬来。腰带渐渐看分明了，接着露出褐色的小腿。小腿露尽了，露出草鞋。那双草鞋一步步移来。她的头顶有山樱飘落，背负光闪闪的大海。

山路爬到头了，到得山梁一块平地。北面春峰叠翠，说不定是今早从檐前仰望的一带。南面的地势不妨说是野火烧过的荒野，以五六十米宽的幅度向前伸展，尽头成了崩毁的山崖。崖下是刚才路过的橘林。视线跨过村庄远望，无须说，映入眼帘的是蔚蓝的大海。

路有好几条，分分合合，合合分分。哪一条都很难看作主路。

哪一条都是路，又都不是路。黑红色的地面在草中时隐时现，分不清连往哪一条路。如此变化多端，饶有兴味。

在哪里坐下好呢？我在草地上远近徘徊。从檐廊看时以为可以入画的景色，真要画的时候意外散乱。颜色也渐渐变了。在草地上东望西望之间，作画的念头不知何时无影无踪。而若不画了，在哪里坐下都是我的安居之地。春日阳光浸染着草地，一直浸入草根。咚一声摔下屁股，感觉上似乎碾碎了肉眼看不见的地气。

大海在脚下闪光。一片遮拦云絮也没有的春日光线普照水面，看上去是那么温暖，那余温说不定什么时候会整个温暖浪底。海面一片湛蓝，仿佛被一把毛刷均匀涂了一遍。白金般的细鳞此起彼伏，闪闪烁烁。春日无限照天下，天下无限湛碧波。如此时间里，见到的唯有小指尖般的白帆。而且，帆纹丝不动。往昔入贡的高丽船由远而近之时，想必就是那个样子。此外目力所及，大千世界，只有照射的日之世和被照的海之世。

骨碌躺下。帽子滑去额后，活活成了阿弥陀佛。小株木瓜长得正欢，高出周围青草一两尺了。我的脸正好放在一株跟前。木瓜花有意思。枝很顽固，从不弯曲。而若说是笔直，绝非笔直。只是笔直的短枝和笔直的短枝以某个角度相互冲突着倾斜着构成一个整体。看不出是红还是白的不得要领的花就悠然开在那里。甚至柔软的叶片也点缀着花朵。若让我评，在花里边，木瓜花恐怕是愚而开悟者。世间有所谓守拙之人，这种人来世托生，必为木瓜。我也想成为木瓜。

小时候曾把开花带叶的木瓜切下来兴致勃勃地弯成树枝形进而弄成笔架。把两钱五厘的毛笔挂在上面，白穗在花叶之间时隐时现——就那样放在桌子上看得津津有味。那天满脑袋装着笔架睡了。翌日一睁眼就跳起来跑去桌前一看，花蔫了，叶枯了，惟独白穗依然闪光。那般漂亮的东西，为什么一个晚上就枯萎了呢？当时真是困惑不堪。如今想来，还是那时候远离人间烟火。

躺下就闪入眼帘的木瓜，乃是二十年来的旧知己。凝视之间，渐渐觉得神思缥缈，怡然自得。诗兴再次上来。

躺着思考。每得一句就记在写生簿上。似乎不大工夫就写成了。从头读了一遍：

出门多所思，春风吹吾衣。
芳草生车辙，废道入霞微。
停笻而瞩目，万象带晴晖。
听黄鸟宛转，观落英纷霏。
行尽平芜远，题诗古寺扉。
孤愁高云际，大空断鸿归。
寸心何窈窕，缥缈忘是非。
三十我欲老，韶光犹依依。
逍遥随物化，悠然对芳菲。[1]

啊，成了，成了，这回写成了。躺着看木瓜而忘尘世的感觉终于出来了。即使木瓜不出大海不出，而只要感觉出来，此即足矣——

1　出门多所思……悠然对芳菲：1898 年漱石居熊本期间写的五言古诗《春兴》。原诗如此。

正当我这么赞叹着欣喜之间，听得有人吭一声干咳，让我吃了一惊。

翻身往声音传来方向看去，一个男子绕过山角从杂木林间出现了。

他头戴褐色礼帽，帽形已经崩溃，倾斜的帽檐下露出一对眼睛。眼形看不清楚，但分明像是惶惶然左顾右盼。蓝色条纹长衫掖起底襟，光脚穿着木屐——这副打扮让人捉摸不透。若仅以乱糟糟的胡须判断，无疑有流浪武士的价值。

以为他沿山道下行，没想到又从拐角折身回来。以为他要退回来时路，却又不是，重新起步前行。除了散步的人，应该不至于有人这么走来走去。然而那是散步打扮吗？况且，很难认为那样的男子会住在这附近。他不时站住不动，或歪起脑袋，或四下环视。看样子既像是冥思苦索，又似乎是在等人。总之莫名其妙。

我再也无法把自己的眼睛从这令人不安的男子身上移开了。倒也不是害怕，也没心思用来作画，只是眼睛移不开罢了。由左而左，由左而右，眼睛随着他移动的时间里，来人突然停住脚步。与此同时，又一人闪入我的视野。

两人似乎相互认识，逐渐双双接近。我的视野慢慢缩小，最后在草地正中缩成一小块。两人一个背对春日，一个面向春海，完全四目相对。

男的当然是那个流浪武士。对方呢？对方是女子，是那美。

当我看见那美的身姿时，马上联想起早上的短刀。莫非揣在怀里了？就连非人情的我也心里咯噔一下。

男女就那样四目相对，以同一态度伫立良久。看不出动的迹象。

嘴也许在动，但语声一无所闻。之后男子低眉垂首，女子转看春山，脸未入我眼。

山上黄莺鸣啭。看样子女子倾听莺鸣。未几，男子猛然抬起垂下的脑袋，开始半转脚跟。情况非同寻常。女子飒然敞开衣服，转身面对大海，从腰带间探头的像是短刀。男子昂然起步。女子拉开两步距离随男子脚跟前行。女子穿的是草鞋。男子站住了，莫不是被叫住的？回头那一瞬间，女子右手落进腰带。危险！

吐噜冒出来的，以为“九寸五”，不料是钱包样的小包。伸出的白手的下面，一条长带随着春风飘摇。

单脚跨前一步，腰部往上稍稍后仰，伸出的白皙手腕，紫色的小包。仅此姿势即足以入画。

因紫色而约略断开的画面，通过以两三寸间隔回过头来的男子身体动作而恰到好处地连在一起。所谓不即不离，我想正是形容这一刹那情形之语。女子前倾之势，男子后仰之姿，而实际上无人牵线使之倾仰。两人的缘分在紫色钱包交接之处彻底断开。

在两人的姿势保持如此美妙和谐的同时，两人的脸庞和衣服形成鲜明的对照。以画视之，更加兴味盎然。

一个虎背熊腰、满腮黑须、细长马脸，一个长颈、柳肩、身段苗条。表情冷冷地扭着身子脚蹬木屐的流浪武士，就连日常铭仙绸也穿得优雅得体、由腰而上谨慎隆起的约略瘦削的那美。那已然磨秃的褐色礼帽和蓝色条纹的掖襟长衫，那甚至应有地气腾起的梳理工整的鬓角色调和从有黑缎子闪烁的深处一晃儿现出的腰带衬里的冶艳，所有这一切都是上好画题。

男子伸手接过钱包。倾仰分寸保持绝妙平衡的两人位置顷刻崩溃。女子不再前倾，男子亦无意后仰。心理状态在构图上面竟有如此大的影响——虽是画家也从未察觉。两人左右分开。因双方没了气势，作为一幅画已支离破碎。男子在杂木林入口处一度回过头。女子则不往后看，径自朝这边走来。少顷，走到我的正对面招呼两声：

“先生、先生！”

她是什么时候注意到我的呢？

“什么事？”

我朝木瓜上面伸出脸去，帽子落在草地上。

“在那样的地方做什么呢？”

“躺着作诗。”

“说谎！看见刚才的了吧？”

“刚才的？刚才的、那个？嗯，看了一点点。”

“呵呵呵呵不是一点点也可以的，看多少都悉听尊便。”

“实际上也看了不少。”

“您看您看！啊，好了，请稍稍过来一下，从木瓜里出来！”

我乖乖从木瓜中走出。

“木瓜里还有什么事？”

“已经没有了，也该回去了。”

“那、一块儿走吧！”

“好好。”

我再次诺诺连声，退回木瓜树下，戴上帽子，归拢画具，和那美一起走了起来。

“画画呢？”

“算了。”

“来这里不是还一张也没画成吗？”

“嗯。”

“特意来画画，却一点儿也没画，够自讨无趣的吧？”

“哪里，无所谓。”

“嗬，真的？为什么？”

“也不为什么，反正无所谓。画那玩意儿，画成也好没画成也好，归根结底都一回事。”

“够洒脱的！呵呵呵呵，相当乐观啊！”

“既然来到这种地方，若不乐观，那么来的意义不是就没有了？”

“不不，不管在什么地方，都要乐观才行。不然活的意义就没有了。比如我吧，就算刚才的场景被人看见，也不觉得有什么不好意思。”

“不觉得是对的！”

“真的？您对那个男的到底怎么看的呢？”

“这个吗，好像不怎么有钱。”

“呵呵呵，说中了说中了。你是占卜高手啊！那人说他穷得在日本待不下去了，是来找我要钱的。”

“呃。从哪里来的呢？”

“从城里来的。”

“相当远啊！那么，要去哪里呢？”

“听说要去满洲。”

“去干什么？”

“去干什么？是去捡金子，还是去送命，我不知道。”

这时我抬起眼睛，看一眼她的脸。刚刚闭合的嘴角上，隐隐的笑意正在消失，含义不得而知。

“那是我的丈夫。”

迅雷不及掩耳，女子突然一刀捅来。我目瞪口呆。无须说，我无意打探这种事，她自己也不至于想坦率到这个地步。

“怎么样，吃惊了吧？”女子说。

“嗯，多多少少。”

“不是现在的丈夫，离婚了的丈夫。”

“怪不得。那么……”

“就此了结。”

“是吗？……橘子山上有一座很气派的白墙房子吧？位置相当好。谁的房子呢？”

“那是我哥哥的家。回去路上顺便去一下。”

“有什么事？”

“嗯，有人托我捎了一点东西。”

“一块去吧！”

来到山路口时没下到村子里，而马上右拐。又爬了一百多米，有一座大门，进门没进屋，直接拐去庭园入口。女子旁若无人地大步前行，我也旁若无人地甩开大步。向阳的庭园有三四株棕榈树，土围墙下紧挨着橘园。

女子即刻坐在檐廊地板边上，说：

“好景色，看！”

“果然，好漂亮！”

隔扇里面寂无人息。女子也没有打招呼的意思，只是坐下来静静俯视橘园，我觉得不可思议。到底有什么事呢？

最后也没说话，两人都只管默然往下看着橘园。近午时分的太阳把暖洋洋的光线直上直下照满整片山坡。满目橘叶，就连叶片背面都被照得闪闪发光。少顷，里面仓房那边，一只鸡喔喔喔大声叫了起来。

“噢，已经中午了。事情忘了，久一君，久一君！”

女子弯下腰，咣啷一声拉开闭合的隔扇。里面空荡荡铺着十张榻榻米，两幅狩野派[1]挂轴凄凄然装饰着春日的壁龛。

“久一君！”

仓房那边终于传来回音。脚步声在隔扇对面止住。咣啷，隔扇刚一打开，就有一把白鞘短刀掉在榻榻米上。

“喏，你伯父的饯行礼物。”

我全然不知她何时把手伸进衣带的。短刀反转了两三下，在平静的榻榻米上滚到久一脚下。看样子刀鞘太松，刀身露出闪了大约一寸寒光。

1　狩野派：室町时期画家狩野正信（1434—1530）开创的绘画流派。其子元信（1476—1559）集其大成。江户初期的狩野探幽（1602—1674）以绚丽多彩的画风闻名于世。

十三

坐河船把久一送去吉田的火车站。坐在船上的，有被送的久一君，有送行的老人、那美、那美的哥哥和照看行李的源兵卫。还一个就是我。我当然只是陪衬。

即使陪衬，叫到了也还是去，不知什么用意也去。非人情之旅无须多虑。船就像把筏子加了边框，底是平的。老人居中，我和那美在船尾，久一君和那美的哥哥坐在船头。源兵卫和行李单独拉开距离。

“久一君，对打仗你是喜欢还是讨厌？”那美问。

“不出去看看是不明白的。苦事想必有，但开心事也是有的吧！”不晓得战争的久一君说道。

“再苦也是为了国家。”老人说。

“拿了短刀，会不会多少想上阵试试呢？”女子又问起奇妙的事。

久一君轻轻点了下头：

“是会的吧！”

老人撩起胡须笑了笑。那美的哥哥一副佯作不知的样子。

“那么漫不经心，能打得了仗吗？”女子不拘小节地把白皙的脸庞凑到久一君跟前。久一君和她的哥哥略略对视。

“那美当了军人，说不定能有两下子。”这是哥哥对妹妹说的第一句话。从语调推断，不纯属开玩笑。

“我？我当军人？要是能当军人我早当了。现在已经死了。久一君，你也死了算了。活着回来说起来不好听。”

“乱说话！别别，还是要光荣地凯旋归来！并非只有死才是报效国家。我也打算活上两三年，还能见到。”

老人的话，尾音拖得很长，越来越细，最后成了泪线。毕竟是男人，不好出言无忌。久一君什么也没说，转头望着河岸。

岸上有棵高大的柳树，下面系一条小船，一个男人一味盯视钓线。一行人的船慢慢曳着水波从他面前通过时，他蓦然抬起脸和久一君四目相对。四目相对的两人之间没有任何电流发生。对方想的只是鱼。久一君的脑袋里连容纳一条鲫鱼的余地也没有。一行人坐的船从太公望[1]面前划了过去。

从日本桥通行的人数，一分钟不知有几百之多。假如站在桥畔一一问得行人心中盘踞的纠葛，想必得知这尘世眼花缭乱难以活命。因为只是和陌生人相遇、与陌生人分别，以致最后竟有了志愿者站在日本桥摇晃指挥电车的小旗。幸运的是，太公望面对久一君险些哭出的脸也没要他做任何解释。回头望去，他兀自心安理得地凝视浮子，没准一直凝视到日俄战争结束为止。

河面不很宽，底浅，水流徐缓。要倚着船舷在这水面上滑去哪里呢？必定滑去春尽人喧而想和谁约会的地方。这眉间印有一点腥血的青年毫不留情地将我等一行人拖向前去。而命运之索将这青年拖往遥远、幽暗、荒蛮的北国——因此，被某日、某月、某年的因

1　太公望：助武王建立周朝的吕尚，在渭水钓鱼时被周文王发现奉之为师。俗称姜太公。这里代指钓鱼人。

缘和这青年捆在一起的我们,必将被这青年拖到缘尽之处。缘尽之时，他与我等之间就会噗一声一刀两断，而唯他一人被命运之手不由分说地拖曳过去。剩下的我等将别无选择地留在原地。央求也好挣扎也好，都不能尾随其后。

船不无诗意地一路轻快滑行，左右两岸似有笔头菜什么的长了出来。土堤上看起来有很多垂柳，低矮的房屋疏疏落落地从中探出苫草的房顶，探出熏黑的窗扇。时有白色家鸭闪现出来，嘎嘎叫着扑来河中。

柳树和柳树之间光艳艳一闪一闪的，像是白桃花。有织布声哐哐传来。哐哐声中断时即有女子歌声漫上水面！哈——伊、伊哟——。至于唱的什么则全然摸不着头脑。

“先生，请把我画下来啊！”那美要我画她。久一君和那美的哥哥不断地讲军队的事。老人不知何时打起盹来。

“那就画好了！”我取出写生簿。写罢给她看：

春风解衣带　缎子是何牌

女子笑道：

“这样的一笔画不行，得认真些，把我的气质画出来！”

“我倒是也想画，奈何你的脸、这样的脸是成不了画的。”

“搪塞人家！那么，怎么样才能成画？”

“不不，现在也是画得成的，只是多少有美中不足之处。把不足画出来，难免遗憾！”

“不足也没办法，天生的脸嘛！”

“天生的脸也可以千变万化。”

“自己随心所欲？”

“是的。”

“以为人家是女的就把人家当傻瓜！”

“你是女的才说这种傻话！”

“那么，把你的脸来个千变万化给我看！”

“像这样天天千变万化，就足够了！”

女子默默把脸转向对面。岸边不知何时低得和水面几乎持平。放眼望去，紫云英铺天盖地。鲜红的点点花瓣，不知何时被雨冲洗过，一半融化成了花海，在霞光中漫无边际地扩展开去。举目远望，半空中一座峥嵘的山峰正从山腰间隐约吐放春云。

“您是从那座山的那边翻越来的。”女子把白嫩的手伸去舷外，指着梦幻般的春山。

“天狗岩一带？”

“那片浓绿下面有块泛紫的地方吧？”

“是日影那里吗？”

“是不是日影呢？光秃秃的吧？”

“哪里，是凹下去了。若是秃了，颜色会更褐一些。”

“果真？反正听说是那里的后面。”

“那么说，七曲要再稍微往左一点，是吧？”

“七曲要往前过去很远，那座山前面的又一座山。”

“言之有理。不过从视觉上说，应是那片淡云笼罩的一带吧？”

“嗯，方位是那里。”

打盹的老人臂肘掉到舷外，一下子睁开眼睛。

“还没到吧？”

老人挺起胸廓，右肘往后一撑，左手笔直伸出，使劲儿伸了个懒腰。顺便做了个拉弓架势。女子呵呵笑道：

“总是这个毛病……”

“看样子喜欢拉弓啊！”我也笑着问。

“年轻时候能拉到七分五厘，按弓力度如今也不一般。”他拍了拍左肩给我看。

船头谈战争谈得兴致勃勃。

船终于驶入仿佛城镇的地段的里边。纸拉门中间那里写的“居酒屋”出现了，传统样式的半截绳编门帘出现了，木材堆放场出现了，人力车声传来了，燕子一闪肚皮飞向天空，家鸭嘎嘎叫个不停。一行人弃舟走去车站。

这就被拖到了现实世界。我把能看见火车的地方称为现实世界。恐怕再也没有比火车更能代表二十世纪文明的了。把好几百人塞入同样的箱子轰轰驶过，毫不留情绝不通融。被塞入的人无不以同等程度的车速停在同一车站，同样沐浴蒸汽的恩泽。人们说乘上火车，我说被塞入火车。人们说乘火车去，我说用火车运。再也没有比火车更蔑视个性的了。文明用尽大凡所有的手段发展个性之后，又要用大凡所有的手段践踏个性。给予每人几坪几合[1]，任凭你在这块地表

1　几坪几合：日本土地面积单位，1 坪相当 3.3 平方米，1 合为 1 坪的十分之一。

内起止坐卧，此即现代文明。与此同时，在这几坪几合周围设以铁栅栏，喝令不许越此一步，此亦现代文明。在这几坪几合内尽情享受自由的人也想在铁栅栏外尽情享受自由，此乃自然趋势。可怜的文明国民日夜咬着铁栅栏咆哮不已。文明给个人以自由使之猛如老虎，而后将其投入围栏之中以维持天下和平。这种和平不是真正的和平，一如动物园里的老虎瞪视游客躺着不动。而若拔除一根铁棍，世界即体无完肤。第二次法兰西革命势必在此时爆发。个人革命则已爆发，昼夜不息。北欧的伟人易卜生[1]已就革命爆发的状态具体举例示于吾人。每次看见火车不由分说地将所有人当作货物势不可挡地风驰电掣，我就将对封闭于车厢里的个人及其个性丝毫不予理会的这钢铁怪物与之比较，心想危险，危险，务必小心！现代文明到处充斥着迎面冲来的危险。在一片漆黑中横冲直撞的火车就是这危险的一个标本。

我在站前一家茶馆里坐下，一边看着艾蒿饼一边思考“火车论”。这不能写进写生簿，也没必要讲给别人，只好默默吃饼喝茶。

对面帆布凳上坐着两个人。同样穿着草鞋，一个披一条红毯，一个穿浅绿色细筒裤，膝头打了块补丁，手按在补丁上面。

“还是不行吧？”

“不行啊！”

“要是像牛那样长两个胃有多好！”

“有两个真是没说的，一个坏了，切掉就是。”

1　易卜生：Henrik Ibsen（1828—1906），挪威剧作家，现代剧的创始人。代表作《偶人之家》提倡女性解放。

两个乡下人看上去像有胃病。他们不晓得满洲野外冷风的气息，不懂得现代文明的弊端。至于革命为何物，恐怕连这两个字都没听说过。甚至自己的胃有一个还是有两个都无从辨识。我拿出写生簿，将这两人画了下来。

叮铃叮铃响起铃声。票已买好。

“好了，走吧！”那美起身。

“出发！”老人也站起身来。一行人一齐穿过检票口，走上月台。铃声响个不停。

轰隆一声，泛着白光的钢轨上，文明的长蛇蜿蜒而来。文明的长蛇口吐黑烟。

“这就分别了？”老人说。

“那么，请多保重！”久一低下头去。

“别活着回来！”那美又来一句。

“行李到了？”那美的哥哥问。

长蛇在我们面前停住。侧腹门开了好几扇。人或出或进。久一君钻上车去。老人、那美的哥哥、那美、我站在外面。

只要车轮一转，久一君便已不是我等世间之人，他要去遥远、遥远的世界。那个世界里，人在硝烟气味中劳作，顺着血流跌打滚爬，天空隆隆作响。即将前往那种地方的久一君站在车厢里默默看着我们。把我们从山中拖出的久一君和被拖出的我们的因缘将在此中断，已经开始中断。仅仅车门和车窗开着，仅仅相互看脸，走的人和留下的人仅仅相隔六尺，而因缘已中断殆尽。

乘务员一边砰砰关门，一边朝这边跑来。每关一扇门，走的人和送的人就远离一些。少顷，久一君的车厢门也砰一声关上了。世界已分成两个。老人不由得靠近窗边，青年从窗口探出脑袋。

“危险，要开了！”声音刚落，毫不留恋的火车声带着轰隆轰隆的节奏开动了。车窗一个一个从我面前通过。久一君的脸越来越小。最后的三等车通过我面前时，车窗里又探出一张脸来。

毛磨光的褐色礼帽下，满脸胡须的流浪武士依依不舍地伸出脑袋。这时，那美和流浪武士不由自主地面面相觑。火车轰轰隆隆向前行驶。流浪武士的脸很快消失不见。那美茫然目送火车。奇异的是，茫然之中居然有迄未见过的“哀怜”在整个面部浮现出来。

“就是它！正是它！它一出来就成画了！”

我拍着那美的肩头小声说道。我胸间的画幅遽然成形。

林少华译著年表

一、文学译作（单行本）

译作排列顺序以出版社为主,辅以出版时间。截止时间为2020年12月。

春风文艺出版社（沈阳）

水上勉著:《青楼哀女》, 1986 年 .

黑龙江人民出版社（哈尔滨）

舟桥圣一著:《意中人的胸饰》(合译, 另收《印染匠康吉》), 1987 年 .

吉林人民出版社（长春）

狮子文六著:《自由与爱情》, 1987 年 .

北岳文艺出版社（太原）

井上靖著:《情系明天》, 1988 年 .

四川人民出版社（成都）

永井荷风著:《隅田川》(合译)，1988年.

作家出版社（北京）

三岛由纪夫著:《天人五衰》，1995年.

译林出版社（南京）

村上春树著:《青春的舞步》(外国名人新作丛书)，1991年，1996年.

村上春树著:《奇鸟行状录》(当代外国流行小说名著丛书)，1997年.

漓江出版社（桂林）

村上春树著:《挪威的森林》，1989年，1996年，1999年.

村上春树著:《世界尽头与冷酷仙境》，1992年，1996年，1999年.

村上春树著:《好风长吟》(合译)，1992年.

吉本芭娜娜著:《开心哭泣开心泪》(合译)，1992年.

芥川龙之介著:《罗生门》，1997年.

村上春树著:《寻羊冒险记》，1999年.

村上春树著:《象的失踪》，1999年.

村上春树著:《舞！舞！舞！》，1999年.

东山魁夷著:《唐招提寺之路》，1999年.

林真理子著:《明治宫女》，2006年.

群众出版社（北京）

江户川乱步著:《阴兽·怪人幻戏》(合译)，1999年.

河北教育出版社（石家庄）

川端康成著:《岁月·湖·琼音》(合译)，2000年.

北京十月文艺出版社（北京）

原田康子著:《挽歌》，2000年.

中国文联出版社（北京）

谷崎润一郎著:《恶魔》(合译)，2000年.

花城出版社（广州）

三岛由纪夫著:《金阁寺·潮骚》，1992年.

夏目漱石著:《心》(含《哥儿》)，2000年.

上海译文出版社（上海）

村上春树著:《挪威的森林》(全译本)，2001年初版，2003年俱乐部版，2007年新版，2007年纪念版(精装)，2011年电影特别版，2014年精装版，2018年新版(三十周年纪念版).

村上春树著:《且听风吟》，2001年初版，2003年俱乐部版，2007年新版，2014年精装版，2018年新版.

村上春树著:《一九七三年的弹子球》，2001年初版，2008年新版，2014年精装版，2018年新版.

村上春树著:《寻羊冒险记》，2001年初版，2003年俱乐部版，2007年新版，2014年精装版，2018年新版.

村上春树著:《再袭面包店》，2001年初版，2008年新版，2016年新版.

村上春树著:《斯普特尼克恋人》，2001年初版，2008年新版，2014

年精装版，2018 年新版 .

村上春树著:《国境以南太阳以西》，2001 年初版，2003 年俱乐部版，2007 年新版，2014 年精装版，2017 年新版 .

村上春树著:《夜半蜘蛛猴》，2001 年初版，2002 年精装版，2012 年彩图版 .

村上春树著:《象厂喜剧》，2002 年初版，2013 年彩图版 .

村上春树著:《舞！舞！舞！》，2002 年初版，2004 年俱乐部版，2007 年新版，2014 年精装版，2018 年新版 .

村上春树著:《去中国的小船》，2002 年初版，2004 年俱乐部版，2008 年新版 .

村上春树著:《神的孩子全跳舞》，2002 年初版，2009 年新版 .

村上春树著:《爵士乐群英谱》，2002 年初版，2013 年彩图版 .

村上春树著:《旋转木马鏖战记》，2002 年初版，2009 年新版 .

村上春树著:《列克星敦的幽灵》，2002 年初版，2009 年新版，2019 年新版 .

村上春树著:《奇鸟行状录》，2002 年初版，2009 年新版，2014 年精装版，2018 年新版 .

村上春树著:《世界尽头与冷酷仙境》，2002 年初版，2004 年俱乐部版，2007 年新版，2014 年精装版，2018 年新版 .

村上春树著:《遇到百分之百的女孩》，2002 年初版，2003 年俱乐部版，2008 年新版 .

村上春树著:《萤》，2002 年初版，2009 年新版 .

村上春树著:《电视人》，2002 年初版，2009 年新版 .

村上春树著:《海边的卡夫卡》，2003 年初版，2007 年新版，2014 年精装版，2018 年新版 .

村上春树著:《终究悲哀的外国语》，2004 年初版，2011 年新版 .

村上春树著:《如果我们的语言是威士忌》，2004 年初版，2013 年彩图版 .

村上春树著:《朗格汉岛的午后》，2004 年初版，2013 年彩图版 .

村上春树著:《羊男的圣诞节》，2004 年初版，2012 年彩图版 .

村上春树著:《村上朝日堂嗨嗬！》，2004 年初版，2011 年新版，2020 年新版 .

村上春树、安西水丸著:《村上朝日堂的卷土重来》，2004 年初版，2011 年新版，2020 年新版 .

村上春树、安西水丸著:《村上朝日堂》，2005 年初版，2011 年新版，2020 年新版 .

村上春树著:《天黑以后》，2005 年初版，2007 年新版 .

村上春树、安西水丸著:《村上朝日堂是如何锻造的》，2005 年初版，2011 年新版，2020 年新版 .

村上春树著:《村上朝日堂日记：旋涡猫的找法》，2005 年初版，2011 年新版，2020 年新版 .

村上春树著:《东京奇谭集》，2006 年初版，2015 年版，2019 年新版 .

村上春树著:《雨天炎天：希腊、土耳其边境纪行》，2007 年初版，2016 年新版 .

村上春树著:《地下》，2011 年初版，2019 年新版 .

村上春树著:《边境近境》，2011 年初版 .

村上春树著:《远方的鼓声》，2011 年初版，2014 年新版 .

村上春树著，大桥步画:《村上广播》，2012 年初版 .

村上春树著:《日出国的工厂》，2012 年初版 .

村上春树著:《没有意义就没有摇摆》，2012 年初版 .

村上春树著:《在约定的场所——地下 2》，2012 年初版 .

村上春树著:《应许之地——地下 2》，2019 年新版 .

村上春树著，和田诚画:《爵士乐群英谱 2》，2012 年初版 .

村上春树著:《没有女人的男人们》(合译)，2015 年初版 .

村上春树编著:《生日故事集》(合译)，2015 年初版 .

村上春树著:《刺杀骑士团长》，2018 年初版 .

川上未映子问，村上春树答:《猫头鹰在黄昏起飞》，2019 年初版 .

芥川龙之介著:《罗生门》(译文名著文库)，2008 年初版，2018 年 .

田边圣子著:《新源氏物语》(合译)，2008 年初版 .

三岛由纪夫著:《天人五衰》，2011 年，2014 年 .

中国宇航出版社(北京)

芥川龙之介著:《罗生门》(日汉对译)，2008 年，2013 年 .

芥川龙之介著:《侏儒警语》(日汉对译)，2008 年 .

夏目漱石著:《心》(日汉对译)，2008 年，2013 年 .

夏目漱石著:《哥儿》(日汉对译)，2008 年，2013 年 .

江户川乱步著:《阴兽》(日汉对译)，2013 年 .

小林多喜二著:《蟹工船》(日汉对译)，2013 年 .

太宰治著:《斜阳》(日汉对译)，2015 年 .

太宰治著:《人的失格》(日汉对译)，2015年.

堀辰雄著:《起风了》(日汉对译)，2016年.

谷崎润一郎著:《春琴抄》(日汉对译)，2018年.

青岛出版社(青岛)

片山恭一著:《在世界中心呼唤爱》，2004年，2009年，2012年，2013年，2015年典藏版.

片山恭一著:《空镜头》，2005年，2008年，2012年，2016年.

片山恭一著:《世界在你不知道的地方运转》，2005年，2009年，2012年，2016年.

片山恭一著:《雨天的海豚们》，2006年，2009年，2012年，2016年.

片山恭一著:《最后开的花》，2006年，2012年，2016年，2017年.

市川拓司著:《相约在雨季》，2008年，2017年.

三岛由纪夫著:《金阁寺》，2010年，2012年，2014年，2018年.

芥川龙之介著:《罗生门》，2005年，2009年，2012年，2014年，2016年.

夏目漱石著:《心》，2005年，2009年，2012年，2014年，2016年.

夏目漱石著:《哥儿》，2005年，2016年.

夏目漱石著:《我是猫》，2020年.

川端康成著:《伊豆舞女》，2011年，2012年，2014年.

川端康成著:《雪国》，2011年，2012年，2014年.

东山魁夷著:《白色风景》，2013年.

东山魁夷著:《橙色风景》，2013年.

东山魁夷著:《青色风景》，2013年.

水上勉著:《青楼哀女》，2015 年 .

井上靖著:《来自明天的情人》，2015 年 .

江户川乱步著:《阴兽》，2016 年 .

小林多喜二著:《蟹工船》，2016 年，2018 年 .

川端康成、东山魁夷著:《美的交响世界：川端康成与东山魁夷》，2016 年 .

川端康成、安田靫彦著:《侘寂之美与物哀之美：川端康成与安田靫彦》，2018 年 .

渡边淳一著:《失乐园》，2017 年 .

太宰治著:《斜阳》，2018 年 .

太宰治著:《人的失格》，2018 年 .

三岛由纪夫著:《潮骚》，2018 年 .

熊本千佳慕著:《我是虫》，2020 年 .

二十一世纪出版社（南昌）

那须正干著:《活宝三人组：出场记》，2010 年 .

那须正干著:《活宝三人组：探险记》，2010 年 .

那须正干著:《活宝三人组：花样记者团》，2011 年 .

那须正干著:《活宝三人组：绒毛猪的秘密》，2011 年 .

那须正干著:《活宝三人组：时间漂流记》，2011 年 .

那须正干著:《活宝三人组：山贼修炼中》，2011 年 .

那须正干著:《活宝三人组：海盗岛之谜》，2011 年 .

那须正干著:《活宝三人组：文化节风波》，2011 年 .

那须正干著:《花山少年三人组 1：擒贼记》，2016 年 .

那须正干著:《花山少年三人组 3：漂流记》，2016 年 .

那须正干著:《花山少年三人组 4：寻宝记》，2016 年 .

那须正干著:《花山少年三人组 6：穿越记》，2017 年 .

那须正干著:《花山少年三人组 7：墙报记》，2017 年 .

天地图书有限公司（香港）

东山魁夷著:《寻找日本美》，2003 年 .

片山恭一著:《在世界中心呼唤爱》，2004 年 .

片山恭一著:《世界在你不知道的地方运转》，2005 年 .

片山恭一著:《空镜头》，2005 年 .

北方妇女儿童出版社（长春）

奈良美智著:《用小刀划开》（校阅），2011 年 .

山东画报出版社（济南）

竹久梦二著:《竹久梦二：画与诗》，陈子善编，2011 年 .

三联书店（香港）有限公司（香港）

竹久梦二著:《竹久梦二：画与诗》，陈子善编，2012 年 .

金城出版社（北京）

芥川龙之介著:《文艺的，过于文艺的：芥川龙之介读书随笔》（合译），2012 年 .

接力出版社（北京）

岩村和朗著:《月亮下的小蘑菇》, 2013 年 .

岩村和朗著:《小飞鼠乌噜噜》, 2013 年 .

岩村和朗著:《森林傍晚的阵雨》, 2013 年 .

岩村和朗著:《跑过草原的风》, 2013 年 .

岩村和朗著:《夜空中的树大王》, 2014 年 .

岩村和朗著:《戴铃铛的猫》, 2014 年 .

岩村和朗著:《云上的村庄》, 2014 年 .

岩村和朗著:《山尖上的星星湖》, 2014 年 .

北京联合出版公司（北京）

奈良美智著:《奈良美智 48 个女孩》, 2014 年 .

谷崎润一郎著:《春琴抄》, 2018 年 .

华东师范大学出版社（上海）

太宰治著:《斜阳人的失格》, 2015 年 .

九州出版社（北京）

三岛由纪夫著:《天人五衰》, 2015 年 .

清华大学出版社（北京）

工藤直子著，广濑玄绘:《小象历险记》, 2017 年 .

村上椎子著，森义孝绘:《青蛙秘密协定》, 2017 年 .

木马文化事业股份有限公司（新北）

三岛由纪夫著:《天人五衰》, 2018 年 .

中国民主法制出版社（北京）

泷口悠生著:《仍然活着的人》，2019 年 .

二、文学创作（单行本）

《落花之美》，中国工人出版社，2006. 青岛出版社，2013，2016.

《乡愁与良知》，青岛出版社，2010，2013，2016.

《高墙与鸡蛋》，红旗出版社，2011. 青岛出版社，2015.

《雨夜灯》，山东画报出版社，2013. 青岛出版社，2020.

《微“搏”天下》，青岛出版社，2015.

《异乡人》，作家出版社，2016.

《一不小心就老了》，百花文艺出版社，2017.

《小孤独》，作家出版社，2017.

三、学术专著

《村上春树和他的作品》，宁夏人民出版社，2005.

《为了灵魂的自由：村上春树的文学世界》，中国友谊出版公司，2009.

天地图书有限公司，2014.

《林少华看村上：村上文学 35 年》，青岛出版社，2016.

《林少华看村上：从〈挪威的森林〉到〈刺杀骑士团长〉》，青岛出版社，2020.

四、学术论文（评论）

电视剧翻译特点浅议——翻译日本电视连续剧《命运》的点滴体会 [J]. 翻译通讯，1985（11）: 19-22.

谷崎笔下的女性 [J]. 暨南学报（人文科学与社会科学版），1989（4）: 63-67.

《古今和歌集》中的自然 [J]. 外国文学评论，1991（2）: 61-66.

中日古代咏梅诗异同管窥 [J]. 日语学习与研究，1992（1）: 47-51.

一轮明月几多情怀——中日古代咏月诗异同管窥 [J]. 解放军外语学院学报，1992（6）: 61-69.

村上春树作品的艺术魅力 [J]. 解放军外国语学院学报，1999（2）: 3-5.

比较中见特色——村上春树作品探析 [J]. 外国文学评论，2001（2）: 30-35.

论日本的文化特色 [J]. 枣庄师范专科学校学报，2002（1）: 45-48.

孤独是联系的纽带——东京访村上春树 [J]. 书城，2003（3）: 44-47+2.

门外的村上 [J]. 书城，2003（11）: 52.

爱——人的 α 和 ω [J]. 书城，2004（3）: 60-62.

哈佛教授眼中的村上春树 [N]. 中华读书报，2004-05-26.

芥川龙之介：恍惚的不安 [N]. 中华读书报，2005-05-11.

村上春树作品中的四种美 [N]. 中华读书报，2005-07-13（012）.

奇谭和偶然性 [N]. 中华读书报，2005-11-30（012）.

“天黑以后”的善与恶——关于村上春树新作《天黑以后》[J]. 书城，2005（3）：47-49.

象的失踪与海豚的失踪 [J]. 书城，2005（8）：58-60.

村上春树在中国——全球化和本土化进程中的村上春树 [J]. 外国文学评论，2006（3）：38-43.

暴力是打开日本的钥匙——读杰·鲁宾《倾听村上春树》[J]. 中国图书评论，2006（12）：82-84.

村上春树的中国之行 [J]. 读书，2007（7）：28-33.

人生旅途中的风吟——关于《且听风吟》[J]. 书城，2007（8）：72-75.

“暴力，就是打开日本的钥匙”——关于《奇鸟行状录》[J]. 书城，2007（9）：65-68.

挽救语言就是挽救文学 [N]. 中国教育报，2007-09-27（007）.

村上文学经典化的可能性——以语言或文体为中心 [J]. 外国文学，2008（4）：40-45+126.

中国版村上文学的价值 [N]. 中华读书报，2008-07-23（018）.

所谓“日本美”——读张石随笔集《樱雪鸿泥》[J]. 书城，2008（8）：56-58.

什么是中华文化的标志？ [N]. 中华读书报，2008-04-09（001）.

文体的翻译和翻译的文体 [J]. 日语学习与研究，2009（1）：118-123.

作为斗士的村上春树——村上文学中被东亚忽视的东亚视角 [J]. 外国文学评论，2009（1）：109-119.

身体与文体之间 [J]. 书城，2009（4）：103-107.

《1Q84》: Q=Question[J]. 世界文学，2010（1）: 287-297.

《1Q84》: 当代“罗生门”及其意义 [J]. 外国文学评论，2010（2）: 111-123.

之于村上春树的物语：从《地下世界》到《1Q84》[J]. 外国文学，2010(4): 133-141+160.

丰子恺与竹久梦二之间 [J]. 书城，2011（3）: 36-39.

日本人的悲剧情结 [N]. 社会科学报，2011-04-14（008）.

川端康成：“日本性”与“非日本性”之间 [J]. 中国图书评论，2011(10): 86-91.

《在约定的场所》: 之于村上春树的“奥姆” [J]. 外国文学，2012（4）: 139-146+160.

“黑匣子”: 开启与解读 [J]. 书城，2012（9）: 88-92.

村上春树：与“恶”共生 [N]. 中华读书报，2012-03-07（010）.

悲悯与质感之间 [N]. 中华读书报，2012-03-21（011）.

文学翻译：游走在“漂亮”与“贞洁”之间 [J]. 艺术广角，2012（5）: 60-66.

孤独：守护与超越 [N]. 社会科学报，2012-09-06（008）.

做学问应有中国立场 [N]. 中国社会科学报，2012-10-19（A07）.

村上春树的音乐与“音乐观” [J]. 读书，2013（1）: 95-99.

当下性：“象牙塔”与大众之间——在北京大学东方学研究方法论报告会上的演讲 [J]. 书城，2013（3）: 82-90.

并未消失的“蟹工船” [J]. 中国图书评论，2013（9）: 84-87.

带着村上看莫言 [N]. 中华读书报，2013-12-25（014）.

莫言与村上：似与不似之间 [J]. 中国比较文学，2014（1）：78-87.

村上春树的文体之美——读《没有色彩的多崎作和他的巡礼之年》[J]. 艺术评论，2014（6）：109-114.

创作的翻译腔与翻译的村上腔——以《生日故事集》为例 [J]. 书城，2014（9）：124-127.

文体：直译与转译之间——读村上春树编译《生日故事集》[J]. 中国图书评论，2014（9）：97-100.

文学翻译：美、审美与审美忠实 [N]. 文艺报，2014-03-17（007）.

莫言文体与村上文体比较研究 [J]. 东北亚外语研究，2014（4）：3-4.

审美忠实：不可叛逆的文学翻译之重 [N]. 中国艺术报，2015-03-27（008）.

"挖洞"与"撞墙"，孤独与"孤绝"[N]. 文艺报，2015-04-13（005）.

太宰治："无赖"中的真诚 [J]. 中国图书评论，2015（7）：80-83.

木心读罢三不敢 [J]. 文学自由谈，2016（3）：62-68.

莫言与村上春树：谁更幽默 [J]. 文学自由谈，2016（6）：63-69.

翻译家村上：爱与节奏 [J]. 书城，2016（6）：121-123.

《刺杀骑士团长》：旧的砖块，新的墙壁 [J]. 文学自由谈，2017（3）：85-92.

《刺杀骑士团长》：置换，或偷梁换柱 [N]. 社会科学报，2017-04-27（008）.

川端康成与东山魁夷：唯美永恒 [J]. 书城，2017（1）：109-114.

《刺杀骑士团长》：政治抗争与自我救赎 [N]. 社会科学报，2018-05-31（008）.

文体和村上文体：作为译者的阅读 [N]. 中华读书报，2018-12-26（014）.

“民兵连长”如何译“骑士团长”？ [J]. 文学自由谈，2018（3）：104-108.

村上的文体，我们的文体 [J]. 文学自由谈，2019（3）：31-39.

文体在文化传播中的作用——以村上文学及其翻译为中心 [J]. 跨学科翻译研究，2019（1）.

村上春树：“必须和什么决一死战” [J]. 读书，2019（6）：136-143.

作为读书人和文体家的木心 [N]. 中华读书报，2019-12-25（014）.

汉学、英语和漱石文体 [J]. 读书，2020（6）：47-54.

夏目漱石和《我是猫》[J]. 文学自由谈，2020（3）：84-91.

余光中：“另一种国防”与“美丽的中文” [N]. 中华读书报，2020-12-23（013）.

图书在版编目（CIP）数据

春琴抄：林少华译文自选集 / 林少华译著. -- 北京：中译出版社，2021.9
（我和我的翻译 / 罗选民主编）
ISBN 978-7-5001-6697-9
Ⅰ. ①春… Ⅱ. ①林… Ⅲ. ①世界文学—作品综合集 ②林少华—译文—文集 Ⅳ. ①I11

中国版本图书馆CIP数据核字(2021)第138556号

出版发行　中译出版社
地　　址　北京市西城区车公庄大街甲4号物华大厦六层
电　　话　（010）68359827，68359303（发行部）；68359725（编辑部）
传　　真　（010）68357870
邮　　编　100044
电子邮箱　book@ctph.com.cn
网　　址　http://www.ctph.com.cn

策划编辑　范祥镇　刘瑞莲
责任编辑　钱屹芝
装帧设计　秋　萍
排　　版　冯　兴

印　　刷　北京顶佳世纪印刷有限公司
经　　销　新华书店
规　　格　880毫米×1230毫米　1/32
印　　张　10.125
字　　数　216千字
版　　次　2021年9月第1版
印　　次　2021年9月第1次

ISBN 978-7-5001-6697-9　　定价：58.00元